KAVITA DASWANI

Retour à Bombay

TRADUIT DE L'ANGLAIS PAR ISABELLE CARON

ÉDITIONS DE FALLOIS

ISBN : 978-2-253-17532-2 – 1re publication LGF

À maman et papa,
avec ma profonde gratitude
et toute mon affection.

Prologue

La queue devant moi avançait lentement, chacun s'arrêtant pour jeter ceinturon, téléphones, clés et pièces de monnaie dans des corbeilles en plastique. Une voix dans les haut-parleurs invitait les passagers indisciplinés à rejoindre au plus vite leur porte d'embarquement. Heathrow est un endroit où il est très facile de se perdre.

J'ai franchi le détecteur de métaux. Il y a eu un bip assourdi, une lumière rouge.

« Miss, pouvez-vous enlever tous vos bijoux, s'il vous plaît ? » Je me suis tournée vers l'agente de sûreté, une femme aux hanches énormes et aux cheveux bruns très frisés. Elle regardait mon collier. Après m'être débattue avec le fermoir, je l'ai jeté dans la corbeille où il a atterri tristement dans un coin. Il ne me quittait plus depuis que Jag me l'avait offert quelques semaines plus tôt, passé autour du cou au beau milieu de *X Factor* alors que j'étais dans mon pyjama en pilou à motif de grenouille. Il m'avait dit « Porte-le tout le temps ». J'avais promis que oui.

Je le contemplais à présent, petit, perdu, enroulé au fond d'une banale boîte en plastique. Mon cœur s'est serré. Les larmes me sont montées aux yeux.

Jag m'avait plaquée six jours auparavant. Tout en prétendant m'aimer à la folie, il avait fini par mettre un maximum de kilomètres entre lui et celle que j'étais. Il avait découvert que le torchon brûlait entre nos deux familles. Ça ne marcherait jamais, nous ne pourrions pas survivre sans la bénédiction de nos parents. Je lui avais répondu que j'abandonnerais mon ancienne vie, quitterais ma famille pour être avec lui, qu'il était le seul homme que j'aie jamais aimé. J'aurais fait n'importe quoi.

Peine perdue. Il était parti quand même. Après deux merveilleux mois de vie commune couronnés par un engagement sous forme d'une fine chaîne dont le pendentif était un emblème de la paix en saphir, il avait pris la porte. Il ne reviendrait pas.

À présent, je m'apprêtais à m'embarquer sur un vol à destination de Bombay, à regagner le giron réconfortant de ma famille, celle-là même qui avait à mon insu précipité ma rupture avec l'homme de ma vie.

J'ai passé le contrôle des bagages. J'ai jeté le collier au fond de mon sac et je me suis dépêchée d'attraper mon vol.

PREMIÈRE PARTIE

Chapitre 1

Chaque matin, vers la même heure, Chanoo se glissait hors de la maison pour se rendre au kiosque du coin et acheter les journaux : le *Times of India*, *The Economic Times*, *Mint* et cetera. Sa qualité de servante en chef lui valait le privilège de ces quelques moments de répit dans une journée accaparée par des tâches domestiques plus pénibles.

Comme d'habitude, elle a apporté les journaux dans la chambre de mes parents avec un plateau de thé fumant et un petit bocal d'amandes noyées dans du miel : le petit-déjeuner de ma mère.

J'étais déjà debout. Mon père venait de partir au bureau et j'ai profité de son absence pour rejoindre ma mère dans sa chambre et, allongée sur son lit encore tiède, je me suis plongée dans Jane Austen. Pas encore remise de ma rupture avec Jag, je remâchais toujours mon amertume, essayais toujours de comprendre ce qui s'était passé. Je posais à ma famille des questions qui restaient sans réponse.

Ma mère s'est installée dans un fauteuil et a disposé les journaux sur une petite table pour que mon père les trouve impeccables et dans leur état d'origine quand il reviendrait déjeuner.

Mais quelque chose à la une du *Daily Business Journal*, le principal quotidien financier du pays, a attiré son attention.

« Qu'est-ce que c'est que ça ? » a-t-elle demandé en fronçant les sourcils.

J'ai posé mon livre et me suis approchée d'elle. Une photo de mon grand-père et de ses trois fils, dont l'un était mon père, s'étalait à la une. La manchette disait : « QUI SONT LES BADSHAH ? » et dessous « COMMENT UNE FAMILLE PARTIE DE RIEN S'EST HISSÉE AU SOMMET ».

« Ce n'est pas possible, a dit ma mère. C'est une erreur. Une plaisanterie. »

J'ai d'abord cru à un gag, à une de ces fausses premières pages de journal qu'on peut commander pour une grande occasion ou pour faire une blague. Voir mon grand-père, mon père et mes deux oncles à la une d'un quotidien prestigieux était tellement incongru, paraissait tellement bidon. J'ai pris le journal des mains de ma mère et je l'ai feuilleté.

Il y avait une histoire sur la montée en puissance de la roupie, une analyse des introductions en Bourse record, un article sur les prouesses technologiques de l'État du Karnataka.

Ce n'était pas un gag. C'était la réalité.

Les téléphones se sont mis à sonner. Le mobile de ma mère posé sur sa coiffeuse a vibré de façon insistante. Chanoo est apparue sur le seuil pour dire que mon père demandait à parler à ma mère immédiatement au téléphone du salon.

« Ce n'est pas possible », a marmonné de nouveau ma mère en regardant vaguement dans ma direction.

J'ai acquiescé faiblement de la tête.

Mais j'avais la conviction qu'à partir de cette journée, qui avait commencé comme toutes les autres, les choses allaient changer du tout au tout.

*

* *

« Ils n'arrêtaient pas d'appeler pour demander une interview, a expliqué mon père de retour à la maison quelques heures plus tard. Nous avons décliné. Ça ne les a pas empêchés de publier l'article.

— Mais je ne comprends pas comment ils ont obtenu ces renseignements, a dit ma mère. Ils parlent de toutes ces choses, de toute cette *richesse* que nous… que vous possédez. Jeetu, a-t-elle demandé en baissant la voix, dis-moi, c'est vrai ? Nous sommes vraiment… comme dit l'article ? »

Mon père n'a pas répondu. Il a secoué la tête, bu une autre gorgée de whisky.

« Baba doit être furieux, a continué ma mère. Il est attaché à son intimité, à ses… secrets. »

Ma mère avait raison. Mon grand-père était un homme qui fuyait les projecteurs, qui pensait que tout étalage de magnificence était aussi grossier que les couples qui se pelotaient en public.

« Papa, comment ils ont trouvé ces photos ? ai-je demandé en me penchant pour reprendre le journal. Où est-ce qu'ils se sont procuré ces infos ?

— De nos jours, n'importe qui peut trouver n'importe quoi », a répondu mon père d'un air méprisant. Et de remuer ses glaçons avec son doigt. « Maudits journalistes. »

J'ai une fois de plus examiné la photo, un cliché d'entreprise banal pris à des fins internes. Baba était perché sur le fauteuil en cuir cognac de son bureau, sa large carrure sanglée dans une veste Nehru crème, son abondante chevelure blanche évoquant la crinière d'un lion. Ses doigts enlacés étaient couverts de grosses bagues qui formaient un entrelacs massif de coraux, d'émeraudes et de rubis prescrits par divers astrologues et destinés à aider Baba à passer « de zéro à héros », selon l'expression de l'un d'entre eux.

Mon père et ses deux frères, un plus vieux et un plus jeune, flanquaient mon grand-père : ils étaient tous trois vêtus du même complet de couleur sombre, d'une cravate brillante, avaient les cheveux courts coiffés la raie sur le côté et arboraient un vague sourire.

Sur une page intérieure, il y avait d'autres photos : une vue extérieure du bâtiment trapu et gris du centre de Bombay qui abritait le siège de Badshah Industries, société fondée cinquante ans auparavant par Baba ; une photo noir et blanc de Baba jeune homme, jambes maigres et visage solennel, devant une aciérie. La légende disait « Darshan Badshah, 20 ans, dans son premier emploi ». Un petit montage dans un coin montrait mes tantes et ma mère lors de manifestations caritatives. Et tout en bas, il y avait un petit portrait de moi en compagnie de ma meilleure amie, Nitya, pris à un vernissage. La légende disait : « Sohana Badshah, l'héritière solitaire, qui étudie la décoration d'intérieur à Londres. » C'était une inexactitude en fait : je m'étais *inscrite* à un cours de décoration d'intérieur de neuf mois, mais avais abandonné mes études au bout de trois mois, incapable de rester à Londres après que Jag m'eut quittée.

« On n'en parlera bientôt plus, a dit ma mère à mon père pour essayer de le rassurer. Les gens nous oublieront. »

Mon père l'a fixée du regard sans comprendre.

Chapitre 2

Seule dans ma chambre, ce soir-là, j'ai repris l'article, reconnaissante d'avoir l'occasion de le lire à tête reposée. Il avait été rédigé par Manjuli Khosla, la correspondante principale des pages économie. À côté, en caractères plus petits, figuraient les noms de quatre autres reporters basés dans différentes villes ayant contribué au papier.

L'article commençait par le gros titre « La nouvelle dynastie indienne » et dessous « Comment Darshan Badshah est-il devenu si riche ? »

Je n'ai pu m'empêcher d'être amusée par le ridicule de la chose. Ç'avait beau être le *Daily Business Journal*, ça ressemblait aux inepties des tabloïds. Si la haute société de Bombay était une coterie tapageuse et privilégiée, nous étions encore des outsiders situés à un échelon beaucoup plus bas, en tout cas pour ce que j'en savais. Même parmi les riches il y a des distinctions. Nous volions en classe affaires, pas en première et n'aurions même jamais envisagé d'avoir un jet privé comme tant de nos connaissances. Nous achetions du prêt-à-porter, pas de la haute couture.

La voiture familiale était une Mercedes, pas une Rolls, et elle avait cinq ans. Baba vivait dans la même maison depuis des décennies, elle était confortable et spacieuse, mais ce n'était pas ce qu'on pourrait appeler un palais. Cet article était une révélation pour moi. Être riche était une chose – mais notre famille possédait l'entreprise privée la plus riche de toute l'Inde ? Il s'en fallait de beaucoup.

Néanmoins, en parcourant les colonnes et les encadrés bourrés de faits et de chiffres, j'ai appris des choses dont j'ignorais tout. Ces deux ou trois dernières années, ma famille avait acquis des aciéries dans l'Orissa, remis sur pied une chaîne hôtelière européenne en difficulté, s'était diversifiée dans l'alcool et le tabac, avait acheté de vastes étendues de terres arables à Pondichéry et des immeubles d'appartements entiers à Manhattan. Avec pour résultat que ma famille s'était, d'après l'article, retrouvée propulsée en tête du hit-parade des entreprises détenues en mains privées.

« Depuis un demi-siècle, Darshan Badshah est un homme d'affaires et un philanthrope discret et prospère qui engrange de gros bénéfices dans les aciéries, les industries de transformation et l'agriculture. C'est un self-made-man. Durant tout ce temps, il a fui les projecteurs, préférant travailler en coulisse.

Mais il ne peut plus rester dans l'ombre. Ces dernières années, lui et ses trois fils, Amit, Jeetu et Prakash, ont rempli les coffres familiaux, bien que parfois par des moyens controversés, pour ne pas dire discutables. En 2009, Badshah Exports Ltd, société d'import-export basée à Hong Kong, a été accusée de fabriquer des contrefaçons de sportswear de marque en Chine pour les exporter au Panama. Le différend a été réglé à l'amiable moyennant le versement d'une somme dont le montant n'a pas été divulgué. La même année, il y a eu des allégations selon lesquelles Badshah Pharmaceuticals in Sion aurait falsifié certaines données des médicaments génériques qu'elle fabrique pour le marché américain. Il y a également une affaire en cours portant sur une rupture de contrat à propos de terrains dans le New Jersey (voir ci-dessous). »

Mon œil est allé vers le bas de la page à droite. S'est posé sur un petit encadré noir. Sous le titre *Dernières nouvelles*, deux paragraphes courts.

« *Un juge de l'État du New Jersey a rendu un jugement en faveur de Kismet Corporation, dans la bataille juridique qui opposait cette dernière à Badshah Inc, filiale américaine de Badshah Industries, au sujet d'une rupture de contrat.*

Selon les documents du tribunal, Kismet Corporation a acquis en 2007 un site de 80 hectares dans le comté de Morris en vue de ce qui devait être une joint venture avec Badshah Inc. Badshah chapeautait un consortium d'investisseurs indiens qui allaient injecter cent cinquante millions de dollars pour construire un complexe de commerces et de restaurants sur le terrain. Dans le procès intenté en juillet 2008, Balu Sachdev, fondateur de Kismet Corp, prétend que Badshah est revenu sur l'accord signé. Les avocats de Badshah ont déclaré que l'entreprise ferait appel, citant une clause dérogatoire permettant de mettre fin au contrat en cas de ralentissement économique. »

Mon sang s'est glacé.

C'était ça. C'était la raison pour laquelle Jag m'avait quittée.

Balu Sachdev était son père. C'était ça le torchon qui brûlait.

Un procès. Cent cinquante millions de dollars. Une promesse brisée.

Jusqu'alors, nous n'avions jamais donné aux tabloïds la moindre raison de fouiner. Aucun Badshah n'avait eu de relation extraconjugale torride. Le fisc n'avait pas fait de descente dans nos bureaux. Nous n'avions pas des années durant obstinément captivé toute une ville en faisant construire une maison aux allures de gratte-ciel. Mais du jour au lendemain, apparemment, les journalistes avaient voulu en savoir plus long sur nous. Ma famille – Baba et ses trois fils – semblait avoir fait des choses méritant attention. Et aussi invraisemblable que ça puisse paraître, j'avais été prise entre deux feux. J'ai jeté le journal sur mon lit et je me suis dirigée vers ma penderie.

J'ai fouillé rapidement dans mes piles de vêtements jusqu'à ce que je trouve une boîte de laque noire cachée au fond. Le couvercle était gravé d'une paire de cloches dorées attachées par un ruban flottant. C'était un cadeau d'invité reçu à un mariage auquel j'avais assisté à Londres le soir où Jag et moi avions fait connaissance. Il contenait une cuiller à café plaquée or sertie d'un minuscule cristal rouge, qui reposait sur une doublure en satin écarlate. C'était un des rares souvenirs de ce genre que j'avais conservés à cause de son association avec l'homme que j'aimais. J'ai ouvert l'écrin et en ai sorti les autres choses que j'y gardais. Une photo de Jag et moi, lors d'un dîner dominical impromptu au Royal China, un des meilleurs restaurants chinois de Londres. Le bras de Jag était posé sur le dossier de ma chaise. Ses cheveux étaient épais et bouclés, son visage ouvert, son menton arborait une minuscule fossette que j'adorais. Mes yeux brillaient, j'étais de toute évidence amoureuse.

Lové dans un coin du coffret se trouvait le collier qu'il m'avait donné.

Depuis mon retour de Londres, j'avais passé le plus clair de mon temps à essayer de comprendre pourquoi notre relation avait pris fin. À présent, grâce à quelques lignes en bas d'une page de journal qui avait perturbé ma famille, je connaissais enfin une partie de la vérité.

Mais je ne me sentais pas mieux pour autant.

Chapitre 3

Au-delà de sa signification pour moi, l'impact de l'article a été immense. C'était l'actualité principale sur Google News et, l'espace de deux heures, Badshah a été un des sujets les plus évoqués sur Twitter. Je ne comptais plus le nombre de messages sur ma page Facebook.

Le standard de Badshah Industries était inondé de coups de fil de la part de *Forbes* et *Fortune*, *Time* et *Newsweek*. Les fleurs et les paniers-cadeaux affluaient de toutes parts. Des parents perdus de vue depuis belle lurette et de vagues connaissances se manifestaient, réclamant qui des capitaux pour une start-up, qui un prêt, qui le paiement d'une facture d'hôpital. Le téléphone n'arrêtait pas de sonner à la maison : les nombreux amis de ma mère appelant pour la complimenter. Elle acceptait leurs félicitations (qui, disait-elle, étaient généralement présentées sur un ton plutôt aigre), puis leur disait que le montant de dollars cité dans l'article était une grossière exagération.

« Quel effet ça te fait, toute cette histoire ? » m'a demandé Milan, mon cousin préféré, passé me voir le soir de la parution de l'article. Je l'avais tout de suite appelé après l'avoir lu en entier, y compris l'encadré sur Balu Sachdev et ses difficultés avec notre famille.

« Je sais au moins que Jag n'inventait rien. Mais j'ignorais tout des sombres manœuvres de la famille. On est un syndicat du crime ou quoi ?

— Pas plus qu'une autre riche famille indienne, a-t-il répondu en souriant. Personne n'atteint le degré de richesse de Baba sans être un peu véreux. J'adore. Je sens que je vais cartonner auprès des filles. »

J'ai adressé un grand sourire à mon cousin qui avait un an de moins que moi et était l'héritier pourri-gâté par excellence. Si ça n'avait tenu qu'à lui, il se serait fait tatouer « La nouvelle dynastie indienne » sur le front.

« Écoute, Soh, a-t-il dit en m'appelant par mon diminutif. Oublie tous ces trucs sombres et déprimants. Marrons-nous.

— De quoi tu parles ? » ai-je répliqué en me dirigeant vers la porte. Il m'a rattrapée par le bras.

« Laisse tomber ces conneries de sainte-nitouche pendant cinq minutes. Il n'y a pas quelque chose que tu as toujours eu envie de faire ?

— Eh bien… » ai-je dit en hésitant.

J'étais à la vérité obnubilée par une impératrice moghole que j'avais vue dans un film et dont l'habitude en entrant dans une pièce était d'ordonner à tous de vider les lieux. Je l'imitais devant mon miroir, croisais les bras sur ma poitrine, me redressais et aboyais des ordres. Cela me donnait un bizarre sentiment de puissance que je n'avais pas en temps ordinaire.

J'ai commis l'erreur de mentionner ce fantasme pervers à Milan et avant que j'aie eu le temps de dire ouf, il m'a conduite à la cuisine. Nous sommes arrivés à la porte : Chanoo donnait des instructions aux cuisiniers pour le dîner pendant que les garçons de cuisine faisaient la vaisselle. Surpris, ils se sont tous tournés vers moi. La cuisine n'était pas un endroit où je mettais souvent les pieds.

« *Ji*[1], a dit Chanoo en me regardant avec l'air d'attendre quelque chose. *Kuch chaye* ? »

Milan m'a enfoncé un doigt dans le creux des reins.

« *Takliya*[2] ! » ai-je dit d'une voix forte. Ils étaient censés s'éparpiller comme des fourmis pulvérisées d'insecticide. Au lieu de ça, ils sont tous restés cloués sur place, impassibles. Chanoo a haussé un sourcil clairsemé dans ma direction.

« Pardon », ai-je bredouillé en tournant les talons. Milan s'est mis à glousser bruyamment dans mon dos.

« T'es même pas fichue d'être une fille riche », a-t-il déclaré en riant.

Je ne pouvais qu'être d'accord avec lui.

---

1. *Ji. Kuch chaye ?* : Oui. Vous avez besoin de quelque chose ?
2. Disparaissez !

Chapitre 4

Un vendredi sur deux, nous nous réunissions tous pour dîner au domicile de Baba sur Malabar Hill. C'était une obligation familiale établie depuis longtemps. Nous étions tenus d'être là à moins d'avoir une bonne raison de ne pas y être. Hormis deux fois où j'avais la grippe et les trois mois passés à Londres, je n'avais pas manqué le dîner chez Baba depuis des années. Tous mes cousins s'en plaignaient. Mais j'y prenais presque plaisir : si Baba m'adressait à peine la parole, il paraissait toujours sincèrement heureux de me voir.

Quand je suis arrivée avec mes parents et mon plus jeune frère, Rajan, qui, âgé de treize ans, était le bébé de la famille, mes cousins étaient déjà là : Sharan était dans la véranda, Bluetooth sur l'oreille, en train de tempêter contre un lointain associé. Il était l'aîné des petits-enfants, le premier fils d'Amit qui était lui-même le premier fils de Baba et donc celui qui avait le plus de chances d'hériter un jour de l'entreprise. Sharan avait un frère plus jeune, Karan, qui travaillait aussi chez Badshah et se trouvait ce soir à Dubaï, où il supervisait la construction de luxueuses villas que Badshah vendrait immédiatement avec un beau profit. Leurs longues jambes allongées sur la table basse, Milan et son jumeau Pawan, les fils du plus jeune frère de mon père, Prakash, étaient captivés par un jeu vidéo sur la télé grand écran. Rajan s'est précipité pour se joindre à eux.

Mon frère aîné, Armaan, directeur artistique qui avait sa propre agence de publicité, était absent à cause d'un shooting. C'était le troisième dîner qu'il manquait d'affilée. Je savais que Baba en prendrait bonne note.

Ma mère s'est retirée dans un coin en compagnie de la femme d'Amit, Malini, et de celle de Prakash, Preeti. Tapageuse, voyante, Malini avait une crinière de lionne et une préférence pour les robes chatoyantes à imprimé léopard.

Preeti avait un sens espiègle de l'humour, un rire qui remplissait toute une pièce et adorait les jeans Tru Religion. Elle avait fasciné Prakash avec ses yeux vert pâle et sa calme authenticité.

Ma mère était quelque part entre les deux. Comme Malini, elle préférait les diamants sans défaut mais avait le côté nature de Preeti. C'était une femme sincère qui avait les pieds sur terre et ne se laissait pas facilement influencer par des préceptes sociaux idiots.

Les épouses ont été rejointes par la femme de Sharan, Jaanvi, qui venait d'entrer et avait touché les pieds de ses aînés en bonne bru dévouée qu'elle était. Sharan qui se trouvait toujours dans la véranda a ignoré délibérément l'arrivée de son épouse. Assis autour d'une table basse en merisier à l'autre extrémité de la pièce, mon père et ses deux frères avalaient des pois chiches grillés. Ils s'adressaient très peu la parole, ce qui n'avait rien de terriblement surprenant vu qu'ils avaient passé toute la journée ensemble au bureau. Je suis allée leur dire bonjour : j'aimais tout particulièrement mon oncle Amit qui me traitait comme sa propre fille. Il faisait des farces à ses deux jeunes frères quand ils étaient enfants et avait gardé une lueur espiègle dans le regard. Il a passé son bras autour de moi et m'a fait asseoir à côté de lui.

« Qu'est-ce que tu as fait de drôle récemment ? » a-t-il demandé en me pinçant la joue comme si j'avais cinq ans. C'était le genre à descendre en flammes toute suggestion d'un membre de la famille que j'épouse Untel ou Untel en affirmant que j'étais beaucoup trop bien pour ces prétendants. Puis il m'adressait un clin d'œil, me disait de me trouver un homme toute seule, un vrai, qui sache vraiment s'occuper de moi. Amit aurait beaucoup aimé Jag.

La large porte à deux battants menant au vestibule s'est ouverte et Baba est entré avec sa femme Dadi à son côté. Tout le monde s'est soudain levé. Milan et Pawan en laissant tomber leur console de jeux bruyamment par terre. Sharan a conclu prestement son coup de fil, enlevé son oreillette et l'a fourrée dans sa poche. Baba a lancé un regard à la ronde comme s'il faisait un inventaire mental de ceux qui avaient pris la peine de venir et a signifié son approbation d'un vague hochement de tête. Il a tourné les yeux dans ma direction et s'est approché d'un pas décidé. Je me suis raidie. Il s'est arrêté à une dizaine de centimètres de moi en fronçant ses sourcils broussailleux. Mes doigts se sont resserrés autour de mon verre de jus d'orange glacé. Il a pris ma main libre dans la sienne. « Sohana, *beta*[1]. Comment vas-tu ? Tu es jolie aujourd'hui », a-t-il dit.

J'ai incliné la tête avec déférence comme si nous étions, lui un roi et moi un page maladroit. Baba a laissé tomber ma main aussi soudainement qu'il s'en était emparé et a tourné les talons. Il est sorti de la pièce, a traversé le vestibule pour gagner la salle à manger, nous enjoignant tacitement de lui emboîter le pas.

« *Tu es jolie aujourd'hui* », a répété Milan dans mon dos en imitant la voix râpeuse de Baba. Merde, *yaar*[2], qu'est-ce qu'il faut faire pour avoir droit à un peu d'affection dans cette famille ? Devenir une fille ?

— La ferme, ai-je répondu. Je suis la *seule* fille, tu sais bien.

— Oui, Soh, tu ne manques jamais une occasion de nous le rappeler. »

Il a passé son bras sous le mien et nous avons traversé le vestibule. À l'entrée de la salle à manger, un des domestiques tenait un bol d'argent gravé dans lequel nous savions tous que nous devions déposer mobiles, BlackBerry, iPhone et autres gadgets que nous avions dans nos poches et nos sacs à main. Baba était catégorique : toute intrusion high-tech était prohibée à sa table, nous devions tous manger et avec un peu de chance même converser les uns avec les autres, ne pas succomber constamment à la tentation de communiquer avec l'extérieur. Sharan a jeté à contrecœur son oreillette Bluetooth dans le bol où elle a atterri avec un petit bruit. Il a levé les yeux au ciel pour signifier son mécontentement devant cette confiscation.

---

1. Mon enfant, terme d'affection.
2. Copain, pote.

J'ai pris ma place habituelle à un bout de la table, près de mes cousins et en face de Baba qui présidait avec Dadi à sa droite. La chaise de Baba avait un dossier droit, plus haut que les autres et si imposant qu'on avait plus l'impression d'un trône, d'un retour à quelque majestueuse période moghole que d'un siège sur lequel on s'asseyait pour manger du riz et du *dal*[1]. À l'arrière du dossier se trouvait une sculpture sur bois spectaculaire : une tête de lion rouge et or montrant les crocs, les narines dilatées, peinte à la main. En tout autre endroit, c'eût été vulgaire, digne de Las Vegas. Mais étant donné la nature de l'homme qui l'occupait – un fier Leo – c'était un meuble adapté.

La table avait été fabriquée sur mesure pour Baba. Longue et rectangulaire, elle était droite à une extrémité et incurvée à l'autre. C'était une anomalie. Mais c'était une requête de Baba afin qu'il n'y ait qu'un seul « bout » et que quelques-uns d'entre nous soient forcés de s'entasser à l'extrémité arrondie.

À table comme dans la vie, Baba ne pouvait avoir d'égal.

À la seconde où nous avons tous été assis, les domestiques sont passés à l'action, apportant les plats à table, versant des verres de jus de citron vert, d'eau glacée, de whisky, entrant et sortant de la cuisine attenante comme si c'était le coup de feu dans un restaurant. On n'entendait que des bruits de couverts. D'abord, personne n'a pipé mot.

« Baba, vous avez bonne mine, a lancé gaiement ma mère, toujours prête à essayer de mettre de l'animation. Vous avez fait votre promenade matinale ? »

---

1. Lentilles épicées.

Baba s'est contenté de grommeler, a fourré sa serviette dans son col et commencé à manger. Milan m'a regardée. Je savais qu'il voulait interroger Baba sur l'article du journal, obtenir une réaction. Nous n'avions pas vu Baba depuis sa parution. Mais Milan s'est retenu. Mes tantes caquetaient au sujet de saris qu'elles avaient vus dans l'après-midi et Pawan et Rajan discutaient les mérites de *Red Dead Redemption*. J'ai jeté un regard autour de la table et vu ma famille s'évertuer à faire la conversation. L'atmosphère semblait tendue, manquer d'entrain.

Baba a cessé de manger et a enlevé sa serviette d'un coup sec, signal que le dîner était officiellement terminé. J'ai enfourné mes deux derniers morceaux de curry de mouton. Baba s'est levé et dirigé vers la porte, mais au moment de sortir, il s'est arrêté et a pivoté lentement sur les talons.

« Je sais que vous attendez tous que je dise quelque chose au sujet de cette histoire déplaisante, a-t-il bougonné. Je dirai seulement ceci et après je ne veux plus en entendre parler. » Il a marqué un temps d'arrêt pour donner plus de poids à ses paroles. Il avait la gravité de Laurence Olivier.

« Cet article ne change rien. Nous continuerons à nous tenir à l'écart. Nous continuerons à garder notre vie privée pour nous. Tout le monde a bien compris ? »

Nous avons tous docilement opiné sauf Milan qui a défié Baba du regard.

J'ai senti mon estomac se nouer. Il restait une question. Personne d'autre ne semblait oser l'aborder. Tout le monde espérait que le problème disparaîtrait comme par enchantement. Mais je n'étais pas si bête.

Je tremblais. Ce n'était pas un forum. Mais il fallait que je pose ma question.

« Baba ? » ai-je dit d'une petite voix.

Il m'a regardée.

« Oui ? a-t-il demandé.

— C'est vrai ?

— Quoi donc ? » Il me fixait, les chenilles argentées de ses sourcils disparaissaient sous un amas de plis.

« C'est vrai ? Ce que raconte l'article ? »

J'ai attendu qu'il se mette à beugler, comme je l'avais entendu le faire en tant d'occasions – contre ses fils, ses brus, ses domestiques. Contre nous tous. Il enguirlandait tout le monde, sauf sa femme. Et, bizarrement, moi.

« Quelle importance ? » a-t-il répondu.

J'ai arrêté les frais.

« Mais, a-t-il dit en appuyant fermement ses jointures sur son set de table, nous devons régler une question urgente. »

Il a tourné son attention vers mon père et mes oncles. « Vous trois savez de quoi je parle, a-t-il poursuivi d'une voix froide. Ces… ces *foutaises* dans le journal en ont prouvé la nécessité. Il va falloir prendre une décision. Bientôt. »

Milan et moi nous sommes regardés d'un air perplexe.

Dadi a glissé un regard oblique à son mari, son visage arborait une expression un rien désapprobatrice. Tout le monde se taisait. Baba nous a tourné le dos.

Puis il a quitté la salle à manger avec Dadi dans son sillage.

Chapitre 5

Nous sommes restés à table à nous regarder.

« Ça voulait dire quoi, ça, mec ? a dit Milan. De quoi il parle, le vieux ? »

Mon père et ses deux frères ont gardé un silence glacial.

« Ce n'est pas le moment d'en discuter, a répondu Amit. Baba est bouleversé par certaines choses. »

Mes cousins se sont tous mis à me dévisager.

« Qu'est-ce qu'il y a ? ai-je demandé.

— Ouais, Soh, ça doit être toi, a répondu Milan en plaisantant à moitié. Vingt-six ans et pas de mari. Tu es quasiment une relique. »

Je lui ai jeté ma serviette à la figure.

« Ce n'est pas elle », a dit posément mon père.

Les têtes se sont tournées presque à l'unisson vers Sharan et son épouse. Ils étaient mariés depuis trois ans et il n'y avait toujours pas de bébé. Pour l'instant, la future génération reposait entièrement sur la terne matrice de Jaanvi. Elle avait été triée sur le volet par mes grands-parents, sélectionnée pour son « pedigree » plus que pour autre chose. Milan l'appelait « le chèque en bois ». Et voilà qu'en plus de ses déficiences côté look et personnalité, elle n'était pas fichue de pondre un héritier.

Jaanvi s'est appuyée à son dossier de chaise et a croisé les bras sur sa poitrine.

« On essaie », a-t-elle déclaré calmement comme si elle lisait dans nos pensées. Sharan s'est tortillé avec un air pour le moins émasculé. « Quelqu'un désire encore quelque chose ou je demande aux domestiques de débarrasser ? » s'est-il enquis.

Dans la voiture qui nous ramenait à la maison, mon père assis à côté du chauffeur avait l'air plongé dans ses pensées. J'étais coincée sur la banquette arrière entre ma mère qui empestait Youth Dew d'Estée Lauder et Rajan dont l'iPod émettait un air de hip-hop assourdi. Je me suis tournée pour regarder par la fenêtre tandis que nous traversions Bombay pour regagner notre appartement de Nepean Sea Road.

« Qu'est-ce qu'il a voulu dire, papa ? De quoi il parlait, Baba ? »

Mon père a décoché un regard entendu à ma mère. Ils ne me diraient rien, premièrement parce qu'ils voyaient encore en moi une enfant et deuxièmement parce qu'ils savaient qu'il ne fallait jamais évoquer quelque chose d'un tant soit peu personnel devant le chauffeur dont le surnom de « l'indic » parmi nos domestiques n'était pas entièrement injustifié.

« Nous en discuterons plus tard », a répliqué laconiquement mon père, mettant fin à la discussion.

Lorsque nous sommes arrivés à la maison, mon frère aîné Armaan était dans sa chambre en train de télécharger des images sur son ordinateur. Sa chemise puait le tabac à plein nez. Je ne l'avais pas vu depuis deux ou trois jours : il filmait une campagne publicitaire pour une nouvelle marque de vodka (et, au vu des apparences, avait participé à de généreuses séances de dégustation).

« *Ba*[1], tu es de retour, ai-je dit en l'embrassant sur la joue. Comment ça s'est passé ?

— Les prises de vues sont super, a-t-il répondu en s'écartant de son ordinateur. Tiens, regarde. »

Je me suis penchée vers l'écran tandis qu'il cliquait pour faire défiler les images. La vodka du nom de Satine était destinée tout spécialement aux femmes, concept que ma mère, seul membre de la famille Badshah à ne jamais boire une seule goutte d'alcool, trouvait éminemment répréhensible. Mon frère avait photographié le mannequin – une beauté aux lèvres pulpeuses et à la peau crémeuse – dans un studio battu par des vents artificiels. Ses cheveux voletaient autour de son visage sensuel tandis qu'elle fixait le lointain. D'une main, elle tenait languissamment une bouteille rose givrée de Satine. Recroquevillé à ses pieds, un serveur en nœud papillon tendait un plateau d'argent sur lequel trônait un verre à martini solitaire.

« Je voulais qu'elle pose son pied sur la tête du serveur, mais le client a trouvé que j'allais trop loin, a expliqué Armaan.

— Non ! Tu m'étonnes », ai-je répondu en souriant. Armaan m'a donné un coup de coude pour rire. Il était l'un des directeurs artistiques les plus recherchés de toute l'Inde pour de bonnes raisons. Lui et son meilleur ami, Aroon Malik, possédaient Double-A Ads qui faisait des spots télé et des campagnes publi-

1. Frère, terme d'affection.

citaires sur support papier figurant parmi les plus en pointe et les plus irrévérents de l'industrie. Ils avaient une fois conçu un spot télévisé pour un nouveau bar-restaurant : la caméra effectuait un panoramique dans les lieux et des zooms sur toutes sortes de débauches implicites. Quasiment du jour au lendemain, l'endroit avait acquis la réputation d'encourager la promiscuité sexuelle ainsi que la consommation de drogues et d'alcool à gogo – avec pour résultat qu'il affichait complet deux mois à l'avance et qu'on y faisait la queue presque chaque soir.

« Elle est belle, hein ? a dit Armaan, le regard rivé à l'écran. Elle s'appelle Ekta. » Les doigts sur les lèvres, il ne quittait pas des yeux le mannequin.

« Tu en pinces pour elle ? » l'ai-je taquiné. Armaan voyait des filles sublimes quotidiennement : comme il était un leader du marché, elles étaient prêtes à tout pour travailler dans une de ses campagnes.

« Elle est différente des autres, a-t-il répondu. Je sais que ça ne se voit pas sur ces prises de vues, mais elle a une vraie innocence.

— Ça veut donc dire… que vous sortez ensemble ? » ai-je demandé d'un ton hésitant. Le sujet me mettait mal à l'aise. C'était peut-être mon frère aîné, mais il avait toujours été entendu qu'Armaan ne se marierait pas avant moi. Bien sûr, étant donné mon bilan récent, on pouvait se demander combien de temps il devrait attendre.

« On s'est beaucoup vus pendant le tournage, a-t-il dit. Mais maintenant que c'est terminé, je crois que je vais l'inviter à sortir. »

Il a éteint son ordi et a reporté son attention sur moi.

« Comment s'est passé le dîner chez Baba ?

— C'était bizarre », ai-je répondu. Je savais qu'il me posait la question uniquement par politesse, qu'il s'en fichait un peu. C'était le membre de la famille qui s'était le moins intéressé aux événements de la dernière quinzaine.

« Je ferai un saut au bureau lundi pour voir si je peux leur filer un coup de main. Aroon sera là la semaine prochaine, je pourrai donc leur consacrer un peu de temps si Baba a besoin de quelque chose. » Les employés de Baba faisaient souvent appel à Armaan quand ils avaient des problèmes avec le site Internet ou étaient à court d'idées pour une brochure. Mais Armaan ne prenait aucun plaisir à ce genre de travail : ce n'était pas assez sexy pour lui.

Il a poussé un grand soupir enfumé, signal qu'il était temps que je parte.

J'ai parcouru le couloir aux dalles de marbre et aux murs capitonnés de soie couverts de peintures de Manjit Bawa et de Jogen Chowdhury[1] éclairées par des spots. La porte de la chambre de mes parents était fermée. Je me suis arrêtée devant une seconde et m'apprêtais à frapper, désireuse d'avoir une conversation éclairante avec eux. Je les ai entendus parler à voix basse. Comme j'avais l'impression de déranger, je suis partie.

Je suis allée dans ma chambre, j'ai envoyé promener mes chaussures et commencé à me déshabiller. Chanoo a toqué et est entrée avec une tasse de cappuccino décaféiné et une assiette de *biscotti*. Elle a posé son plateau, ramassé les vêtements que j'avais jetés sur le

1. Artistes indiens contemporains.

lit et s'est mise à les accrocher sur des cintres. J'avais envie de lui parler, de lui raconter ce qui s'était passé chez Baba, ce qu'il avait dit. Mais impossible. Elle avait beau s'occuper de moi depuis ma naissance, elle n'en demeurait pas moins une servante et il y avait des règles concernant ces choses. C'était frustrant. Il fallait absolument que je parle à quelqu'un.

Après son départ, je me suis dirigée vers un petit bureau d'angle en acajou. Je me suis assise sur une chaise rose et blanche à haut dossier, ai pris ma boisson chaude et j'ai doucement soufflé sur la fumée qui s'en élevait. J'en ai bu une gorgée, ai laissé le liquide parfumé couler dans ma gorge. J'ai reposé ma tasse et j'en ai tapoté distraitement le bord.

J'avais envie de pleurer tout en ne sachant pas pourquoi. La soirée chez Baba avait été marquée par le malaise. Nos précédents dîners avaient toujours été empreints d'une dose de légèreté. Baba n'était pas exactement M. Charismatique, mais il parlait au moins un peu, demandait si le repas nous plaisait. Ce soir, il avait été maussade comme jamais. Quelque chose était en train de changer et j'ignorais ce que c'était.

J'aspirais désespérément à être fourbue, à me mettre au lit. Mais mon corps, mes membres engourdis, restaient collés à ma chaise. J'ai essayé de récapituler tout ce que j'avais fait aujourd'hui, toutes les choses qui, additionnées, auraient dû m'épuiser. Je m'étais levée tôt pour aller à la gym, ensuite j'avais rencontré une vieille amie pour un café glacé. J'avais fait les courses avec ma mère l'après-midi puis, de retour à la maison, j'avais pris une douche, je m'étais changée, j'avais dîné chez Baba. C'était une journée typique, remplie d'activités futiles, mais le seul genre de journée que je connaissais. Je déjeunais, je « shoppais », je voyais des gens. Maintenant que j'y réfléchissais, je me rendais compte que j'étais une des seules de ma clique de filles riches à ne pas « faire quelque chose » : elles étaient bijoutières, stylistes, écrivaines et restauratrices. Même ma meilleure amie Nitya avait un genre de carrière : elle était copropriétaire d'une petite chaîne de centres de yoga. Ces filles avaient des relations familiales qui leur ouvraient toutes les portes, leur donnaient accès à des capitaux illimités pour s'assurer leur place en ce monde.

La seule chose que j'avais entreprise qui ressemblait vaguement à une activité professionnelle, et c'était seulement depuis mon retour de Londres, avait été d'aider les amies de ma mère pour des petits travaux de rénovation : je les appelais des « commandes dictées par la pitié ». Tante[1] Ritu avait besoin de nouveaux rideaux pour la bay-window de son appartement d'Altamount Road. Tante Mona trouvait qu'il était temps de retaper sa salle de bains : pouvais-je la transformer en une sorte de spa ? Calepin en main, je m'asseyais sur leur canapé Versace et je les voyais se dire « La pauvre, toujours pas mariée, il faut faire quelque chose pour elle. »

Peut-être parce que j'étais l'unique fille de la famille, on n'attendait rien de moi. Depuis mes vingt ans, la famille étendue voulait simplement que je me marie, comme si ça réglerait tous les problèmes, deviendrait ma raison de vivre. Mais les occasions se faisaient de plus en plus en rares. J'avais vingt-six ans à présent,

1. Tante et Oncle sont des termes de respect utilisés pour s'adresser aux femmes et aux hommes visiblement plus âgés que soi.

ma réputation était entachée par des études interrompues à l'étranger et – du point de vue étroit de très nombreuses familles – je n'étais plus toute jeune. Les garçons qui semblaient s'intéresser à moi désormais ne tendaient à le faire qu'à cause de mon grand-père et je ne voulais pas de ce genre de garçons.

Sans compter qu'avec tout ce qui s'était passé récemment avec Jag, je n'arrivais même pas à m'imaginer dînant avec un autre homme, encore moins me mariant. J'avais essuyé un terrible revers. Jag, je le savais, était irremplaçable. Je ne voyais tout simplement pas comment je pourrais retrouver avec quelqu'un d'autre ce que j'avais vécu avec lui. Bien qu'il m'ait dit de passer à autre chose, j'en étais incapable.

Mon iPhone s'est mis à vibrer. Un SMS de Nitya. J'ai regardé le réveil – onze heures et demie, mais Nitya commençait sa journée. Les seules fois où elle voyait le lever du soleil, c'était quand elle tirait ses rideaux pour se coucher.

Je l'ai rappelée et quand elle a répondu, j'ai entendu une musique bruyante en arrière-fond, une chanson de Rihanna. J'ai attendu tandis qu'elle essayait de trouver un coin tranquille.

« T'es où ? ai-je demandé.

— À la soirée de Vishal. Je croyais que tu venais. Ça déchire. » Je me suis aperçue que dans la folie de la semaine précédente, j'avais oublié la soirée d'anniversaire du cousin de Nitya.

« Pardon. Faut croire que ça m'est sorti de l'esprit.

— Parce que t'es trop select pour tes amis maintenant ? » a-t-elle lancé avec une note acide dans la voix. Elle était comme ça depuis mon départ pour Londres

– un peu râleuse, ce n'était plus tout à fait la fille avec laquelle je m'étais liée d'amitié à douze ans quand nous nous prêtions nos stylos pailletés et pouffions de rire dans nos uniformes scolaires neufs. À présent, Milan disait d'elle que c'était « un cas typique de personnalité passive-agressive ».

« Je dînais chez Baba, ai-je expliqué. Tu sais combien ça m'est difficile parfois de m'échapper le vendredi.

— C'était comment ? » a-t-elle demandé. C'était soudain complètement silencieux là où elle était ; comme si elle s'était enfermée dans une pièce insonorisée.

« Toujours pareil, ai-je menti. Les papotages familiaux habituels. J'ai mangé trop de curry de mouton.

— Oh, Sohana, je t'en prie, a dit Nitya sur un ton qui paraissait exaspéré. Ne raconte pas de bobards.

— De quoi tu parles ? » Le sang m'est monté aux joues. J'ai reconnu mon ton défensif, celui que je prenais, enfant, quand j'avais cassé quelque chose et mentais à mes parents.

« Baba est furax. Absolument furibard. Toute cette foutue ville est au courant.

— Furax à quel sujet ? ai-je demandé sincèrement perplexe. Tout de même pas au sujet de l'article de journal ? C'est de l'histoire ancienne.

— Il est furax contre la famille. *Sa* famille. Il est si furieux qu'il va se débarrasser de l'entreprise. D'absolument tout. Alors profites-en bien maintenant, Sohana Badshah, parce que dans un an, ton nom vaudra peau de balle. »

Chapitre 6

Le lendemain matin, je n'ai même pas attendu que mes parents soient levés. Peu importait que le samedi fût le jour où ils faisaient la grasse matinée. Il m'avait fallu une retenue phénoménale pour ne pas les réveiller tout de suite après mon coup de fil à Nitya. J'avais passé une nuit agitée à décortiquer ses paroles, à essayer de les comprendre. Ce qu'elle m'avait dit m'avait tellement sidérée qu'il ne m'était même pas venu à l'esprit de lui demander comment elle l'avait appris.

« Qui c'est ? » a crié la voix endormie de mon père après que j'eus frappé trois fois à leur porte. Il était juste six heures du matin.

« Papa, c'est moi. Il faut à tout prix que je te parle. »

J'ai entendu remuer, envoyer promener des draps, tomber quelque chose par terre pendant que mon père tâtonnait pour trouver ses lunettes. Il n'avait enfilé qu'une manche de peignoir quand il a ouvert la porte.

« Qu'est-ce qui est arrivé, *beta* ? » Il s'est écarté pour me laisser entrer. Ma mère s'est assise dans son lit, les cheveux ébouriffés, les yeux troubles.

Je me sentais idiote à présent. Ce n'était pas comme s'il y avait urgence. Personne n'était mourant. La maison n'était pas en feu. Mes parents m'ont regardée d'un air alarmé.

« Je ne comprends pas ce qui se passe. Personne ne me dit rien. Il faut que j'apprenne les choses de l'extérieur. Nitya prétend que Baba est fou furieux contre tout le monde. Qu'il va céder l'entreprise. »

Mon père a eu l'air affligé. Il s'est retourné pour regarder ma mère.

« Donne-moi cinq minutes, a-t-il dit en nouant sa ceinture de peignoir. On va prendre le thé et parler. »

*

* *

J'ai attendu sur le balcon dont la paroi de verre nous abritait des coups de klaxon incessants qui montaient tous les étages, du smog gris qui ensevelissait l'immeuble. C'était plus calme pour l'instant, le rythme de la ville était ralenti en raison de l'heure matinale. Ça ne durerait pas. Dans deux heures, les rues seraient de nouveau embouteillées, livreurs, marchands de légumes, domestiques sonneraient à la porte.

Chanoo est arrivée avec du thé, des tartines grillées et les journaux du matin qu'elle a laissés sur la table en osier à dessus de verre. J'ai rongé un ongle, mauvaise habitude que je reprenais quand j'étais nerveuse. Je n'étais pas sûre d'avoir envie d'entendre ce que mon père avait à me dire, il aurait peut-être été plus sage de rester dans ma bulle bienheureuse, mon univers inoffensif de soirées et de virées shopping. Je regrettais que Jag ne soit pas là. Il aurait su quoi faire.

Mon père est entré, coiffé, débarbouillé, suivi de ma mère. Ils se sont assis sur le canapé et ont versé le thé. Mon père a remué les orteils dans ses mules de cuir, a étalé une serviette sur ses genoux. Deux corbeaux ont croassé dehors, nous ont fixés de leurs yeux noirs en boutons de bottines.

« Je voulais vous parler à tous les trois en même temps », a déclaré mon père. Son visage était grave, sa voix basse. Mon cœur s'est emballé. « Mais Armaan a son planning et Rajan ne se sent pas encore concerné. Il ne reste donc que toi qui aies l'air de t'en préoccuper.

— Mais dis-lui, pour l'amour du ciel, l'a interrompu ma mère. Pourquoi tu dramatises à ce point ?

— Hein ? Arrêtez de me faire flipper. Qu'est-ce qui se passe ? »

Mon père s'est penché en avant et a posé ses coudes sur ses cuisses. Il a tapoté l'extrémité de ses doigts.

« Il y a un certain temps, Baba nous a annoncé qu'il ne voulait pas que ses fils héritent de l'entreprise. Il était à tort ou à raison mécontent de notre gestion.

— Mais… mais pourquoi ? ai-je bégayé. À cause de ce que disait l'article – les problèmes, les poursuites en justice ? » Je veillais à ne pas être trop précise. À un moment donné, je souhaiterais interroger mon père sur le conflit avec Balu Sachdev. Mais pas maintenant.

« Ça n'a rien à voir, a répondu mon père. Nous dirigeons une grosse entreprise. Ces problèmes sont inévitables.

— Mais c'est une entreprise familiale. » J'essayais toujours de comprendre. « Il ne peut pas vous déshériter comme ça.

— C'est son entreprise, a répondu calmement mon père. Il peut faire tout ce qu'il veut. Je ne veux pas entrer dans les détails. Mais ce que ton amie a entendu est vrai. Baba a l'intention de tout vendre. Il avait déjà eu de bonnes offres. Mais depuis que le *Daily Business Journal* nous a mis en première page, a fait tant de révélations, il est question d'une fusion. Avec une grosse société allemande. On toucherait un chèque, on céderait le contrôle de l'entreprise. »

J'ai battu des paupières, essayé de digérer la nouvelle. Bien que je n'aie quasiment jamais rien eu à voir avec Badshah Industries, la vie de la famille avait toujours, du plus loin qu'il m'en souvienne, gravité autour de l'entreprise. C'était notre pierre de touche, elle nous assurait un statut social, nous distinguait. Elle nous garantissait une vie à l'abri du besoin. Grâce à elle, je n'avais pas souvenir de m'être jamais inquiétée de quoi que ce soit, je n'étais jamais montée à l'arrière d'un avion. Ma penderie était remplie de vêtements que le fait d'être une Badshah m'avait permis d'acheter. Quand j'avais voulu satisfaire mon désir d'indépendance, mes parents m'avaient envoyée à Londres dans une école de décoration d'intérieur. J'avais habité l'appartement que ma famille possédait là-bas et ils avaient déposé de l'argent sur mon compte tous les mois. Quand j'avais écourté mon séjour londonien, mes parents ne m'avaient pas jugée. J'étais rentrée à la maison, le cœur brisé par une histoire que je ne pouvais pas leur raconter, mais ils m'avaient réservé un bon accueil, avaient supposé que je n'étais tout simplement pas faite pour vivre seule. Ils ne parlaient jamais de l'argent qu'ils avaient investi dans des études qui ne me seraient jamais d'aucune utilité.

« Qui d'autre est au courant ? ai-je demandé à mon père.

— On croyait que c'était seulement nous et tes oncles et tantes. Mais de toute évidence, il y a eu des fuites. Amit, Prakash et moi avons protesté vigoureusement quand Baba nous a annoncé ses intentions. Ça n'avait aucun sens. Nous avions le sentiment de mériter mieux. Mais c'est un homme têtu. Une fois qu'il a pris une décision, il refuse d'en changer. Voilà tout, Sohana. Voilà ce que Nitya essayait de te dire. L'avenir de Badshah Industries est incertain. »

J'ai mesuré tout le poids des paroles de mon père. Pendant toutes ces années, j'avais imaginé que l'entreprise serait gérée conjointement et équitablement par mon grand-père et ses trois fils. J'avais supposé – naïvement, je le voyais bien à présent – qu'après la mort de Baba, mes oncles et mon père continueraient à la diriger en parfaite harmonie. Les membres de la famille qui y travailleraient seraient bien payés, deviendraient rapidement des cadres et finiraient par prendre la relève de la génération précédente. Badshah Industries fonctionnerait comme une machine bien lubrifiée pendant les décennies à venir. Toute panne était exclue. Mais à l'évidence, quelque chose avait grippé le mécanisme.

Mon père a dit que le sujet était clos. Mon thé avait refroidi. Les bruits discordants de la ville étaient de plus en plus audibles.

« Franchement, Sohana, ça n'a rien à voir avec toi, a dit mon père avec une note de finalité dans la voix. Tu seras de toute façon bientôt mariée, plaise à Dieu, et tu deviendras alors la responsabilité de quelqu'un d'autre. Quoi qu'il advienne de Badshah, tu n'as aucun lieu de te tracasser. »

Il s'est levé. Une brise légère est entrée par une fenêtre ouverte, a fait bruisser les journaux.

J'ai regardé ma mère pour qu'elle me rassure, même si je ne savais pas à quel sujet. Pour qu'elle me dise que les choses reviendraient à la normale ? Était-ce possible ?

Elle a secoué très légèrement la tête comme si elle s'apitoyait sur un gamin des rues.

« Allez, Sohana, retourne dormir un peu. On n'y peut rien pour l'instant. Plus tard, nous irons déjeuner à Phoenix Mills. Ne te mets pas martel en tête pour ces questions. Laisse les hommes s'en occuper. »

Je me suis retrouvée seule dans la véranda. Je suis allée à la fenêtre, j'ai contemplé les panneaux publicitaires criards qui ponctuaient le paysage pour promouvoir des choses que tout le monde voulait mais dont personne n'avait besoin. Une top-modèle couverte de bijoux en or, un canapé de cuir aux lignes épurées flanqué d'arums, une voiture étincelante, le mobile dernier cri. Le ciel de Bombay a toujours été rempli de saloperies.

Dans l'immeuble d'en face, une femme étendait de la lessive. Elle s'est penchée un tout petit peu trop en avant et a failli passer par la fenêtre. Mon cœur a bondi. Elle s'est vite redressée, s'est remise de ses émotions et a continué à accrocher son linge sur la corde à linge comme si de rien n'était.

La conversation avec mes parents m'avait mise à cran. J'avais vraiment besoin de parler à quelqu'un. Milan serait encore endormi. Nitya aurait très vraisemblablement la gueule de bois pour avoir trop forcé sur la tequila durant la nuit.

J'avais surtout envie de parler à Jag. Mais on ne s'était pas parlé depuis plusieurs semaines et la conversation s'était mal passée.

À cet instant précis, j'avais juste besoin qu'on me rassure en me disant que nous n'étions pas une de ces familles qui se désagrègent et volent en éclats, celles sur lesquelles je lisais des articles dans les magazines people. Je voulais qu'on redevienne normaux.

En contrebas, la circulation augmentait. C'est toujours l'heure de pointe à Bombay, chars à bœufs et Ferrari s'acheminant vers leur destination un samedi matin. Sous peu, ma mère et moi nous joindrions à eux pour nous rendre une fois de plus dans une galerie marchande. J'ai soupiré. Mes parents avaient raison. Je ne pouvais rien faire. Ce n'était pas mon problème. J'allais me contenter de sortir et de m'amuser comme d'habitude.

Chapitre 7

J'étais attablée devant un gâteau au chocolat accompagné d'une boule de glace au mascarpone en train de fondre. C'était ma pâtisserie préférée au Café Prato qui était mon restaurant préféré du Four Seasons qui figurait parmi mes endroits préférés à Bombay.

Nitya est apparue à la porte, a jeté un regard circulaire pour me trouver, m'a fait signe et s'est dirigée vers moi. Elle irradiait. La peau de Nitya était la première chose que l'on remarquait. Elle avait un teint parfait, éclatant, comme si elle était nimbée de lumière. J'étais souvent tentée d'attraper une loupe, de l'examiner de près, déterminée à trouver un seul pore dilaté, un seul poil, le moindre pigment déplacé.

« C'était comment ce massage ? ai-je demandé en enfournant une cuiller de chocolat chaud.

— Il ne s'agit pas de massage, m'a-t-elle rétorqué en levant les yeux au ciel. Combien de fois je vais devoir te le répéter ? Shirodhara. Ayurvédique. De l'huile chaude versée dans le troisième œil. Je fais ça toutes les semaines depuis deux mois. Ça me détend énormément.

— Je vois ça », ai-je répondu en déguisant à peine la note sarcastique de ma voix. Nitya pouvait être dans un état comateux, mais néanmoins tendue. De la part d'une copropriétaire de centres de yoga, j'attendais une attitude un peu plus zen.

Elle a appelé un serveur, commandé une assiette de fruits de saison et une tasse de tisane. J'ai contemplé la flaque de chocolat qui se trouvait devant moi avec le mégacafé fumant surmonté de crème à côté et je me suis sentie gloutonne. J'avais besoin de noyer mes chagrins dans le sucre et la caféine. La conversation de ce matin avec mon père m'avait plus bouleversée que je ne voulais bien l'admettre.

« Tiens, c'est pour toi, ai-je dit. Ça fait des semaines que je l'ai à la maison. » J'ai sorti de dessous la table un petit sachet cadeau. J'étais absente à la récente soirée d'anniversaire de Nitya et voulais lui remettre son présent. « Bon anniversaire à retardement. »

Elle a exhumé une petite bourse en soie d'un amas de papier de soie lilas. Elle l'a ouverte pour découvrir la paire de boucles d'oreilles en argent serties de minuscules perles qu'elle avait admirée quand nous avions fait la tournée des boutiques de Bandra. Je m'étais souvenue qu'elles lui avaient beaucoup plu et étais retournée les acheter.

Quoi qu'il en soit, elle a eu l'air surprise.

« On les avait vues chez Butter, tu te souviens ? lui ai-je rappelé. Tu les as essayées avec ta robe noir et blanc ?

— Ah, oui, merci », a-t-elle dit sans conviction. Elle a repris le sachet cadeau et a continué à farfouiller dans les papiers de soie.

« C'est tout, ai-je dit. Juste ces boucles d'oreilles. »

Gênée pour nous deux, elle a gloussé.

Puis, ajustant sa silhouette gracile sur sa chaise, elle s'est empressée de changer de sujet.

« Alors ? Quelle est la dernière ? Tu as découvert quelque chose ? Tu sais bien, au sujet de Baba et tout ça ? »

C'était la raison pour laquelle Nitya m'avait appelée plus tôt dans la journée après être tombée du lit à midi. Hier soir, elle m'avait appâtée. J'avais exigé que mes parents me disent la vérité et maintenant que je l'avais obtenue, elle voulait y aller de son « je te l'avais bien dit » avec cette expression exaspérante qui lui seyait tant.

« Oui, il envisage de vendre l'entreprise », ai-je convenu. J'essayais d'être nonchalante mais j'étais loin de l'être.

Elle a arboré un air supérieur agaçant.

« Ne me dis pas que ton père et tes oncles le prennent bien. Ils sont fous furieux. »

J'ai serré les dents.

« Dis-moi, Nitya, comment es-tu au courant de tout ça ? Et pourquoi as-tu l'air de boire ces nouvelles comme du petit-lait ? » Je m'enhardissais à présent, dopée par les glucides et le café. Dernièrement, notre amitié semblait reposer sur des débats dénués de sens et des querelles mesquines – jean cigarette contre jean évasé du bas, Hôtel Oberoi contre Hôtel Taj, Shah Rukh contre Saif[1]. C'était assises côte à côte dans un salon de beauté, en nous faisant faire notre « manucure-pédicure », en feuilletant des magazines, en comparant ce que nous voyions sur le papier glacé,

1. Tous deux des acteurs.

que nous étions le plus à l'aise plutôt qu'en ayant un vrai dialogue. Nous avions eu une amitié plus sincère. Mais depuis mon retour de Londres, Nitya était différente : irritable, impatiente, superficielle. Je lui avais demandé plusieurs fois ce qui clochait et elle avait affirmé que je me faisais des idées.

Présentement, elle paraissait abasourdie par ma question : comment pouvais-je avoir l'audace de contester son ingérence dans les affaires personnelles de ma famille ?

« Toute la ville en parle. J'ai juste été choquée que tu l'ignores. » Elle a levé une main, l'a mise sur son cœur pour attester sa sincérité, sa compassion. « J'ai cru qu'il valait mieux que tu sois informée. Comme ça, tu auras l'air moins idiote quand tu parles aux gens, quand tu jubiles à cause de cet article sur ta famille parfaite et heureuse. »

C'était reparti. La raison de vivre de Nitya. Me mettre KO debout. Je voulais clore la discussion, en tout cas avec elle.

« N'en parlons plus, ai-je fini par dire en cherchant à passer à autre chose. Tu vas à l'événement Moschino la semaine prochaine ? »

*

* *

L'estomac rassasié par mon goûter tardif avec Nitya et pas encore remise de ma conversation avec elle, je me suis excusée de ne pouvoir dîner dehors avec mes parents et me suis retirée dans ma chambre de bonne heure. Mon amie Mayu donnait une soirée au Blue Frog, mais j'avais beau raffoler de leurs mojitos et de leur travers de porc et avoir assuré à Mayu qu'elle pouvait compter sur moi, j'étais incapable d'affronter la réalité. Me retrouver dans un endroit aux lumières tamisées avec de la musique répétitive et des foules de gens qui se claquaient la bise et se complimentaient sur leur coiffure était la dernière chose dont j'avais envie. J'ai donc demandé à Chanoo de lui téléphoner pour dire que j'avais mangé quelque chose qui ne m'avait pas réussi. Chanoo m'a foudroyée du regard après le coup de fil, convaincue que mentir pour moi lui avait coûté de précieux points karmiques.

La maison était calme. Tout le monde était sorti. Je me sentais seule, en overdose de calories, léthargique et désespérément amoureuse. J'étais en proie à de telles angoisses existentielles que j'avais l'impression de vivre dans une chanson de Michael Bolton, que c'était la bande-son de ma vie.

C'est dans ces moments-là que Jag me manquait le plus. Toutes les fois que j'étais triste ou même simplement fatiguée, il me prenait dans ses bras et, les lèvres tout contre mes cheveux, il m'assurait que tout irait bien. C'est ça qu'il m'aurait fallu maintenant.

*

* *

Je n'étais à Londres que depuis quelques semaines quand Jag et moi nous avions fait connaissance. Que je sois là-bas seule avait été une mini-révolution. Ma grand-mère était fermement convaincue que les filles célibataires d'un certain « pedigree » ne devaient pas se rendre à l'étranger seules. Sous aucun prétexte. Même pour des études. Même en 2011. Alors que ma petite poignée d'amies s'était envolée pour faire des études supérieures, certaines en Angleterre, d'autres en Amérique, d'autres encore en Suisse ou au-delà, ma grand-mère m'avait dissuadée de les imiter et comme je n'étais pas particulièrement ambitieuse, je ne m'étais pas beaucoup battue pour la faire changer d'avis. J'étais restée à Bombay, avais étudié dans une université voisine.

Mais le résultat de ma capitulation était que Dadi campait sur ses positions. À présent, chaque fois que je devais m'absenter – pour le mariage d'une amie ou un break sur une plage balinaise –, elle insistait toujours pour que je sois accompagnée par un membre de la famille, au minimum par un cousin ou une cousine.

L'annonce par mon père que je voulais aller à Londres étudier la décoration d'intérieur avait donc été un affront à sa mentalité archaïque.

« Elle a vingt-six ans et elle veut aller outre-mer pour apprendre à faire des coussins ? avait-elle dit sur un ton sardonique. Trêve d'idioties, s'il te plaît. Concentre-toi pour lui trouver un mari. »

Mon père avait fini par la convaincre à l'aide d'un triple argument : acquérir des connaissances dans un domaine féminin qui ne remettait pas en cause la supériorité masculine me rendrait plus séduisante auprès des prétendants ; j'habiterais l'appartement familial et recevrais régulièrement la visite de parents ; et, last but not least, toutes les filles des meilleures familles de Bombay le faisaient.

En fin de compte, Dadi m'avait donné sa bénédiction accompagnée d'une liste de courses à faire chez Marks & Spencer.

Ma mère m'a accompagnée à Londres pour m'installer au domicile des Badshah à Bayswater – appartement qui était à la disposition de mon père, de ses deux frères, de leurs épouses et de leurs enfants quand bon leur semblait. Ma mère est restée une semaine, m'a aidée à faire des provisions (pour l'essentiel des plats à réchauffer au micro-ondes), m'a appris à me servir du lave-linge, a accroché mes vêtements sur des cintres, m'a dit au revoir en me serrant tendrement dans ses bras puis, après ma première journée d'un cours de décoration d'intérieur de neuf mois, a repris l'avion pour rentrer à Bombay. Avant de partir, elle m'a remis un faire-part en soie rouge qui, une fois ouvert, a déversé une pluie de papillons en papier doré sur ma moquette. C'était une invitation au mariage de la fille de son arrière-petite-cousine – un degré de parenté qui nécessitait l'envoi d'un émissaire familial, mais ne justifiait pas que ma mère revienne à Londres. Le mariage avait lieu dans quinze jours.

J'ai docilement assisté à toutes les réjouissances et cérémonies, appelé ma mère à la fin de chacune pour signaler qui était là, qui portait quoi et la valeur approximative de la parure de bijoux de la mariée.

Le point d'orgue d'une longue semaine bien arrosée était le dîner de réception à l'hôtel Dorchester. On m'avait placée à une table de « célibataires », fléau de toutes les personnes seules qui assistent à ce genre de raout, parce qu'on a l'impression qu'on y relègue ceux qui n'ont leur place nulle part ailleurs. Nous étions remisés dans un coin éloigné du vaste espace : sur les tables rondes nappées de lin bleu layette étaient disposés des assiettes liserées d'or et des vases de roses ivoire. Je portais un caraco pailleté Armani, un pantalon très large, des créoles en diamant aux oreilles. C'était audacieux et moderne pour un mariage indien traditionnel, mais je n'étais pas là pour impressionner qui que ce soit.

Je connaissais tout le monde à ma table où tous les garçons étaient célibataires pour d'excellentes raisons : le joueur de polo deux fois divorcé, le play-boy impénitent à la calvitie et aux regrets croissants, l'as des affaires qui venait de faire de la prison pour escroquerie. Une femme, ingénieur chimiste de quarante-six ans, prétendait mépriser le mariage alors qu'il était évident qu'elle mourait d'envie de convoler.

On nous servait le dessert quand mon ami Vijay m'a invitée à danser. Il était souple, haut en couleur, avait fait ses études à Eton, c'était le genre d'homme que j'aurais épousé s'il n'avait été irrémédiablement gay. Il m'a fait tournoyer sur de la musique trop bruyante et nous avons pouffé de rire devant le corpulent sexagénaire qui tirait des bouffées de son cigare, exécutait un cha-cha-cha sur un air de Beyonce et faisait signe à un malheureux serveur de lui apporter son cinquième whisky de la soirée. Les lumières stroboscopiques flashaient crûment au-dessus de nos têtes et je planais, saoulée par la musique et le champagne.

J'ai reçu un grand coup dans l'épaule. Violent. Douloureux. Je me suis retournée pour faire face au malotru qui m'avait bousculée.

« Pardon », a-t-il lancé d'une voix forte sans s'arrêter. Au début, je n'ai pas remarqué la fille qui l'accompagnait tellement j'étais captivée : c'était un homme aux cheveux ondulés en costume sombre et cravate gris acier percée d'une épingle en argent sous le nœud. Il se mouvait comme s'il était né pour danser, ses souliers cirés glissaient sur le parquet, ses hanches ondulaient, sa large poitrine était caressée par les ondes de la musique. La fille s'est rapprochée de lui, a posé ses ongles roses sur son revers de veste, ses cheveux bruns méchés ont glissé d'un côté de son visage. Elle lui a murmuré quelque chose à l'oreille. Il a ri tout en continuant à danser. Puis la fille s'est retournée, l'a attrapé par la main et l'a entraîné vers le bar.

Vijay m'a fait virevolter une fois de plus. Il m'avait vue dévisager l'homme à la cravate gris acier. Il a hoché la tête, m'a fait signe d'approcher.

« Je le connais, a-t-il dit à mon oreille. Viens. »

J'ai suivi Vijay jusqu'au bar autour duquel s'étaient agglutinés la plupart des célibataires qui espéraient obtenir la dernière boisson gratuite de la soirée. La fille aux ongles roses parlait à quelqu'un d'autre, ignorant délibérément l'homme avec qui elle venait de danser. Adossé au bar, verre à la main, ce dernier contemplait la salle.

« Hé, a-t-il lancé à Vijay. Comment va ? Tu t'amuses bien ? » Son accent était typiquement américain.

« Oui, autant qu'on puisse s'amuser dans ce genre de choses », a répondu Vijay. Il m'a poussée en avant. « Je te présente ma grande amie, Sohana. Originaire de la ville fabuleusement corrompue de Bombay. Elle est apparemment à Londres pour trouver le salut. » Vijay s'est tourné vers moi, m'a frotté affectueusement le bras. Il s'est penché pour me chuchoter à l'oreille. « Vas-y. Il est très sexy. »

« Salut, a dit l'homme en me tendant la main. Jagdish. Tout le monde m'appelle Jag.

— Salut », ai-je répondu en la serrant. Elle était solide, chaude, enveloppante.

« Vous êtes du côté du garçon ou de la fille ? a-t-il demandé.

— De la fille. C'est mon arrière-arrière-petite-cousine.

— Pratiquement des sœurs. » Il a souri, a remué sa boisson, en a bu une gorgée.

« Et vous ?

— Du garçon. Enfin, c'est un homme, non ? Maintenant qu'il est marié ? Nous étions coturnes à l'université de Berkeley. On s'était perdus de vue, si bien que j'ai été un peu surpris qu'il m'invite.

— Je ne vous ai pas vu aux autres festivités », ai-je dit. Les mots ne m'étaient pas plus tôt sortis de la bouche que je me suis rendu compte qu'ils avaient un petit côté espionnage.

« Je ne suis arrivé qu'hier. Je n'ai pas pu quitter mon travail avant. J'ai passé la nuit avec les garçons pourtant. C'est là que j'ai rencontré votre copain Vijay. J'ai RSVPé si tard pour le dîner de ce soir que je me suis retrouvé à une table avec les oncles et tantes. »

Une autre chanson a commencé, de Kanye West.

« Je me demande qui a eu l'idée de passer *Gold Digger*[1] à un mariage, a dit Jag.

— Allons, ai-je répliqué en levant les yeux au ciel. La moitié des femmes de cette salle comprennent très bien ça. C'est leur hymne personnel.

— Vous ne seriez pas cynique ? » a-t-il demandé. Son ton était taquin. Nous jouions.

Ses yeux se sont posés sur une matrone embijoutée de la bonne société, qui remontait une étole de fourrure bordée de vison teinte en vert émeraude pour aller avec son sari Tarun Tahiliani au drapé grec.

1. C'est-à-dire chercheuse d'or, aventurière.

« On dirait qu'elle a du gazon sur le dos, a fait remarquer Jag en indiquant la femme à la fourrure.

— C'est qu'il fait froid dehors.

— Je sais. Mais qui se marie à Londres fin septembre de toute façon ? Ils auraient dû attendre le printemps prochain.

— Les parents de la mariée voulaient que le mariage ait lieu au plus vite, ai-je murmuré en appuyant mon verre sur mon menton. Elle est un peu pute sur les bords, voyez-vous. »

Il a haussé un sourcil, un demi-sourire a joué sur ses lèvres.

« Vous êtes comme ça avec tout le monde, ou seulement avec votre famille ? »

J'ai éclaté de rire. Soudain, ce soir, je me sentais audacieuse.

La musique avait enchaîné sur du Mariah Carey vintage. Les jeunes mariés dansaient un slow maladroit : elle trébuchait sur l'ourlet de son sari somptueusement brodé, lui, s'affalait comme un ivrogne sur elle. Je les observais, consciente d'être observée par Jag. Derrière nous, le barman a vidé l'énorme verre à cognac rempli de billets en toutes sortes de devises. La soirée avait apparemment été bonne pour lui.

« Vous avez pris l'avion où ? ai-je demandé en me tournant à nouveau vers Jag.

— Je vis à San Francisco. C'est l'endroit où il faut être dans mon domaine – les sciences de l'environnement, les systèmes d'énergie alternatifs, la gestion des ressources naturelles.

— Ah.

— Vous n'avez aucune idée sur la question, hein ?

— Pas la moindre.

— Dans ce cas nous devrons faire votre éducation. » Il a fini son verre et l'a reposé. « Vous rentrez comment ? »

Il m'a raccompagnée en mini-cab. Son eau de Cologne, toujours fraîche après une longue soirée, avait une note chaude et boisée. Dans le taxi, nous étions assis plus près l'un de l'autre qu'il n'était nécessaire. J'ai joué timidement avec mes bracelets en déplorant le fait que le seul type super à émerger de cette semaine de festivités se soit présenté le dernier soir.

« Vous reprenez l'avion quand ? ai-je demandé m'attendant à ce qu'il me réponde demain.

— Oh, pas tout de suite. Il y a eu des réductions d'effectifs à mon travail. On a perdu une partie de notre financement. On m'a demandé en fait de me mettre en congé, pour deux ou trois mois au moins. Je ne savais pas quoi faire. Mais voici que le faire-part de mariage de mon copain est arrivé. Je me suis dit que c'était le moment ou jamais de m'échapper. J'habite à St John's Wood, j'ai fait un échange d'appartements. Je suis à Londres pour huit semaines. »

J'étais euphorique, mais n'en ai rien montré.

Devant l'immeuble de brique rouge où j'habitais, il m'a demandé mon numéro de téléphone. Il l'a enregistré sur son mobile avec mon nom.

« Sohana, a-t-il répété en tapant avec un pouce. Ça veut dire quoi ?

— Gracieuse », ai-je répondu. Ça signifiait aussi « belle », mais j'étais trop gênée pour le lui confier.

« On ne saurait mieux dire », a-t-il déclaré en me faisant la bise.

Chapitre 8

« Tu sais qu'on est, genre, les plus cool ici ? » a déclaré Milan. Il joggait à un rythme soutenu à mon côté sur Marine Drive tandis que le soleil brûlait orange à l'horizon. Nous étions entourés de septuagénaires en *kurta*[1] de coton blanc et en *chappals*[2] de cuir, d'hommes aux cheveux gris et de leurs épouses au pas lent, de jeunes mariées engoncées dans leur sari raide, le cou paré de chaînes en or étincelantes et les mains décorées au henné, de gosses qui s'arrêtaient pour s'acheter des cacahuètes salées dans un cornet en papier journal. J'adorais l'air marin, la brise chaude, le trottoir troué de cratères. Enfant, je venais ici tout le temps pour siroter du lait de coco avec une paille coudée, courir derrière mon père qui brandissait un ballon jaune. Tous les autres flânaient, bavardaient, communiaient. Mais Milan et moi fendions la foule dans nos Nike, comme si nous avions été téléportés du marathon de New York.

1. Tunique.
2. Sandalettes.

Nous nous sommes arrêtés, avons vérifié nos podomètres et notre pouls et nous sommes assis au bord de l'eau devant l'immeuble d'Air India.

J'étais contente que Milan m'ait appelée ce matin. Hier soir, j'avais versé toutes les larmes de mon corps avant de m'endormir, rêvant de Jag, d'un retour à la normale. Prakash avait dit à Milan la même chose que ce que mon père m'avait dit. Sauf que Milan semblait moins inquiet que moi.

Il a bu une grande rasade d'eau à la bouteille.

« Pourquoi diable es-tu si bouleversée ? a-t-il demandé.

— Je ne sais pas. » Devant moi, un *bhel puri walla*[1] transvasait du chutney dans une barquette en papier. « Ça n'a pas de sens. Baba ne peut pas vendre l'entreprise au plus offrant. Nos pères sont censés prendre la relève. C'est comme si Baba passait par-dessus leur tête.

— Pas comme si. C'est bel et bien ce qu'il fait.

— Et ça ne te dérange pas ? Tu ne trouves pas ça injuste ?

— Mon opinion n'a aucune importance. Je ne suis rien dans cette famille. Comme toi. »

La remarque m'a blessée. Je n'étais peut-être pas la collaboratrice numéro 1, mais je n'étais pas rien.

« Écoute, a repris Milan avec un peu plus de délicatesse. Peut-être que tout ne changera pas. Selon celui qui finira par racheter Badshah, il est possible que nos pères continuent à y travailler s'ils en ont envie. Autrement, ils auront chacun une grosse somme d'argent et

1. Vendeur de riz soufflé aux légumes accompagné d'une sauce au tamarin.

pourront faire tout ce qu'ils veulent. Tu ne crois pas que ton père ait rêvé d'être autre chose qu'un employé de Badshah Industries ?

— En fait, non. La firme familiale, c'est tout ce qu'il connaît. Je ne sais pas ce qu'il va faire de lui. C'est son héritage. L'entreprise est censée passer de Baba à ses fils, puis à ses petits-fils. C'est comme ça que ça marche dans une famille indivise.

— On est une putain de famille divisée, a dit Milan en appuyant ses coudes sur ses genoux. La vérité, c'est que si nos pères pouvaient se renier, ils le feraient. Ils peuvent pas se souffrir. »

Je me suis mordu la lèvre inférieure. Je détestais ce qu'il me disait – tout en sachant que c'était la vérité. Dernièrement, j'avais remarqué de plus en plus de frictions chaque fois que les frères étaient ensemble, comme s'ils auraient préféré être ailleurs, n'importe où. Chez Baba, quelques semaines auparavant, j'avais entendu des cris derrière une porte fermée, des imprécations entre Amit et Prakash. Ils étaient sortis tous les deux rouges, avaient pris leur verre, rejoint leur épouse et ne s'étaient plus adressé la parole de la soirée.

« Je ne dis pas qu'il n'y aura pas de drame, a poursuivi Milan. Nous sommes une dynastie industrielle indienne. Le drame fait partie de notre vie. »

Je me suis penchée pour renouer un lacet. Je me demandais pourquoi tous ces astrologues et numérologues que ma famille consultait si fréquemment n'avaient rien vu venir. Ou si c'était le cas, pourquoi ils n'avaient rien dit. Gurdas, le conseiller spirituel chauve et replet que Baba allait voir pour tout – depuis l'emplacement d'une nouvelle propriété jusqu'au nom[1] d'une nouvelle épouse –, n'avait prévu que des bonnes choses pour ma famille. Je l'avais personnellement entendu parler d'unité et d'harmonie.

Je l'ai rappelé à Milan.

« Je t'en prie, a-t-il répliqué en faisant des élongations. Gurdas est un crétin.

— Milan ! C'est notre gourou ! »

Milan a ri. Gurdas était l'homme qui avait suggéré que tous les petits-enfants Badshah aient des prénoms se terminant par un « n ». La plupart des gens de son espèce suggéraient la première lettre comme étant la plus en accord avec le thème astral d'une famille, les critères présidant à la naissance d'un bébé. Mais Gurdas s'était concentré sur la dernière consonne, ce que Milan qualifierait à jamais de « monde astral à l'envers ». Étant donné que j'étais censée être un garçon de plus dans une famille qui en regorgeait, mes parents m'avaient prénommée Sohan. Ce n'est qu'une fois remis du choc d'avoir une fille qu'ils avaient ajouté un « a », changeant de ce fait mon nom, et, selon Gurdas, ma destinée. J'étais la seule fille. Et des sept petits-enfants Badshah, j'étais la seule dont le prénom se terminait par une lettre différente. Une voyelle au lieu d'une consonne. Non que tout cela ait jamais eu le moindre sens, bien sûr.

« Donc mon père, le tien et Amit sont mis au rebut comme une vieille paire de pompes. C'est ce que tu es en train de me dire ?

---

1. En se mariant les femmes changent non seulement de nom mais de prénom.

— *Exactement*, a déclaré Milan en se levant pour repiquer un sprint. Et toi, ma chère cousine, tu vas devenir l'exemple même de la jeune rentière pleine aux as. Tu te comportes comme s'il y avait quelque chose de mal à ça. » Il m'a tourné le dos et s'est remis à courir. J'ai foncé pour le rattraper.

Chapitre 9

Un matin de la semaine suivante, j'ai déclaré à mon père qui petit-déjeunait d'un toast aux œufs pochés que je voulais l'accompagner au bureau. Il a failli en laisser tomber sa fourchette.

Ma mère a levé les yeux de son bol de *kichidi*[1] fumant.

« Je n'y vais que pour Diwali[2] », ai-je expliqué. J'adorais le rituel, l'esprit festif, manger des samosas aux légumes, accueillir le personnel qui venait habillé de vêtements neufs et repartait avec des enveloppes décorées contenant des primes et avec des boîtes de confiseries enveloppées de papier cadeau.

« J'aimerais juste voir les bureaux un jour normal. » L'article paru dans la presse avait piqué ma curiosité. On ne parlait jamais business à la maison ni aux réunions de famille – une autre des nombreuses règles de Baba. « Sans compter qu'avec les changements… » Je n'ai pas terminé ma phrase, mais j'ai deviné que

1. Riz et lentilles épicés de curcuma.
2. Fête des Lumières célébrée fin octobre, début novembre.

mes parents savaient ce que je voulais dire. Si Baba mettait ses menaces à exécution, je pourrais n'avoir plus jamais l'occasion d'entrer dans les bureaux. Cette prise de conscience me remplissait de tristesse.

Il y avait plus : aussi futile que ça puisse paraître, je voulais toujours tirer cette affaire Badshah-Sachdev au clair. J'espérais, peut-être naïvement, qu'une visite en coup de vent à la firme familiale l'éclairerait d'un jour nouveau.

Mon père a regardé ma mère du coin de l'œil. Elle a secoué la tête, est retournée à son petit-déjeuner.

« Je suppose qu'il n'y a pas de mal à ça, a-t-elle déclaré en s'adressant à mon père. Au bout d'une demi-heure, elle en aura assez. J'enverrai le chauffeur la chercher. »

*

* *

Sur la base de ce que j'avais vu dans les films indiens, je m'attendais à ce que tous les employés du dernier étage de l'immeuble de Badshah Industries se lèvent et me saluent avec déférence. J'étais après tout la rejetonne rarement vue d'un des patrons, une apparition arachnéenne. Ma présence ce jour-là devrait être un événement, alimenter les conversations de tous à la cantine. Ils s'émerveilleraient de mon assurance, de mon allure gracieuse, de mes manières chaleureuses mais néanmoins royales. Mon arrivée soudaine sur leur lieu de travail marquerait leur journée.

Mais ici, à l'étage « penthouse » décidément fort ordinaire de la direction de l'entreprise fondée par mon grand-père, les employés relevaient à peine le nez. Me précédant de quelques pas, mon père adressait un bonjour indifférent accompagné d'un hochement de tête au personnel administratif assis dans de jolies petites alcôves situées de part et d'autre du couloir principal ; certains jetaient un coup d'œil dans ma direction, deux ou trois femmes ont souri, m'ont détaillée de la tête aux pieds avant de détourner nonchalamment le regard.

« Ma fille Sohana », a dit mon père en me présentant à son secrétaire particulier, Raghu, un homme dégingandé et binoclard en chemisette et cravate violette. Il avait été engagé depuis ma dernière visite au bureau. Raghu a eu l'air perplexe de me voir. « Elle a exprimé le désir de visiter les lieux aujourd'hui a expliqué mon père avec lassitude, répondant à une question non formulée.

— Bonjour, madame, a dit Raghu. Puis-je vous faire apporter un thé, un café ?

— Non, merci », ai-je répondu en souriant gentiment, très désireuse d'impressionner.

J'ai suivi mon père dans ses bureaux spacieux dont les larges fenêtres donnaient sur Nariman Point. Sa table de travail était si bien rangée, si organisée, qu'on aurait presque cru qu'elle ne servait à rien. Une simple pression sur un bouton et l'ordinateur s'est mis à ronronner, le logo de Badshah Industries est apparu sur l'économiseur d'écran. Une minute plus tard, un serviteur à calotte blanche est entré avec le thé de mon père.

« Qu'est-ce que tu aimerais donc voir ? » a demandé mon père. J'étais là depuis à peine cinq minutes et il avait déjà l'air impatient, comme s'il avait des affaires beaucoup plus urgentes à traiter.

« Qu'est-ce que tu fais exactement ici ? » ai-je demandé.

Il a levé les yeux de son ordinateur, le front légèrement plissé. Un ping à peine audible a indiqué que le téléchargement de ses e-mails était terminé.

« Comment ça, qu'est-ce que je fais ici ? a-t-il répliqué. Je travaille. Je contribue à la gestion de l'entreprise.

— Oui, mais donne-moi un exemple », ai-je insisté. J'avais l'impression d'être une gamine à une journée portes ouvertes. J'étais aussi un tantinet honteuse. J'avais vingt-six ans, je n'étais pas complètement stupide et je n'avais qu'une très, très vague idée de ce qui se passait vraiment entre ces murs. En fait, j'étais consternée de m'apercevoir que j'avais choisi de rester dans une bienheureuse ignorance jusqu'au moment où j'avais senti qu'on allait tout m'enlever.

Mon père a soufflé bruyamment par les narines. Il a jeté un coup d'œil à sa montre. Il s'est assis dans son fauteuil dont le cuir capitonné a gémi sous son poids.

« Je suis surtout responsable de la branche hôtelière », a-t-il dit. Il a sorti d'un tiroir une pile de brochures sur papier glacé, qu'il a étalées sur son bureau. « Nous possédons des hôtels dans un certain nombre de pays. Ce sont les derniers en date. » Il a extrait du bas de la pile un dossier « média ».

« Nous venons d'acheter l'Enchantee Group qui possède des hôtels "boutique" en France, en Angleterre, en Irlande, sur l'île Maurice. L'article le mentionnait. »

J'ai feuilleté le classeur qui comportait des photos de chaque hôtel, le prix des chambres et les destinations touristiques voisines.

« Je ne m'occupe évidemment pas de la gestion au jour le jour, a dit mon père en desserrant son nœud de cravate. Mais du tableau général : je regarde les projections annuelles, les comptes de résultats, à quel endroit on peut faire des coupes et maximiser les bénéfices. Voilà mes responsabilités.

— Et *chachas* Amit et Prakash ? ai-je demandé.

— Amit est l'expert immobilier. Il regarde un endroit, n'importe où dans le monde, un immeuble d'appartements ou de bureaux, peu importe, et il est capable de dire sur-le-champ si nous devrions l'acheter ou pas. Il calcule tout de tête et fait une offre immédiate. Sans avoir besoin du Vastu Shastra[1]. Il sait, c'est tout. » L'espace d'un instant, le visage de mon père s'est adouci comme si parler de son frère avait réveillé une affection qu'il ne ressentait plus que rarement.

« Quant à Prakash, il s'occupe essentiellement des aciéries bien qu'il ait d'autres fers au feu. Quand il était petit, Baba l'emmenait parfois pour lui montrer la fusion et le coulage du minerai de fer. Tu sais qu'adolescent Baba a travaillé dans une aciérie ? Travaillé de ses mains. » Mon père a levé les siennes et les a contemplées. Impossible de les imaginer dans des gants de travail grossiers, de se représenter ses cheveux à la raie soignée coiffés d'un casque.

« Papa, je peux te demander quelque chose ? » Il était temps d'aborder le problème de Kismet Corporation. C'était paru dans la presse, de notoriété publique, et je voulais découvrir ce qui s'était passé.

« Quoi donc ?

---

1. Équivalent du Feng Shui chinois, sorte de géomancie.

— Dans l'article du *Daily Business Journal*, il était question d'un procès. De quoi s'agit-il ? »

Mon père a respiré à fond, s'est gratté un côté de la tête comme il tendait à le faire chaque fois qu'il voulait réfléchir à ce qu'il allait dire.

« C'est une petite transaction immobilière entre notre famille et quelqu'un en Amérique. Le problème est réglé. Il n'y a pas lieu pour quiconque de s'inquiéter. »

Quiconque ? avais-je envie de crier. Je ne suis pas quiconque. J'étais sa fille, un membre de la famille à part entière, et je voulais savoir. Mais, comme je m'en apercevais en regardant mon père, mon intérêt était à ses yeux soudain, capricieux et trop tardif. Il ne voulait pas en discuter.

« Papa, ça ne va pas te manquer de ne plus être ici ? Si Baba vend ?

— Ces choses-là demandent beaucoup de temps, Sohana, a-t-il gentiment répondu. Le bon acheteur, de bonnes négociations, des consultations avec des juristes, des financiers. Ça n'arrive pas du jour au lendemain. Et selon le marché conclu, certains cadres pourront peut-être rester. Mais il m'est impossible d'y penser maintenant, *beta*. Nous avons encore une entreprise à gérer. »

Raghu est entré, a dit qu'il y avait des appels en attente, quelqu'un qui désirait le voir. Mon père est passé en mode business, a sorti des classeurs et des dossiers. Il était temps pour lui de se remettre au travail.

Raghu a offert de me raccompagner et m'a fait passer devant d'autres alcôves vitrées avec des diplômes de licence encadrés aux murs, de minuscules pots de fleurs et des statues de Ganesh[1] sur les bureaux. Toutes ces vies contenues dans de minuscules boîtes blanches ouvertes. Les gens ici avaient beau être pour la plupart des inconnus, ils en savaient plus long que moi sur ce qui se passait.

« Hé, Soh, qu'est-ce que tu fabriques ici ? » ai-je entendu dans mon dos. C'était mon cousin Karan de retour de Dubaï. Il serrait un mince porte-documents brun et ses yeux brillants me disaient qu'il était heureux d'être là.

« Salut, ai-je dit. Je suis juste venue visiter les lieux. »

Il a haussé les sourcils.

« D'accord, a-t-il dit. *Jo bi.* Amuse-toi bien *yaar.* Faut que je fonce. Une foultitude de choses à faire. » Il est entré dans son bureau et a refermé sa porte.

Celui de Sharan était voisin, n'était séparé du bureau de son cadet que par une cloison. Il n'était pas là, mais sa secrétaire était présente. Je me rappelais l'avoir vue à Diwali, car ce jour-là, étant catholique, elle était la seule à ne pas avoir revêtu d'extravagants vêtements neufs. Aujourd'hui, elle portait une jupe noire moulante et un haut jaune sans manches avec un jabot sur sa poitrine généreuse.

« Bonjour », ai-je dit en lui tendant la main. J'ai jeté un coup d'œil au nom qui se trouvait sur son bureau. Mary Verghese. « Mary, c'est bien ça ? » ai-je ajouté, prétendant être plus maligne que je ne l'étais. Elle m'a regardée comme si elle savait à quoi s'en tenir.

Elle s'est levée, m'a serré la main. Son minois aux longs cils et au petit nez retroussé était encadré d'un

1. Dieu de la chance, à tête d'éléphant, qui écarte les obstacles.

carré court. Son rouge à lèvres brillait d'un éclat rose sous le néon.

« Enchantée de vous revoir, madame, a-t-elle dit. M. Sharan est absent pour le moment. Vous souhaitez lui laisser un message ?

— Transmettez-lui mon bonjour », ai-je répondu.

J'ai poursuivi ma route. Il y avait des bureaux vides, chichement meublés, des vues sur la ville et personne pour en jouir.

« Qu'est-ce que c'est ? ai-je demandé à Raghu qui m'escortait toujours patiemment. Pourquoi il n'y a personne ?

— Il y a eu quelques licenciements économiques, l'an passé, a-t-il dit sur un ton légèrement attristé. Badshah sahib a restructuré.

— Ah, ai-je fait. Ça paraît dommage. »

Raghu a regardé à l'intérieur des espaces vides et a opiné du chef.

« M. Badshah avait espéré, voilà un certain temps, que vous, les petits-enfants, seriez plus nombreux à venir travailler dans l'entreprise. Mais il n'y en a que deux. » J'aurais juré entendre un claquement de langue désapprobateur.

« Merci pour la visite, ai-je dit, désireuse de le voir partir, qu'il me lâche les baskets. Je trouverai la sortie toute seule. »

J'ai sauté dans l'ascenseur et décidé de m'arrêter à deux ou trois étages au hasard. L'immeuble avait onze étages, mais nous n'en occupions que six. Les cinq étages du bas étaient loués à d'autres sociétés. Au prix actuel des loyers commerciaux, ce revenu devait représenter à lui seul une petite fortune et aurait amplement suffi à faire vivre de nombreuses familles pendant plusieurs années.

Un panneau dans le couloir du huitième annonçait *Expédition* d'un côté et *Comptabilité* de l'autre. Plus loin, on trouvait *Ressources humaines*, *Finances* (quelle était la différence avec comptabilité ? m'interrogeais-je), *Exécution des commandes*, *Traitement.* Chaque niveau débordait d'activité, mais tout se passait dans le calme, était contrôlé. Tout le monde paraissait concentré. J'ai erré, remarqué qu'en général chacun avait l'air de savoir qui j'étais et me souriait cordialement, un ou deux ont même demandé si j'avais besoin de quelque chose. Mais ma présence semblait susciter peu de diversion et encore moins d'intérêt. J'étais juste une visiteuse de plus par une journée ordinaire de plus et ils me regardaient d'un air absent. J'étais peut-être l'unique petite-fille du patron, mais je n'avais aucune autorité ici et ils le savaient.

À l'entrée principale, j'ai repéré mon chauffeur qui m'attendait de l'autre côté des portes en verre. Le vigile s'est levé quand je suis passée devant lui et a porté sa main à sa tempe en une esquisse de salut.

« Au revoir, madame », a-t-il dit en branlant du chef et en regardant droit devant lui. Le chauffeur est descendu de voiture, m'a ouvert la portière arrière et je suis montée, guère plus avancée qu'à mon arrivée dans les lieux.

Chapitre 10

Ma mère avait prévu un déjeuner avec mes deux *chachis* et Jaanvi, événement sans éclat qui avait lieu une fois par mois environ en plus des autres engagements divers et variés des femmes Badshah : bénévolat, cérémonies religieuses, virées shopping. Ces séances censées renforcer les liens entre femmes étaient en général organisées à l'instigation de ma mère qui se sentait tenue de maintenir la cohésion familiale, même si elle n'était pas nécessairement en train de partir à vau-l'eau – en tout cas pas de façon visible.

« C'est ce que font les familles indivises, m'avait-elle expliqué un jour que je me plaignais de devoir l'accompagner. Une famille qui s'amuse ensemble reste ensemble. »

Nous allions donc tenter de nous amuser ensemble chez Tote on the Turf, qui, à l'instar de nombre de ses clients, était célèbre pour sa célébrité. Le restaurant était à moitié plein, mais le vaste espace et les hauts plafonds accentuaient l'impression de vide. À notre arrivée, Malini était déjà là avec Jaanvi. Quelques minutes plus tard, Preeti est entrée sans se presser et s'est arrêtée à une table pour bavarder avec des membres du Tout-Bombay.

Malini s'est levée, a embrassé ma mère et moi sur les deux joues. Elle était maquillée comme une voiture volée : blush rose sombre qui donnait l'impression d'avoir été peint au pochoir, ombre à paupières bleu argenté, cheveux bruns teints tirés en arrière et laqués avec une telle férocité qu'ils bougeaient à peine. Dans ses moments les moins charitables, Milan la traitait de « travelo » à cause de son maquillage criard. Aujourd'hui, dans son chemisier en mousseline de soie imprimée à demi transparent et avec sa torsade de perles multirangs, elle avait l'air de la parfaite cougar. Ses lèvres étaient gonflées comme un pouf marocain, les rides de son front effacées grâce à sa bonne amie Botox. À 55 ans, avec ses longues jambes, sa poitrine généreuse et ses traits félins, elle aurait pu être superbe, sensuelle. Mais avec tous les travaux qu'elle avait subis – certains de qualité médiocre – elle était réduite à une caricature d'elle-même, un cliché de Beverley Hills transplanté au cœur de Bombay.

En comparaison, Jaanvi avait presque l'air dénuée de charme. Ses cheveux noirs frisés grisonnaient par endroits. Elle portait un haut vague orange sur un jean comme une ascète. Bien qu'assise, elle gardait son sac à main sur ses genoux, la bandoulière passée lâchement autour d'une épaule comme si elle risquait de devoir se lever et se sauver à tout moment. J'ai éprouvé un élan de tendresse pour elle.

« Bonjour, mesdames, a dit Preeti en tirant la chaise voisine de la mienne. On s'encanaille une fois de plus ? Franchement, j'avais envie de *pani puri*[1] de chez Kailash. » Elle m'a adressé un clin d'œil.

J'adorais Preeti. Elle ne mâchait pas ses mots et avait un esprit agile. Diplômée d'une des plus prestigieuses universités américaines, issue d'une famille bourgeoise de Boston, elle avait attiré l'œil de mon oncle Prakash dans le métro new-yorkais. Il était là pour affaires, elle était venue pour le week-end de Cornell University où elle se spécialisait en psychologie. Il l'avait remarquée dans une rame de la ligne E en montant à la station 53rd Street. Il expliquerait par la suite qu'il avait été impressionné par ses yeux verts intelligents, ce qui l'avait amené à la croire afghane, exotique. Il descendait à la même station qu'elle et alors qu'elle parcourait le quai d'un bon pas, une petite brosse pliante était tombée de la poche extérieure de son sac. Mon oncle avait couru la ramasser et avait hélé sa propriétaire. Elle avait pris la brosse que Prakash lui tendait et l'avait remercié. Ils avaient emprunté l'escalator ensemble. Il lui avait demandé d'où elle venait, quelle était l'origine de ces yeux verts.

« Je suis indienne, avait-elle répondu. Enfin, je suis d'ici. Mais mes parents sont nés à Bombay. On y allait tous les étés. » Il lui avait dit que c'était là qu'il habitait. Elle connaissait la rue où il avait grandi, l'école qu'il avait fréquentée. Elle avait pris la carte de visite qu'il lui offrait et dit qu'elle appellerait peut-être. Elle l'avait fait. Quand oncle Prakash était rentré dix jours plus tard, il savait déjà qu'il l'épouserait. N'étant pour rien dans cette alliance, Baba avait d'abord rechigné.

---

1. Petits pains frits contenant du chutney de tamarin.

Il ne connaissait pas la famille. Mais dès qu'il avait appris à connaître Preeti, il avait cédé. C'était l'une des personnes les plus authentiques qu'il eût jamais rencontrées. La famille l'avait acceptée sans dot et lui avait tout donné.

« Alors comme ça, j'ai entendu dire que notre charmante Sohana a fait l'autre jour une petite visite à notre siège », a lancé Malini en saisissant le pied d'une flûte de champagne dans ses doigts aux ongles vernis rouge pétant. C'est tout récemment qu'elle avait pris l'habitude de boire du champagne au milieu de la journée. « Comme c'est *charmant* ! » s'est-elle exclamée. Je me suis demandé si son vocabulaire allait au-delà de « petit » et « charmant ».

« Oui, *chachi.* Je n'y étais jamais allée en dehors de Diwali. Je voulais juste y faire un saut.

— Es-tu tombée sur mes deux petits garçons qui se démènent comme de beaux diables pour tout diriger ? s'est-elle enquise en m'adressant un battement de cils hérissés.

— Seulement Karan, en fait. Sharan était en déplacement. » Comme si elle n'était pas au courant. Les détails de ma visite avaient dû défiler sur le panneau d'affichage virtuel Badshah dans les secondes qui avaient suivi mon départ du siège.

« Hmm, a-t-elle dit en buvant une gorgée de champagne. Et quelles petites leçons as-tu apprises là-bas ? »

Son ton était moqueur, sarcastique. Elle semblait suprêmement agacée par ma visite.

Ma mère a senti la tension et a immédiatement cherché à la détourner.

« Ce n'était rien, *bhabi*[1], a-t-elle dit. Juste de la curiosité. Allez, commandons. » Malini s'est tournée vers son menu et nous avons considéré que le sujet était clos.

« Comment ça va, Jaanvi ? a demandé Preeti. Tu es toujours aussi occupée ? »

Ma cousine par alliance a hoché la tête. Je ne l'avais pas vue depuis deux ou trois semaines et son visage paraissait bouffi. Se pouvait-il qu'elle soit enceinte ? J'ai failli lui poser la question avant de me rendre compte que j'allais commettre une gaffe monumentale. J'ai fourré un gressin dans ma bouche à la place.

« Oui, très, très prise par mes œuvres de bienfaisance, a-t-elle répondu. Deux grands dîners de collecte de fonds bientôt. » Et d'évoquer des puits en zones rurales, des écoles pour enfants analphabètes.

Jaanvi essayait au moins d'avoir une vie personnelle. Ça m'attristait que nous ne soyons pas plus proches. Elle était en fait comme une belle-sœur, une autre jeune femme dans une famille débordant de testostérone. Nous aurions pu devenir des alliées et des confidentes. Mais il n'y avait jamais eu la moindre intimité entre nous, ni le moindre effort de rapprochement. Le ridicule de son mariage avec mon cousin m'avait toujours frappée : là où Sharan était fonceur et robuste, Jaanvi était timide et insipide. Sharan avait été le meilleur parti de Bombay, son attrait s'exerçait au niveau international. Des filles prenaient l'avion de Delhi, Singapour et Londres pour le voir. Les mères des candidates au mariage se bousculaient pour propulser leur fille sous ses

1. Épouse du frère aîné.

yeux réprobateurs. Pour sa part, il tirait parti de la situation au maximum. Il sortait avec des starlettes et des mannequins. Il avait une ribambelle d'hôtesses de l'air en numérotation abrégée sur son mobile. Sa vie de bâton de chaise lui valait les honneurs de la presse de caniveau, bravait l'édit de Baba qui voulait que la famille fasse profil très bas. Aussi, quand, pour la troisième fois, on l'avait qualifié de « petit prince play-boy » à la page people, Baba avait mis un terme à tout ce cinéma. Il avait rassemblé les troupes – en l'occurrence, ses amis les plus chers ayant des filles d'un certain âge – et avait fait savoir qu'il choisirait l'une d'elles. Vingt-trois ans, introvertie, Jaanvi Sippy n'était pas du genre à faire des vagues, c'était la descendante d'une famille d'armateurs en vue de Lagos. Elle apportait une dot très élevée et suffisamment de comptes en Suisse pour soutenir une monarchie chancelante. Comme Baba l'avait dit à Dadi après avoir parlé au téléphone avec le père de Jaanvi : « Elle fera l'affaire. »

Tandis qu'on nous servait le déjeuner, Preeti parlait de son père professeur d'université qui s'apprêtait à prendre sa retraite. Sa plus jeune sœur venait d'avoir un troisième enfant. Son frère avait été licencié de son travail dans la finance à New York. Elle souhaitait envoyer de l'argent, mais il ne voulait pas en entendre parler. Elle croquait sa salade et parlait de la vie quotidienne de sa famille et je trouvais ses propos extrêmement touchants et rafraîchissants. Plongée dans les détails banals de la vie d'autrui, je sentais mon corps se détendre.

Pendant tout ce temps, je remarquais que Malini regardait dans ma direction, avec un sourire tendu, les mâchoires crispées. Elle semblait bizarre aujourd'hui, cachottière.

L'addition est arrivée et elle a sorti sa carte bancaire. Il y a eu les fausses protestations habituelles au sujet de qui allait la régler.

« Est-ce que ça a vraiment de l'importance, les filles ? a dit Preeti en l'arrachant des mains de Malini. Peu importe qui paie, tout vient du même compte en banque. » Elle a ri. « Remercions toutes Baba Badshah. »

Le serveur a pris la carte de crédit. Jaanvi jouait avec des miettes sur la table.

« Il faut que je vous demande à toutes quelque chose », ai-je dit. Ce n'était pas mon genre d'être aussi directe. Je restais d'habitude au second plan lors de ces déjeuners. Ma mère s'est tournée vers moi avec une expression légèrement paniquée dans le regard. Malini était soupçonneuse, Jaanvi indifférente. Seule, Preeti semblait curieuse d'entendre ce que j'avais à dire.

« Qu'est-ce que vous savez toutes – vous, les femmes Badshah – de l'entreprise familiale ? »

Jaanvi a cessé de triturer les miettes et a levé les yeux vers moi. Malini a vidé sa flûte de champagne.

« Chérie, en voilà une question idiote, a-t-elle déclaré. Nous savons ce que nous avons besoin de savoir. » Et de claquer ses longs doigts en l'air. Elle était pompette, essayait d'être enjouée et espiègle. Ça ne marchait pas. Elle m'a paru un rien pitoyable.

« Sohana chérie, pourquoi poses-tu la question ? » m'a dit Preeti. Elle m'a regardée avec ses yeux translucides. J'étais contente que sa licence de psychologie lui serve à quelque chose. Deux jours par semaine, elle travaillait comme bénévole dans un refuge pour femmes, aidait les victimes de mauvais traitements. Je voyais qu'elle inspirerait confiance à n'importe qui.

« Cet article de journal m'a fait réfléchir, ai-je répondu. Je sais si peu de chose sur l'entreprise familiale et je me sens soudain très honteuse. Maintenant que tout est en train de changer… que Baba va peut-être vendre… je regrette de ne pas en avoir fait plus. De ne pas en savoir plus long.

— Eh bien, je vais te dire ce qui se passe chez moi, a dit Preeti. Prakash rentre, me raconte sa journée, avec qui il a déjeuné, tous les détails importants. Je donne des dîners pour ses relations d'affaires, je connais donc certains côtés de la firme. Quand il y a un événement très important – une nouvelle acquisition, ou, au contraire, une crise grave –, il m'en parle toujours. C'est une grosse entreprise complexe avec de nombreuses ramifications, mais je pense vraiment que c'est important pour les épouses de bien dominer le sujet. »

Elle a remarqué à mon expression hésitante, pleine de regrets, que de toute évidence je *ne dominais pas* le sujet. Elle a posé sa main sur la mienne et a souri.

« Il n'est jamais trop tard », a-t-elle dit.

Le serveur a fini par revenir et il fut temps de partir. Sur le chemin de la sortie, ma mère, Jaanvi et Preeti sont allées aux toilettes. Je me suis retrouvée seule avec Malini à attendre nos voitures. Elle s'apprêtait à rendre visite à une amie à l'hôpital et voulait s'arrêter en route pour acheter des fleurs. Mon chauffeur est arrivé le premier. Alors que je me tournais pour embrasser ma tante et prendre congé, elle m'a attrapée par le bras, m'a attirée à elle et m'a dit à l'oreille :

« Sohana, *beti.* » J'ai senti ses ongles pointus à travers ma manche. « Il se passe des choses en coulisse que ta petite tête ne peut pas comprendre. Cesse de t'en mêler. D'accord ? »

J'ai reconnu son expression. Je l'avais déjà vue, petite, lors d'une soirée pyjama qui se passait chez elle. J'avais commencé à réclamer ma mère en pleurant. Mais Malini ne m'avait pas permis de rentrer à la maison. Elle voulait m'obliger à aller au lit. Quand j'avais refusé, elle m'avait mise au coin. Tous mes cousins étaient dans une autre pièce, trop jeunes et ensommeillés pour se soucier de moi. Il était trois heures du matin. Mes paupières étaient devenues lourdes et douloureuses à force de pleurer. Je l'avais suppliée de m'autoriser à me coucher. Elle m'avait giflée et laissée au coin jusqu'à ce que je m'écroule d'épuisement sur le tapis. Une domestique m'avait trouvée le lendemain matin avec un filet de bave sur le menton et l'empreinte du tapis sur une joue. Je n'avais jamais oublié cette nuit. Et quelque part dans mon inconscient, je savais que je ne la pardonnerais jamais à ma tante.

À présent, j'étais stupéfaite, sans voix, tandis qu'elle me serrait toujours le bras. Je ne savais pas quoi répondre. Les autres sont arrivées. Malini m'a lâchée, m'a embrassée froidement sur la joue. Ma mère m'a fait monter en voiture et nous sommes rentrées chez nous.

Chapitre 11

Priyadarshini Park était un des rares endroits de Bombay où ma mère m'autorisait à me promener seule. On le voyait de la maison et j'en connaissais quasiment tous les recoins. Elle ne pouvait me refuser la possibilité d'y passer du temps seule avec moi-même. Elle s'y réfugiait quand elle avait besoin de s'échapper et elle me permettait de faire de même. Pour moi, le parc possédait tout : l'océan à une extrémité, une étendue verte au centre, une rangée de hauts immeubles sur son pourtour. Je m'y sentais en sécurité.

J'y venais de temps à autre pour m'évader, même si je ne savais pas ce que je fuyais. L'ennui, peut-être, la vacuité troublée de ma vie, comme si traverser des parcelles de pelouse mal arrosées allait fournir des réponses aux questions que je ne m'étais même pas encore posées. Aujourd'hui, toujours ébranlée par le commentaire bizarre et déconcertant de Malini, j'avais vraiment besoin d'un moment de solitude.

Je me suis assise dans l'herbe qui grattait à travers mon pantalon de survêtement, j'ai remonté mes genoux sur ma poitrine et j'ai regardé défiler le monde. J'ai fermé les yeux une seconde et j'ai pensé à Jag. C'était tôt le matin à San Francisco. Il devait être réveillé, probablement en train de faire son jogging dans les rues en montagnes russes de la ville avant de se rendre au travail. Je me suis demandé s'il pensait à moi comme je pensais à lui. S'il lui arrivait même de penser à moi. Il m'avait appelée une semaine après mon retour à Bombay. J'étais follement heureuse d'avoir de ses nouvelles, j'attendais des excuses, qu'il me dise qu'il avait commis une erreur et qu'il sautait dans le prochain avion pour tout arranger. Mais il n'en avait rien été. Il téléphonait pour voir comment j'allais. Il était désolé de la tournure prise par les événements. Il espérait que j'allais bien. J'avais pleuré au téléphone, mon sang-froid s'était évaporé. Je lui avais demandé s'il y avait la moindre possibilité de retourner à la case départ, dit qu'il me manquait terriblement. Il m'avait répondu avec une irrévocabilité bouleversante : « Restons-en là. »

Cela faisait moins de deux mois qu'il avait quitté notre domicile familial à Londres et le temps, quoi qu'on en dise, n'avait pas atténué la douleur. J'avais toujours le cœur brisé. Je rêvais toujours de lui. La fin était venue si soudainement, si abruptement qu'il m'avait fallu trois jours pour sécher mes larmes, quatre pour être capable d'avaler un repas complet, six avant de pouvoir boucler mes valises et rentrer à la maison. Après la rupture, il m'était impossible de rester dans la ville où je l'avais connu. Nitya m'avait dit que j'étais faible, puérile, que je devais m'aguerrir, que ce n'était après tout qu'un mec. Mais Nitya avait tort. C'était

LE mec. C'était l'homme de ma vie – jusqu'à ce qu'il ne le soit plus.

*

* *

Le lendemain du mariage de mon arrière-arrière-petite-cousine, fidèle à sa parole, Jag m'avait appelée. C'était une belle journée ensoleillée de septembre, le genre d'après-midi au ciel bleu qui aide à supporter le temps le reste de l'année. Est-ce que ça me dirait de grignoter un morceau en début de soirée ?

Nous avions rendez-vous devant la station de métro Covent Garden. Il était déjà là à mon arrivée, avait troqué son costume contre un jean brut et un tee-shirt noir à manches longues. Il était aussi beau que dans mes souvenirs : les cocktails de la veille au soir ne m'avaient pas joué de tours. Il feuilletait un guide. Il a levé les yeux quand je lui ai donné une tape sur l'épaule, s'est penché pour me donner l'accolade. Il a suggéré le Crusting Pipe, un restaurant de la cour centrale où un orchestre jouait de la musique classique. Il a ouvert la marche comme s'il vivait à Londres depuis toujours. Nous avons commandé du poulet grillé – fermier, a-t-il voulu s'assurer –, du risotto aux herbes, une salade de roquette, une carafe de chardonnay bien frais.

« Rachmaninov, a-t-il dit. Je jouais du violon étant petit. J'ai abandonné il y a des années. Je le regrette. »

J'ai contemplé ses doigts, longs, souples et robustes.

« On commence ? a-t-il demandé.

— Quoi ?

— Votre éducation ? Sur les systèmes renouvelables, le pic pétrolier, tous ces trucs excitants ?

— S'il le faut. »

Il m'a adressé un grand sourire.

« Nan, vous n'avez pas besoin d'entendre parler d'infrastructure fonctionnant à l'énergie solaire ce soir. Contentons-nous de décompresser. Cool ?

— Cool. »

Le vin était gouleyant, la nourriture délicieuse et on s'entendait parler sur fond de Liszt. Il avait une sœur aînée, ses parents vivaient dans le New Jersey, son père était promoteur immobilier. Il avait caressé l'idée d'entrer dans l'affaire familiale. Mais sauver la planète grâce aux économies d'énergie s'était avéré trop tentant.

« Mes vieux n'ont pas la moindre idée de ce que je fais pour gagner ma vie, a-t-il expliqué en riant. Ils prétendent que si, mais je sais que c'est faux. Quand je leur ai dit que c'était une activité sans but lucratif, ils ont imaginé que j'allais dormir sur les canapés de mes amis pour le restant de mes jours. Ils sont contents que j'arrive à régler mes factures. Je suppose que la dernière chose dont ils ont besoin, c'est de voir leur fils de trente-quatre ans revenir vivre chez eux.

« Parlez-moi de vous, a-t-il poursuivi en remplissant à nouveau mon verre. Qu'est-ce que vous faites seule à Londres ?

— J'avais besoin de m'échapper, ai-je répondu, détendue par le vin. Disons que j'étais une des seules célibataires parmi un tas de gens mariés et que j'avais le sentiment de détonner. » J'ai marqué une seconde de temps d'arrêt, regrettant mes paroles. Tous les manuels sur la meilleure façon de se trouver un mari mettent en garde de ne pas utiliser le mot « marié » lors d'un premier rendez-vous, affirment que c'est rebutant. Annoncer que j'avais quitté Bombay parce que j'étais célibataire lui disait aussi que je voulais convoler et, apparemment, aucun célibataire n'a envie d'entendre ça.

Il a rompu un morceau de pain, l'a trempé dans une coupelle d'huile d'olive, l'a tourné dedans de sorte qu'il avait les doigts tout huileux.

« Vous avez de la chance de pouvoir partir comme ça. D'avoir les moyens de le faire.

— J'étudie la décoration d'intérieur. C'est une occupation, un truc que mes parents peuvent comprendre. Nous avons de la famille ici et un appartement. On m'a donné le feu vert.

— Qu'est-ce qu'ils font ? Je veux dire votre famille ?

— De l'acier. Plus quelques autres trucs, mais essentiellement de l'acier. »

Une lueur a éclairé son regard comme si ce seul mot – acier – était tout ce que j'avais besoin de dire pour qu'il sache qui j'étais. Acier voulait dire argent.

« Quels autres trucs ? a-t-il demandé.

— Vous savez, pour être franche, je n'en suis pas totalement sûre. Ils possèdent pas mal de propriétés en Inde, je sais au moins ça. Mon grand-père est très discret. C'est une entreprise privée et il contrôle quasiment tout. Il ne parle pas affaires en dehors des heures de bureau. Et je ne suis pas là-bas, si bien que je ne sais pas grand-chose sur ce qui se passe. Désolée.

— Je vous en prie, ne vous excusez pas. Ça ne me regarde pas de toute façon. J'étais juste curieux. Il n'empêche que c'est courageux, ce que vous avez fait. Il faut du cran pour quitter la vie qu'on connaît et tenter quelque chose de nouveau. »

Tout chez cet homme était ouvert et attirant. Il y a vingt-quatre heures, je ne le connaissais même pas. Mais devant un dîner décontracté à Covent Garden, il a eu l'air de voir qui j'étais et nous n'avons pas eu besoin d'en dire plus.

Il a réglé l'addition. Nous avons traversé le marché couvert à l'immense toiture de verre, grouillant de gens qui faisaient des courses ou dînaient. J'étais à la traîne, séparée de lui par des inconnus. Il s'est retourné, m'a attrapée par la main, m'a guidée à travers la foule jusqu'à ce que nous émergions de l'autre côté. Ma main est restée dans la sienne pendant tout le trajet en métro et la marche à pied jusqu'à mon immeuble. Nous nous sommes arrêtés devant. Mon écharpe s'est déroulée. Il a attrapé une extrémité, l'a enroulée autour de mon cou et l'a tapotée pour bien la remettre en place.

« Voilà », a-t-il dit d'une voix douce. Son haleine sentait le vin. Il s'est penché, m'a embrassée sur la joue, à un chuchotement de mes lèvres. Il a appuyé son visage contre le mien une fraction de seconde, puis s'est écarté.

« J'ai passé une super-soirée, a-t-il dit.

— Moi aussi. » Je ne voulais pas qu'il s'en aille.

« Je vous appellerai », a-t-il ajouté.

Il s'est retourné, a descendu quatre à quatre l'escalier extérieur de l'immeuble. Je l'ai regardé, le ventre tordu de désir. J'ai regagné un appartement vide, un lit vide et me suis sentie plus solitaire que jamais.

*

* *

Il a bel et bien appelé. Le lendemain. Et le surlendemain. Nous nous sommes revus de nombreuses fois. Pendant que mon cœur se laissait entraîner dans cette idylle aussi soudaine que magique, ma tête me disait d'être prudente, circonspecte. Je n'étais pas du genre à croire aux relations parfaites, ma mère m'ayant seriné que le côté romantique et la magnificence des noces n'avaient absolument rien à voir avec les rigueurs et les réalités du mariage. J'avais vu les difficultés de celui de Sharan et Jaanvi.

Mais ce qui se passait avec Jag était vraiment proche de la perfection. C'était peut-être dû au fait qu'il était à mon entière disposition. Pas de trajets quotidiens pour se rendre au travail, pas de réunions de dernière minute ni de délais serrés à respecter. Une relation non soumise à des pressions extérieures peut s'avérer, ainsi que je le découvrais, absolument sublime. Il était à Londres pour explorer, pour laisser les journées s'écouler à leur propre rythme. Le fait que j'étais entrée dans son monde était un bonus, ne cessait-il de me répéter. La cerise sur le gâteau. Mon apparition surprise au début de son congé sabbatique de huit semaines avait transformé des vacances forcées en une lune de miel improvisée qui signalait pour lui comme pour moi le début d'une nouvelle vie. À la fin de la troisième semaine, nous étions engagés l'un envers l'autre. Nous avions beau habiter lui, San Francisco et moi, Bombay, le sort en était jeté.

« J'ai condamné mes issues de secours », a-t-il déclaré un soir devant un verre de Baileys. Nous étions dans un petit pub près de chez moi. Il frottait mes mains dans les siennes. Des flammes orange dans un âtre en brique réchauffaient la salle.

« Hein ? ai-je dit.

— Je ne cherche pas plus loin. » Il portait un pull bleu ciel, doux comme de la soie. J'ai tiré sur un fil qui pendait à son poignet. « Ces trois dernières semaines ont été incroyables. Je suis venu à Londres parce que j'avais besoin de m'échapper et de réfléchir, de prendre des décisions au sujet de mon travail. Et voici que j'ai fait cette rencontre inattendue avec toi. Nous avons tous les deux des domiciles à regagner. Mais nous pouvons trouver une solution. »

Je fixais ses lèvres. Nos trois semaines d'idylle s'étaient traduites par quatre dîners, deux déjeuners et cinq rendez-vous au cinéma. Il ne m'avait même pas encore embrassée. C'était bizarre. Si nous avions été en Inde, nous aurions été fiancés.

« Je voulais y aller doucement », a-t-il dit. Il parlait toujours. Pour un homme, il parlait énormément. « Je ne me suis pas vraiment autorisé à tomber amoureux, pas après Nikki. »

Nikki. Son ex-femme. Il m'en avait parlé au milieu de la deuxième semaine. Ils s'étaient rencontrés alors qu'il assistait à une conférence à Sonoma. Il avait compris peu de temps après le mariage qu'il avait commis une erreur. Ils avaient divorcé au bout d'un an. Je croyais que ça m'aurait perturbée d'apprendre que l'homme dont je tombais si rapidement amoureuse avait été marié à quelqu'un d'autre, s'était déjà donné d'une façon à laquelle les hommes sont censés réfléchir longuement. Mais j'ai été surprise de m'apercevoir que ça ne me faisait ni chaud ni froid. Grossière comme elle l'était, Malini qualifiait souvent ces mariages d' « expéditions étrangères » : ils étaient de courte durée, excitants pour un temps, mais rarement durables.

« Eh bien, tant pis pour Nikki, ai-je répondu. Tu es à moi, maintenant. »

*

* *

Quand il m'a déposée chez moi, il est monté. Il a enlevé sa veste, a envoyé promener ses souliers, s'est installé confortablement dans un fauteuil. J'ai mis un CD de Regina Belle. J'avais découvert par hasard une collection de R&B des années 80 : Luther Vandross, Teddy Prendergrass, Anita Baker. Elle appartenait à Preeti qui avait laissé toute une pile de musique sensuelle dans la collection de CD familiale. J'étais sûre que Jag la qualifierait de « chick-music pleurnicharde » comme Milan.

« C'est top », a dit Jag. Il a fermé les yeux. « Relaxant.

— Oui », ai-je acquiescé. La dernière chose dont j'avais envie de parler, c'était de musique. La dernière chose dont j'avais envie, c'était de *parler*.

Je me suis assise sur la moquette, à ses pieds. De la tisane de cynorhodon infusait dans un pot sur la table basse. Je me suis rapprochée de ses jambes. La tête appuyée contre le dossier de son fauteuil, les yeux clos, il n'a pas bougé.

Il a ouvert un œil, m'a contemplée.

« Essaierais-tu de me séduire ? » a-t-il demandé. Un sourire insolent jouait sur ses lèvres. Gênée, je suis devenue rouge comme une tomate. Je me suis un peu écartée.

« Écoute, a-t-il dit soudain. Voilà trois semaines que je suis ici et je ne suis pas encore allé à Trafalgar

Square. Ça te dirait d'y aller demain ? Donner à manger aux oiseaux ? »

J'ai soupiré. Une heure plus tôt, cet homme me déclarait sa flamme. À présent, nous étions seuls. Il pleuvait dehors. On entendait de la musique sexy en fond sonore. Et tout ce à quoi il était fichu de penser, c'était à des *pigeons* ?

« Bien sûr. Après mes cours, peut-être ? Demain, on étudie les moulures de plafond. »

Il a posé sa main sur ma tête, s'est mis à me caresser les cheveux. J'ai fermé les yeux, attendu qu'il se laisse glisser près de moi sur la moquette et se décide enfin à passer à l'action.

« D'accord pour demain, a-t-il dit en se levant d'un bond. Je t'appelle dans la matinée. »

Une bise rapide sur la joue et il a disparu en un clin d'œil en refermant la porte derrière lui.

J'ai aperçu sa veste en cuir brun sur un dossier de chaise. Je l'ai attrapée et j'ai ouvert la porte. Il était toujours dans le couloir, en train d'attendre l'ascenseur.

« Tu as oublié ça », ai-je dit en balançant la veste au bout d'un doigt.

Il m'a regardée pensivement. Les portes de l'ascenseur se sont ouvertes. Une fraction de seconde, j'ai cru qu'il allait monter dedans et me dire qu'il récupérerait sa veste le lendemain. Mais il a rebroussé chemin pour se diriger vers moi.

Il m'a pris la veste des mains. Il se tenait devant moi à présent, nous ne parlions ni l'un ni l'autre. Je respirais à peine.

Je ne sais pas trop qui a pris l'initiative. Mais en l'espace d'une seconde, ses lèvres étaient sur les miennes. Nous étions de retour dans l'appartement, la porte a claqué. J'étais collée contre un mur. Je ne pouvais plus respirer. Je m'en fichais.

*

* *

J'avais oublié de fermer les rideaux. La pâle lumière du soleil matinal m'a réveillée. Ma tête reposait sur sa poitrine. Encore profondément endormi, il respirait bruyamment. Une de ses jambes nues sortait des draps froissés. Je l'ai couverte, ai remonté la couverture sur nous deux et me suis blottie encore plus près de lui si c'était possible. Mes mouvements l'ont tiré du sommeil.

« Hé, a-t-il dit en ouvrant lentement les yeux.

— Salut. Bien dormi ?

— Comme un loir. Et toi ?

— Hmm. » Je me suis pelotonnée, ai passé mes bras autour de sa taille.

Il s'est frotté les yeux, tourné vers moi, appuyé sur un coude.

« C'était top, cette nuit », a-t-il dit avec un sourire coquin.

J'ai senti le rouge me monter aux joues. Jag n'était pas mon premier amant. Mais après cette nuit, je voulais qu'il soit le dernier.

« Je peux te demander quelque chose ? ai-je dit.

— Vu que nous sommes nus dans ton lit, tu peux me demander à peu près n'importe quoi.

— Pourquoi il t'a fallu si longtemps ?

— Hein ?

— On sort ensemble depuis trois semaines. Tu traînais les pieds. J'ai senti dès le premier soir que j'avais envie d'être avec toi. Je commençais à me dire que tu n'étais pas intéressé. »

Il s'est assis, a passé sa main dans le désordre sexy de sa chevelure.

« Tu sais, trois semaines avant de se retrouver dans le même lit, ce n'est pas si long que ça. Je suis un peu vieux jeu. » J'avais honte à présent : pour qui devait-il me prendre ?

Il a frotté son doigt sur ma joue.

« Je plaisante, a-t-il dit. La vérité, c'est que j'ai ressenti la même chose que toi, le premier soir. Mais tu n'es pas le genre de fille avec qui on devrait s'amuser. Je voulais être sûr.

— Et tu l'es ? »

Il s'est remis sous les couvertures.

« Je suis sûr de vouloir être avec toi, oui. » Il s'est penché, m'a embrassée sur le nez et m'a reprise dans ses bras.

Je n'ai rien appris sur les moulures de plafond, ce jour-là. Et Trafalgar Square a été remis à un autre jour.

Après cette première nuit, Jag est rarement retourné à son appartement de St John's Wood, car nous avons tous les deux convenu qu'il était plus logique qu'il apporte la plupart de ses affaires chez moi.

Nous n'étions quasiment jamais séparés. Je séchais les cours dès que c'était possible. Quand je rentrais à la maison tous les après-midi, Jag m'y attendait. C'était un cuisinier inspiré qui me surprenait avec des raviolis à la citrouille ou du saumon en croûte d'amandes. Nous faisions des balades à Hyde Park, trempette dans des bains mousseux, la causette jusqu'à deux heures du matin, parfois. Je me suis surprise à lui raconter des choses que je croyais avoir oubliées depuis longtemps, à exhumer des souvenirs poussiéreux et douloureux : les très nombreuses occasions où mes cousins m'avaient ignorée délibérément parce que j'étais une fille, toutes les fois où j'avais fait les frais de la mauvaise humeur de Baba, ou les relations amoureuses qui avaient tourné au vinaigre après avoir été si prometteuses. Il était le genre d'homme qui ne bronchait même pas devant les vieux chagrins d'amour de sa nouvelle petite amie. Il écoutait, buvait toutes mes paroles.

Au cours de ces semaines, il s'est révélé l'être le plus gentil que j'aie jamais connu. Un jour que je jeûnais et que nous étions arrêtés dans un petit café pour qu'il puisse grignoter un morceau, il s'est excusé pour aller au Tesco voisin et en est revenu avec une pile de fruits[1] qu'il a demandé au restaurant de me couper et de me servir. Quand j'ai attrapé la grippe, il a enveloppé mon corps endolori de serviettes chaudes, m'a frotté le dos et préparé moult tasses de thé additionnées de gingembre frais aux effets fortifiants.

Je savais que ces attentions aimantes étaient largement dues aux premiers feux d'un nouvel amour. Mais il y avait quelque chose de solide et de durable chez Jag, quelque chose qui me disait qu'il avait des trésors de bonté inépuisables, que sa générosité ne se tarirait jamais. Je sentais que ma vie était en de bonnes mains. Après être sortie avec des garçons riches de Bombay qui s'intéressaient plus à la couleur de l'habitacle de leur voiture qu'à mes sentiments, qui battaient en retraite dès qu'ils redoutaient

1. Les filles célibataires jeûnent le lundi afin de trouver un bon mari. Elles ont droit à un repas végétarien dans la journée, ensuite seuls les fruits et le lait sont autorisés.

l'imminence d'un coup de fil de Baba à leur famille pour proposer un mariage, le sérieux de Jag était irrésistible et incroyablement sexy. Il me donnait envie d'être meilleure – plus capable, d'avoir davantage de cordes à mon arc. Il me disait de me lancer des défis.

« Tiens, m'a-t-il dit un soir à mon retour de cours en brandissant des lanières blanches farineuses. Je viens de fabriquer des tagliatelles. Ton plan de travail en marbre s'avère parfait pour abaisser la pâte.

— Tu les as préparées toi-même ? lui ai-je demandé, perplexe. Qui fait un truc pareil ? »

Il les a posées sur le plan de travail, délicatement, comme s'il s'agissait de brocart vintage qui risquait de se désintégrer au moindre froissement.

« Je vais saler l'eau, tu la mets à chauffer dans cinq minutes, a-t-il expliqué. Dès qu'elle bout, verse les pâtes dedans, remue et garde un œil dessus, trois minutes de cuisson maximum. D'accord ? Je fonce sous la douche. »

Je me suis exécutée. J'ai mis l'eau à chauffer, mais au lieu de la surveiller, j'ai téléphoné, rangé mes livres, plié du linge… jusqu'au moment où j'ai entendu le détecteur de fumée se déclencher dans la cuisine.

Jag était déjà là.

« Tu trouves le moyen de faire brûler de l'eau ? a-t-il dit en me montrant la marmite carbonisée. C'est bien ma chance d'être tombé amoureux de la seule Indienne au monde qui ne soit pas fichue de cuisiner. » (Je n'avais entendu que le mot « amoureux ».)

Après ça, il a encore tenté de me faire partager son amour de la cuisine, m'a appris à faire une réduction, une sauce hollandaise, un roux. Mais tandis qu'il remuait derrière moi le contenu d'une casserole avec une cuiller en bois, je me retournais, l'embrassais, éteignais le gaz. Au bout d'un moment, il renonçait.

« Promets-moi seulement, disait-il en laissant mes lèvres parcourir son visage, qu'un jour tu apprendras à t'occuper de toi, à te débrouiller dans une cuisine.

— Promis. » J'embrassais ses paupières closes et tirais sur son tablier. « Mais en attendant, est-ce que je peux te montrer comment je me débrouille au lit ? »

*

* *

« J'ai réfléchi », a-t-il déclaré. Nous étions à la fin de la sixième semaine. Son congé sabbatique prenait fin dans quatorze jours. Il avait reçu un coup de fil de son patron. Il y avait toujours un travail pour lui, s'il le voulait. Une réduction de salaire qu'il avait acceptée car il adorait son boulot et voulait le reprendre. Jusque-là, nous n'avions pas encore discuté des conséquences pour nous, pour notre relation. Je supposais que Jag se chargerait de trouver une solution comme toujours. Que tout finirait par s'arranger.

« Je déteste quand tu réfléchis, ai-je répliqué. Ça signifie que tu vas dire quelque chose de futé qui va me donner l'impression d'être stupide. » C'était vrai : Jag se lançait à brûle-pourpoint dans un monologue au sujet de l'économie reaganienne, des subventions agricoles, du complexe militaro-industriel, sujets dont j'ignorais tout et qui ne m'intéressaient pas. J'opinais d'un air respectueux, marmonnais « c'est terrible » et attendais que la page publicitaire soit terminée pour retourner à notre show télévisé. J'aimais son intelligence des affaires de ce monde, mais ne me faisais aucune illusion : je n'en possédais pas la moindre parcelle.

Il a tendu la main et a saisi la télécommande. Nous étions en pyjama, en train de regarder *X Factor*, les mains plongées dans un bol de pop-corn tout frais. Il a éteint la télé.

« Il faut qu'on parle, a-t-il dit d'un air grave.

— Foutaises. » J'ai retiré ma main du bol, essuyé le beurre et le parmesan sur une serviette. Je connaissais cette voix, cette expression. Je l'avais vue chez d'autres hommes avant Jag. Il allait rompre. Mon cœur s'est emballé.

« Relax, Max », a-t-il dit. Il a posé le bol sur la table basse, s'est tourné vers moi, a pris ma main encore grasse. « J'ai essayé d'envisager la prochaine étape pour nous. Mais avant ça, j'ai besoin de connaître ton point de vue. Comment vois-tu l'avenir ? »

C'était du Jag tout craché. Il était partisan de tout discuter. J'aurais voulu qu'il soit plus machiste, qu'il prenne les choses en main. Je ne voulais pas qu'il me demande mon point de vue sur notre avenir. Je voulais qu'il en décide.

« S'il te plaît, Jag, ne me fais pas ce coup-là, ai-je répondu. N'enlève pas tout le côté romantique. À toi de trancher.

— Féministes du monde entier, unissez-vous. Vous avez du pain sur la planche. Ce n'est pas demain la veille que le MLF te comptera dans ses rangs ! Bon, voici ce à quoi j'ai pensé. » Sa voix s'est radoucie, l'espièglerie a disparu de ses yeux. « Le fait que je prenne l'avion dans quinze jours ne veut pas dire que c'est fini entre nous. En fait, j'aimerais penser que ce n'est que le début. Est-ce que je me tromperais en présumant que tu penses la même chose ?

— Tu ne te tromperais pas, non », ai-je répondu. Je le regardais désormais avec les yeux de ma famille. Sur le papier, il avait les meilleures références : bon patronyme, bon âge, bon milieu familial. Tout le monde se renseignerait de façon approfondie sur lui, Baba avec un soin très méticuleux. Mais pour finir, ma famille verrait sa bonté innée. Ils ne pourraient faire autrement que de l'aimer. Jusque-là, il avait été mon secret : à part Milan et Nitya, personne ne connaissait l'existence de Jag. J'avais beau l'aimer à la folie, je ne pouvais pas en parler à mes parents. Je ne pouvais pas leur infliger une nouvelle déception. Je ne pourrais pas leur parler de lui avant d'être sûre et je ne serais sûre que lorsque Jag le serait.

« Tu aimerais Frisco, a-t-il poursuivi. C'est vraiment une belle ville. Il y a une grosse communauté indienne à Fremont. » Il essayait de m'allécher avec mon héritage culturel.

« Ce n'est pas important pour moi, ai-je répondu. Je suis certaine que j'aimerais ta ville. Mais seulement parce que tu y habites.

— J'ai un peu parlé de toi à ma mère. Elle est aux anges. Une Indienne, s'il vous plaît. Elle n'y croyait plus. Papa est en déplacement, mais quand il rentrera la semaine prochaine, elle lui dira. Ils auront hâte de faire ta connaissance. »

J'étais ravie. Pour Jag, le divorcé prudent en amour, parler à ses parents d'une fille qu'il venait de rencontrer signifiait que j'étais plus que ça. J'étais LA fille.

« Quelle est donc la prochaine étape ? » ai-je demandé. Il s'est rapproché de moi, a appuyé son front contre le mien.

Il n'a rien dit. Il a mis une main dans son dos et m'a présenté un petit sachet en velours. Il en a sorti la chaîne avec l'emblème de la paix en saphir. Il l'a attachée autour de mon cou, a bien centré le pendentif.

« Ça va super bien avec mon pyjama à motif grenouille, ai-je dit tandis que les larmes me montaient aux yeux.

— Ne le quitte jamais », m'a-t-il adjurée.

Une fois Jag au lit, j'ai appelé Nitya.

« Il m'a assuré qu'il m'aimait, ai-je babillé euphorique. Qu'il va trouver un moyen pour que nous soyons ensemble. Puis il m'a offert le collier. C'était *si* romantique !

— Les paroles n'engagent à rien, a-t-elle répliqué. S'il voulait vraiment être avec toi, il aurait déjà téléphoné à ton père. L'amour vrai n'attend pas, Soh. Il serait sur un vol à destination de Bombay.

— Ah, parce que tu te prends pour une experte en la matière ? » C'était un coup bas. Peu avant mon départ pour Londres, Nitya avait connu un énorme fiasco. Juno Malhotra, un milliardaire, le roi des mufles et de la picole à Bombay, l'avait fait venir à Las Vegas à bord de son jet privé, était descendu au Mansion du MGM Grand et sorti pendant qu'elle visitait leur suite de six chambres avec majordome privé. Juno avait prévu un dîner chez Joël Robuchon. Nitya était convaincue qu'il allait lui faire sa demande devant du champagne Cristal et du caviar osciètre. Elle avait étalé sa robe du soir Marchesa sur le lit, réservé un gommage du corps à la nacre au spa. Elle serait fin prête pour la soirée de sa vie.

Mais la soirée n'avait jamais eu lieu. Juno avait pris une biture express, agressé physiquement un agent de sécurité au Wynn avant de s'enfuir au volant d'une Maserati qui ne lui appartenait pas et d'être arrêté pour, entre autres, conduite en état d'ébriété. La police avait également trouvé un petit sachet de cocaïne dans la boîte à gants, ce qui n'avait pas arrangé ses affaires. L'ambassadeur indien avait été convoqué ainsi que l'oncle de Juno, un ministre haut placé. Juno s'était morfondu un moment en prison pendant que Nitya s'était vu prier de rendre la suite avant midi et de rentrer à Bombay par ses propres moyens.

Je pouvais donc peut-être lui permettre une petite dose de cynisme.

« Crois-moi, a poursuivi Nitya. S'il veut que ça marche avec toi, il n'attendra pas une minute de plus. Tout le reste n'est que des excuses. »

Sur ce, j'ai raccroché en jouant avec le petit pendentif, mais incapable de chasser l'impression tenace que Nitya avait peut-être raison.

Cinq jours avant le départ de Jag pour San Francisco, je l'ai aidé à déménager ses affaires de l'appartement de St John's Wood et à boucler ses valises. À chaque vêtement que je pliais, à chaque paire de chaussettes que je roulais en une jolie boule, je sentais mon angoisse monter. Je détestais l'idée d'avoir bientôt à regagner un appartement vide qui aurait perdu tout son charme en l'absence de l'homme dont j'étais éperdument et irrévocablement amoureuse. Noël approchait. J'étais censée aller voir de la famille à Madrid. N'empêche que la perspective de ne plus avoir Jag à mes côtés à mon retour était plus que je ne pouvais en supporter. Il m'était tout simplement impossible d'imaginer ma vie à Londres sans lui.

Pour aggraver l'inquiétude grandissante liée à son départ imminent, nous n'avions toujours pas décidé quand nous nous reverrions. Peut-être que Nitya avait raison. Peut-être que c'était du vent, qu'il allait monter dans l'avion et m'oublier. Peut-être que j'étais tout compte fait une aventure sans lendemain.

Quatre jours avant son départ, nous sommes enfin allés à Trafalgar Square. Après, il a voulu aller acheter des cadeaux. Des réveils aux couleurs de l'Union Jack et des boîtes de thé pour ses collègues. Pour sa mère, nous sommes allés au rayon alimentation de chez Harrods où nous avons fait provision de boîtes de chocolats enrubannées hors de prix et de bouteilles de vinaigre à l'estragon pour sa sœur, un cordon-bleu comme lui.

« Ça me rend malade que tu partes, ai-je dit tandis que nous rentrions à Bayswater en métro, croulant sous les emplettes. Tu vas me manquer terriblement.

— Toi aussi. » Il s'est penché pour m'embrasser. J'ai attendu qu'il ajoute quelque chose, qu'il indique quand nous allions nous revoir. Il a regardé les sacs posés entre ses pieds.

« On en a au moins terminé avec les courses », a-t-il dit.

Le lendemain, j'ai commencé à refaire ses bagages pour y ajouter ses nouveaux achats.

« Il y a des trucs que je n'arrive pas à caser. » J'ai montré du doigt un tas de vêtements par terre. Au sommet de la pile, se trouvait le pull bleu ciel, celui qui pour moi était le plus associé à lui car c'était celui qu'il portait lors de notre première nuit. Il vérifiait ses e-mails et a levé les yeux d'un air distrait.

« Ah », a-t-il dit. Il a réfléchi un instant. « De toute façon, tu pourras les rapporter en Inde quand tu partiras, non ?

— À quoi bon ?

— Je les récupérerai quand je viendrai te voir, imbécile. J'ai l'intention de le faire la semaine après ton retour. »

J'ai reporté mon attention sur les valises pleines à craquer avec un sourire radieux.

La veille de son départ, j'ai dû m'attarder à l'école. Comme si « Rudiments des codes et systèmes de construction » n'était pas d'un ennui mortel en soi, devoir pondre une dissertation de 800 mots sur le sujet pendant que l'homme que j'aimais m'attendait pour passer notre dernière soirée ensemble avant des semaines et des semaines de séparation était à mes yeux d'une perversité sans analogue, une violation gravissime des droits de l'homme.

De retour à l'appartement, j'ai trouvé les valises de Jag bouclées dans l'entrée. Il était assis sur le canapé, la tête dans les mains, et tapait du pied d'un air agité.

« Hé, ai-je dit en enlevant mon manteau. Qu'est-ce qu'il y a ? »

Il a levé les yeux : je ne lui avais jamais vu une expression aussi grave.

« On a un problème, a-t-il déclaré.

— Qu'est-ce qui s'est passé ? » ai-je demandé d'un air paniqué.

Il a marqué une pause comme s'il essayait de trouver un moyen de formuler ce qu'il avait à dire.

« Mon père vient de rentrer au New Jersey. Je lui ai parlé de toi. Je lui ai dit qui tu étais. » Il s'est tu à nouveau. Son visage était pâle. « Ta famille a entubé mon père. Il y a un procès. Je savais que mon père avait engagé des poursuites, mais j'ignorais contre qui.

— Je ne sais rien non plus. » Je me suis assise à côté de lui, ai posé ma main sur la sienne.

« Mon père a piqué une de ces crises, a poursuivi Jag. Il a dit que je devais rompre. »

J'ai enlevé ma main. Tout ça n'avait aucun sens.

« Je… je ne comprends pas, ai-je dit. Je n'ai rien à voir avec l'entreprise. »

Il s'est frotté le front.

« Je n'ai jamais entendu mon père aussi en colère. Écoute, je crois que je devrais partir. J'ai encore le droit d'utiliser l'appartement de St John's Wood jusqu'à demain. Prenons un peu de temps pour réfléchir, d'accord ? »

Quel temps ? avais-je envie de hurler. Dans vingt-quatre heures, il serait à bord d'un avion. Il ne pouvait tout de même pas partir, pas comme ça.

« Tu as condamné tes issues de secours, lui ai-je rappelé calmement. Tu as dit que tu ne chercherais pas plus loin. C'est ce que tu m'as déclaré avant notre première nuit ensemble.

— J'étais sérieux. Tout se passait super bien. Je t'aimais. Je t'aime.

— Alors ne pars pas, ai-je dit d'une voix entrecoupée par le désespoir. On trouvera une solution. »

Il s'est levé. Des larmes ruisselaient sur mes joues encore froides du dehors. Je m'accrochais à ses doigts, le tirais vers moi.

« S'il te plaît, l'ai-je supplié. S'il te plaît, ne pars pas. Je les quitterai. Je quitterai ma famille. S'il faut choisir entre eux et toi, c'est toi que je choisis. » Mes paroles ont sonné creux à mes oreilles. Je savais qu'elles étaient fausses au moment même où je les prononçais.

« Je ne te demanderai jamais de faire une chose pareille, a-t-il dit. Et ça ne changerait rien de toute façon. Tu n'es pas en cause. Je ne peux simplement pas être avec toi dans l'immédiat. Pas avec tout ce gâchis. »

Il a sorti son mobile, a appelé un taxi. Le chauffeur n'arriverait pas avant un quart d'heure, mais Jag est descendu quand même en traînant ses bagages. La porte s'est refermée en claquant. Derrière, se trouvait le sac de vêtements qu'il voulait que je rapporte en Inde avec le pull bleu clair posé au dessus. Il l'avait oublié.

Je suis restée immobile sur le canapé à fixer les marques laissées par ses valises sur la moquette.

*
* *

« Putain, c'est dingue », a dit Milan. Il m'avait fallu deux jours pour me ressaisir, pour ne serait-ce qu'être capable de prendre le téléphone. Dans les heures qui avaient suivi le départ de Jag, je n'avais cessé d'attendre qu'il revienne, qu'il me dise qu'il avait commis une terrible erreur, qu'il me supplie de lui pardonner. Il n'en avait rien fait.

« Tu es au courant de quelque chose ? ai-je demandé à Milan.

— Pas du tout », a-t-il répondu. Sa voix me donnait la nostalgie de la maison.

« Je n'y comprends rien, ai-je repris en me remettant à pleurer. Il m'a dit qu'il m'aimait.

— Soh, écoute-toi. Ce genre de connerie arrive tout le temps. Les liaisons se font et se défont sur la base de relations familiales. Pourquoi tu es si surprise ? Tu crois que ton père aurait agi différemment si les situations avaient été inversées ? C'est une famille qui épouse une famille. Point. Ça l'a toujours été. »

Je sanglotais à présent.

« Écoute », a dit Milan. Je devinais à sa voix qu'il était pressé de partir, qu'il avait probablement rendez-vous avec une fille. « Oublie-le. Va en Espagne. Amuse-toi, éclate-toi, rencontre d'autres types. Fais la fête. »

J'ai déchiqueté le Kleenex humide que je serrais dans mon poing.

« Je ne crois pas, Milan, ai-je répondu. Je rentre à la maison. »

Chapitre 12

C'était un autre vendredi soir chez Baba. J'observais Milan et Pawan en train de disputer une partie d'échecs et me disais combien ils étaient différents – *sans aucun point commun*.

Musclé, sexy, Milan avait repris le rôle de beau parti tenu auparavant par Sharan. Esprit vif, brillant, il traversait les fêtes avec grâce, cognait les poings au passage, ressemblait à un jeune candidat à la présidence. Il portait des tee-shirts rock vintage, des jeans griffés, des chaussures faites sur mesure. Tout lui glissait dessus – infractions au code de la route, ex fâchées, associés qui s'estimaient lésés –, Milan arrangeait tout avec un sourire éblouissant, un mot charmant, une friction apaisante de l'épaule. Personne ne pouvait jamais rester furieux contre lui plus d'un moment.

Pawan par contre était mince, binoclard, souvent maussade. Il avait essayé d'imiter la décontraction insolente et innée de son jumeau, cru que quelques tee-shirts Ed Hardy feraient l'affaire, jusqu'à ce que Milan lui signale qu'une telle garde-robe était en soi « ringarde », obligeant Pawan à revenir à ses chemises à carreaux et à ses pantalons taille haute. Il avait un diplôme en aéronautique et astronautique obtenu au MIT. Milan s'était retrouvé à l'autre extrémité du pays, ayant choisi d'étudier à Pepperdine à Malibu. Il s'était acheté une Porsche d'occasion et toutes les mises à jour de sa page Facebook comportaient une nouvelle photo de lui avec une nouvelle blonde sur une nouvelle plage. Plus tard, quand son père lui avait demandé ce qu'il avait appris, Milan s'était contenté de hausser les épaules et de répondre « des trucs ». Mais le petit portfolio d'entreprises qu'il avait créées de toutes pièces et qui marchaient bien ainsi qu'un don enviable pour le day trading avaient prouvé que ses études mollement poursuivies ne l'avaient pas desservi. Les deux garçons étaient rentrés de leur université à quelques jours de distance, Pawan, plus mûr et plus sérieux, Milan bronzé, arborant un clou d'oreille et ayant besoin de prendre rendez-vous chez le médecin de famille pour un test de dépistage des MST.

À présent, Pawan était penché en avant, les sourcils froncés, et réfléchissait à son prochain coup. Sa chemise à manches longues était boutonnée aux poignets. Renversé dans son fauteuil, Milan avait les bras croisés sur son tee-shirt Rolling Stones savamment décoloré, les jambes allongées, les yeux au ciel comme s'il se désintéressait de la danse des tours et des cavaliers qui se déroulait sur l'échiquier. Je devinais à l'intensité farouche du visage de Pawan qu'il voulait gagner. Dans leur enfance, mû par la pitié pour un frère moins à l'aise et moins sociable, Milan laissait en général son jumeau gagner lorsqu'ils piquaient un sprint dans la rue ou lors de leurs parties de *carrom*[1]

1. Jeu très populaire en Asie qui se joue avec des pions sur un plateau de bois.

tard le soir. À l'adolescence, Pawan avait compris que son frère et lui ne jouaient pas toujours à armes égales et s'évertuait depuis à l'emporter sur son frère chaque fois que c'était possible.

Pawan a déplacé sa reine pour que Milan puisse la prendre. Milan ne s'est pas rendu compte du piège qui lui était tendu. Soudain, son jumeau a déplacé sa tour.

« Ah ! Échec et mat ! » s'est-il écrié victorieusement en renversant le roi de Milan. Milan a haussé les épaules, s'est levé pour se verser à boire.

Ce soir, le repas était servi dans le patio et dîner en plein air était une alternative rafraîchissante à l'atmosphère étouffante de la salle à manger lambrissée. Même à la lumière crépusculaire, les grappes d'or du cytise qui poussait au fond du jardin contigu au patio brillaient. À côté de lui, le cassia rose dont les feuilles vertes étaient parsemées de bourgeons fraise s'apprêtait à fleurir. Dadi adorait son jardin, y passait de nombreuses heures et l'attention qu'elle lui portait était évidente : des pots en terre cuite offraient des feuilles de curry et du basilic sacré, de la coriandre délicate et de la cardamome touffue et à l'arôme puissant. Tous les plats préparés à la cuisine contenaient un ingrédient planté par ma grand-mère et cueilli de ses mains. Je me suis dirigé vers Milan en croquant une allumette au fromage trempée dans du ketchup relevé. Il était en grande conversation avec mon frère Armaan dont l'apparition semblait avoir abasourdi le reste de la famille tant il se faisait rare. Il arrivait directement de son agence, expliquait que la seule raison pour laquelle il avait pu partir tôt était parce que son associé Aroon s'était proposé pour mettre la dernière main à un projet de nouveau complexe hôtelier haut de gamme à Goa.

Armaan et Milan ont cessé de parler en me voyant : les conversations dans ma famille avaient toujours l'air de s'interrompre quand j'apparaissais.

« Hé, sœurette, a dit Armaan en avalant une nouvelle gorgée de gin tonic. Quels sont les cancans de l'autre côté de la pelouse ? » Il a jeté un coup d'œil au reste de la famille qui bavardait en petits groupes. « Malini a un air particulièrement terrifiant ce soir, a-t-il ajouté. Qu'est-ce qui est donc arrivé à sa bouche ? On ne voit plus que ses lèvres.

— Elle se les est fait repulper, ai-je expliqué. Pour leur donner un aspect plus gonflé, on injecte un peu de gras des fesses.

— Pas étonnant que tout ce qu'elle dit soit merdique », a dit Milan. Armaan et lui se sont mis à glousser bruyamment. Pour deux hommes censés être intelligents et sophistiqués, leur humour ne volait pas plus haut que celui de mon petit frère.

Une cloche a retenti pour nous sommer de passer à table.

« Comme du putain de bétail, a dit Milan en posant son verre et en crachant un pépin de citron. Rassemblement du troupeau. »

Armaan a vérifié sa montre.

« Ça me convient. J'ai un rencard.

— Ekta ? ai-je demandé. Ça marche alors ?

— Super, a-t-il dit avec un grand sourire. Je l'emmène chez Shiro. »

J'ai ressenti une pointe de jalousie. J'adorais ce restaurant – le bruit de la chute d'eau, les bulbes rouges des lampes qui cascadent du plafond, les lits à baldaquin sur lesquels on peut s'allonger avec une assiette de sashimi et un cocktail Velvet Kimono au premier étage.

Le dîner a été expédié en vingt minutes, Baba se levant pour en indiquer la fin. Mais cette fois-ci, il s'est rassis. Tout le monde s'est tu et on n'a plus entendu que le ping étouffé de la console de jeux de mon petit frère à l'autre bout de la table. Il avait à l'évidence trouvé moyen de l'introduire en douce. Baba s'en est aperçu. Je me suis dit qu'il y aurait un détecteur de métaux à l'entrée de la salle à manger la fois suivante. Alerté par le silence soudain, Rajan s'est empressé d'éteindre son gadget.

« Nous prendrons le thé au salon, a annoncé Baba. Je veux vous parler à tous. »

Nous nous sommes regardés, Milan et moi. Ça ne s'était jamais produit. D'ordinaire, une fois le dîner fini, nous rentrions tous chez nous. Aller dans une autre pièce pour discuter était sans précédent. C'était quasiment civilisé.

Pas le moindre temps de battement pour aller aux toilettes ou passer un coup de fil. Tout le monde a attrapé un siège, Pawan et Rajan se sont allongés sur de gros coussins de sol brodés. Jouant les Lady Di, Malini s'est assise bien sagement sur une chaise, les jambes gracieusement croisées.

Baba est entré accompagné de Dadi et suivi d'un domestique apportant sa chaise de la salle à manger. À présent, il avait l'air d'un maharajah rajput, il ne lui manquait plus qu'un tigre couché à ses pieds. Il avait toujours eu le don remarquable d'imposer le silence dans une pièce en y apparaissant. Il aurait pu entrer dans une classe de gamins de six ans indisciplinés et les faire travailler studieusement en un clin d'œil. Dadi se tenait debout à ses côtés comme une subalterne. Je me suis levée pour lui offrir ma place, mais elle a levé la main et m'a dit de rester où j'étais.

Baba a joint l'extrémité de ses doigts et a lancé un regard à la ronde. Il était toujours robuste et large d'épaules à quatre-vingts ans, plus magnifique et intimidant que jamais. Il avait pour habitude de me faire sauter sur ses genoux quand j'étais gamine et de me présenter à chacun en m'appelant sa « petite Lakshmi[1] ». Il disait à tout le monde que je lui avais apporté la richesse, que ce n'était qu'après ma naissance que son sort avait changé. Je ne suis pas certaine de l'avoir jamais cru, d'avoir jamais vu dans ses propos autre chose qu'une opération de communication à la sauce Baba. Mais j'adorais être câlinée par lui, je blottissais mon visage dans son cou, embrassais sa joue rêche et piquante. Je ne sais plus à quel moment le bien-être et le réconfort que m'inspirait mon grand-père s'étaient métamorphosés en peur.

« On a beaucoup glosé à l'intérieur et à l'extérieur de la famille, a-t-il dit en détachant chaque mot. Il est temps pour moi de vous parler franchement. De vous donner tous les faits. »

Tout le monde s'est raidi. La voix de Baba avait beau être dénuée de colère, il avait beau sembler calme, les nerfs de tous étaient à fleur de peau et les jambes remuaient.

« Vos pères vous ont mis au courant, vous ont fait part de la décision que j'ai prise. Une décision très difficile. Vous savez tous à quoi je fais allusion ? »

1. Épouse de Vishnou, déesse de la prospérité.

Sharan et Karan, Armaan et moi, Milan et Pawan avons lentement opiné du chef. Seul Rajan n'a pas réagi : il avait l'air aussi ennuyé que dépassé.

« Comme vous le savez donc, après moult prières et délibérations, j'ai décidé de ne pas laisser l'entreprise à l'un de vos pères. Mes trois fils auront largement de quoi vivre jusqu'à la fin de leurs jours. Mais ils n'hériteront pas de Badshah Industries. »

Je me suis tournée pour regarder mon père. Il avait la tête baissée. Je me suis levée du canapé que je partageais avec Milan pour me diriger vers l'endroit où mon père était assis avec ma mère. Baba s'est interrompu et a attendu que je me sois installée. Tous les yeux étaient posés sur moi quand je suis allée rejoindre mon père en un geste de solidarité improvisé. Malini m'a regardée du même œil qu'on regarderait un Arabe plongeant sur son tapis de prière dans un aéroport américain.

« Maintenant donc que ni Amit, ni Jeetu, ni Prakash ne me succéderont, j'ai dû prendre d'autres décisions. J'ai eu de très bonnes offres de rachat, surtout depuis la parution de l'article. Mais… » Mais. Un mot qui donnait de l'espoir, ou l'ôtait.

« Mais j'ai décidé que vous méritiez tous mieux que de voir l'affaire familiale tomber dans les mains d'un étranger. Il vous faut un héritage. L'entreprise reviendra donc à l'un de mes petits-enfants. L'un d'entre vous. »

Il a marqué une pause. Tout le monde retenait sa respiration.

« Bien sûr, dès lors, le choix est très clair. » Ses yeux ont parcouru à nouveau le salon pour se poser sur Sharan.

Malini a été la première à parler.

« Baba, vous avez pris la bonne décision », a-t-elle déclaré. Elle a décroisé et recroisé ses jambes et la dentelle de sa combinaison a dépassé de sa robe. « Il est temps de vous reposer, de laisser les jeunes prendre la relève. De vous occuper uniquement de vos vieux jours.

— Lèche-cul », a chuchoté Preeti dans mon dos avec un sourire malicieux. J'adorais la façon dont elle disait toujours ce que je pensais.

« Je n'ai pas besoin de votre approbation », a répliqué vertement Baba à Malini qui a perdu son sourire suffisant. Il s'est tourné vers Sharan.

« Viens ici, *beta* », a-t-il dit. Sharan s'est levé pour se diriger vers Baba avec l'air de celui qui est sur le point d'être adoubé.

« Sharan, tu es un bosseur. Je suis fier de toi. » Sharan a rougi. Il était clair que c'était la première fois que son grand-père faisait son éloge. « Tu es le fils aîné de mon fils aîné. De droit, tout devrait te revenir mais… »

Rebelote. Un autre « mais ». Un autre contretemps dans le plan, un autre détour.

« Les autres devraient se voir offrir une chance. Ils devraient avoir la possibilité de faire leurs preuves. »

Sharan était devenu blanc comme un mort. Milan avait un regard d'acier que je ne lui avais encore jamais vu. Pawan jouait avec une touffe de poils du tapis, tirait distraitement dessus. Malini avait la main sur sa bouche, les yeux écarquillés comme si une arme était braquée sur elle.

« Faites donc de votre mieux, mes enfants, a dit Baba en s'appuyant sur les accoudoirs de son trône pour se lever. Apportez quelque chose d'audacieux à Badshah. Révolutionnez l'entreprise. Soyez malins.

Prenez des risques. Vous avez tous votre chance. Le meilleur, celui qui aura les idées les plus intéressantes et montrera de quoi il est capable sera nommé PDG. Si je ne suis pas content de ce que vous me présentez, je m'en tiendrai à ma première idée : je vendrai. Je vous observerai. Et, plus important, a-t-il ajouté en baissant la voix, pas d'erreurs. »

Dadi a reculé pour laisser passer Baba. Elle a fait mine de parler mais s'est ravisée. Elle a resserré son *pallav*[1], a raidi le dos.

Si j'en avais eu le courage, je me serais levée et aurais parlé franchement. Si l'article du *Daily Business Journal* avait contribué à précipiter de vagues projets de Baba, alors il fallait qu'il réponde à certains points. Que les garçons sachent pour quoi ils allaient se battre. Était-ce si difficile, la transparence, la vérité ? La tête me tournait. J'ai failli ouvrir la bouche pour poser la grosse question qui me tourmentait : que se passait-il entre la famille Badshah et Balu Sachdev ? Pourquoi le résultat en était-il que ma vie était gâchée ? Mais mon histoire paraissait à présent dérisoire, sans importance.

C'est mon grand frère qui a fini par prendre la parole.

« N'importe lequel d'entre nous, Baba ? a-t-il demandé. Même ceux qui n'ont pas grand-chose à voir avec l'entreprise en ce moment ?

— Oui, a répondu Baba. Sharan, Karan, Milan, Pawan et toi. Rajan est encore un bébé. »

Tout le monde s'attardait devant la maison de mes grands-parents au lieu de monter en voiture.

---

1. Pan du sari qui flotte dans le dos.

« C'était bizarre, *didi*[1] », a dit Rajan. Il me tenait par la main. J'avais treize ans à sa naissance et m'étais occupée de lui comme si c'était mon enfant.

« Oui, très bizarre, ai-je répondu. Mais je ne veux pas que tu t'inquiètes, d'accord ?

— Merde, a dit Milan en venant nous rejoindre d'un pas nonchalant. Dur, dur. Hé, frangin, qu'est-ce que tu en penses ? a-t-il lancé en donnant un coup de coude à Pawan qui a haussé les épaules avant de s'éloigner.

— Qu'est-ce que tu vas faire ? ai-je demandé.

— À ton avis ? Je vais devenir PDG de cette foutue société. Je peux faire mieux que Sharan à tous points de vue. J'ai ma licence de Pepperdine, rappelle-toi, a-t-il dit avec un clin d'œil. Je ne me suis pas contenté de dormir pendant quatre ans. » Il a marqué un temps d'arrêt. « Trois, peut-être. »

Mon père m'a tapé sur l'épaule. La voiture était avancée et il était temps de partir. Armaan s'est approché.

« Et ton rendez-vous ? lui ai-je demandé.

— Elle est encore en séance de shooting. On a remis ça à demain. C'est aussi bien. Je crois que je veux rester avec vous et les vieux ce soir. »

Avant que je monte en voiture, Milan m'a chuchoté à l'oreille :

« Écoute, je ne crois pas qu'Armaan soit intéressé. Alors, tu m'aideras, d'accord ? Sois ma complice. Je suis ton cousin préféré, souviens-toi.

— Bien sûr, Milan. Je ferais n'importe quoi pour toi », ai-je répondu.

---

1. Grande sœur.

Chapitre 13

Mes moments préférés en famille se situaient à la fin d'une longue soirée, après une sortie, quand tout le monde était fatigué mais avait encore assez d'énergie pour prendre un thé et papoter. Nous étions tous en pyjama, réunis dans notre salon silencieux avec du thé frais et un petit quelque chose de sucré à grignoter sur la table. Mon père mettait Anup Jalota[1] dans le lecteur de CD et je m'asseyais les jambes en tailleur sur le canapé, une tasse de thé fumant à la main, ravie et reconnaissante d'être là avec mes parents, de les voir au moment où ils étaient le moins tatillons, le plus détendus.

Au retour de chez Baba, ce soir-là, je savais que nous ferions un brin de causette. Souvent, après le dîner du vendredi soir, j'avais rendez-vous avec des amis, Nitya me cassait en général les pieds pour que je l'accompagne en boîte. Mais ce soir, je n'avais répondu à aucun SMS, à aucun appel. Je savais que rien ne pourrait m'attirer au-dehors. Je voulais simplement rester

1. Chanteur et musicien indien très populaire.

à la maison. D'autant plus que, chose rare désormais, Armaan serait là.

Nous étions tous assis en peignoir et en pantoufles, j'étais démaquillée et m'étais fait une queue-de-cheval. Même Rajan qui aurait dû être au lit était avec nous, buvait du chocolat froid en grignotant un paquet de cookies. Nous n'étions pas la famille tirée à quatre épingles qu'on aperçoit de temps à autre dans les magazines people, mais simplement nous, ordinaires et détendus. Armaan portait une kurta de coton jaune pâle au lieu de son habituelle tenue toute noire. Il était renversé sur le canapé de brocart ventru, avait les jambes posées sur la table basse à plateau de marbre. La maison avait beau être spacieuse, elle ne semblait pas assez grande pour lui. Ni même lui convenir. Il appartenait à un univers plus dépouillé, plus moderne et non à ce fief féminin rococo. J'avais apporté des changements à la décoration intérieure à mon retour de Londres, tâche que mon père m'avait confiée en un geste d'encouragement touchant après mes études avortées. Notre maison était à présent luxueuse, brillante, un peu excessive par endroits, mais je l'avais conçue sans tenir compte de la sensibilité d'Armaan, comme s'il n'en faisait même plus partie.

« À présent, les choses ont au moins le mérite d'être claires, a dit mon père. La course est ouverte à tous. Je n'approuve pas grand-chose de ce que Baba a fait, mais je suis d'accord avec ça. Tout le monde devrait avoir sa chance. »

Une grosse pendule murale dorée tictaquait à l'arrière-plan. Il était près de minuit. Ma mère a bâillé. Armaan avait l'air de mourir d'envie de s'en griller une, mais n'aurait jamais fumé dans la maison.

« Comment tu te sens, papa ? ai-je demandé.

— Bien », a-t-il répondu en repoussant du geste ma sollicitude. Rajan a cessé de mastiquer et s'est tourné pour nous regarder.

« Non, franchement. Quel effet ça te fait que Baba vous ait déshérités ? Ça doit être blessant », ai-je persévéré.

Avant Londres, je ne lui aurais jamais posé pareille question. Avant Londres, avant Jag, je prenais tout pour argent comptant. Mais les semaines passées avec Jag m'avaient appris que les choses sont rarement ce qu'elles paraissent, que chacun a ses détonateurs, ses vulnérabilités. Qu'au fond d'eux, les hommes mûrs sont des petits garçons qui ont besoin de l'amour de leur papa.

Je le voyais chez mon père à présent et cela m'a subitement émue. J'ai posé ma main sur la sienne. Il s'est dépêché de l'écarter.

« Je vais bien, *beta*, a-t-il dit d'une voix tendue. Je ne peux rien aux décisions de ton grand-père. »

Il s'est tourné vers Armaan.

« Mon garçon, tu as posé une question chez Baba. Tu as demandé si tout le monde pouvait participer ? Tu y songes ? »

Mon père ne pensait plus qu'aux affaires à présent. Il était sur le pied de guerre.

« Je me disais juste qu'il n'y a pas de raison que Sharan remporte le gros lot comme ça, a répondu mon frère, laconique comme à son habitude. D'accord, c'est lui qui a passé le plus de temps dans l'entreprise. Mais les affaires sont un jeu qui évolue, papa. Et les joueurs peuvent changer à tout moment. »

Mon père a eu un petit sourire satisfait, une lueur familière est réapparue dans son regard.

« *Shabash*[1], a-t-il dit. Tu es un bon garçon, Armaan. Futé, capable. Ton agence de publicité, c'est bien joli. Mais quelle richesse peux-tu vraiment en tirer ? Quel pouvoir ? Diriger une entreprise comme la nôtre, c'est avoir le monde entre ses mains. Lance-toi dans la course.

— Je ne sais pas, papa, a répondu Armaan. J'ai un associé. On est pris par des campagnes publicitaires jusqu'à la fin de l'année. Et on est sur le point d'acheter un autre étage de l'immeuble pour pouvoir nous développer. Les affaires marchent bien. Je ne peux pas partir comme ça. Je pensais plus à Milan et à Pawan. Je ne veux pas qu'ils aient l'impression de ne pas avoir leur chance. Je ne crois pas être l'homme de la situation. »

J'étais d'accord avec lui : je ne voyais pas Armaan, un rebelle né, dirigeant Badshah Industries… mais quand avais-je été capable de voir quoi que ce soit ?

Mon père a eu l'air déçu.

« Et moi, papa ? » a demandé innocemment Rajan. Genre « ça peut pas attendre que j'aie terminé mes études ? »

Mon père a ébouriffé les cheveux de son benjamin.

« Ne te soucie de rien, a-t-il répondu en souriant.

— Maman, tu as vu la tête de Malini quand elle s'est rendu compte que le fauteuil de PDG ne serait pas offert sur un plateau à son Sharan bien-aimé ? ai-je dit. C'était trop bien ! » J'avais passé à peine trois mois à Londres et l'expression « trop bien » m'était restée. Je l'utilisais à tout bout de champ.

1. Bien, félicitations.

« Assez parlé, a dit ma mère. Il se fait tard, il est temps d'aller dormir. » Elle a marqué une pause, a fixé un point entre mon frère et mon père.

« L'avenir risque d'être intéressant », a-t-elle ajouté avec une étincelle dans le regard.

*

* *

Tout le monde s'était retiré dans sa chambre, mais j'étais incapable de fermer l'œil. Je suis allée dans ma penderie et en ai sorti un des grands tableaux d'affichage que j'avais rapportés de Londres : j'y avais tracé des plans de maisons que je ne décorerais jamais. J'ai caressé les échantillons de satin chenille or pâle, le croquis d'une méridienne à motif géométrique, d'un lustre en verre de Murano rouge rubis qui était le point de mire de la pièce. J'avais terminé cette présentation à un client fictif un mois après avoir fait la connaissance de Jag, à l'époque où je tombais follement amoureuse de lui. J'avais pensé à lui en dessinant la baignoire de marbre encastrée de la salle de bains, les détails des embrasses en soie. L'avoir dans ma vie me remplissait d'une allégresse qui avait aiguisé ma fibre créative.

J'étais excitée comme une puce à l'idée d'aller à Londres et mon départ avait donné lieu à tout un tralala : soirées d'adieu, nouvelle garde-robe, bénédiction spéciale au temple organisée par ma grand-mère. Mais onze semaines plus tard, j'étais de retour, trop inconsolable pour poursuivre mes études, munie de quelques rudiments de décoration d'intérieur.

J'ai retourné le tableau d'un air maussade. Le dos était vierge. J'ai attrapé un stylo noir, inscrit le nom de chacun de mes cousins et, à côté, j'ai tracé deux colonnes. Dans la première, j'ai inscrit pourquoi à mon avis ils devraient être nommés PDG de Badshah. Dans la seconde, les arguments contre. Quand j'en ai eu terminé, j'ai mordillé l'extrémité de mon stylo, examiné ce que j'avais écrit, puis j'ai rangé le tableau derrière une valise dans ma penderie et je suis allée me coucher.

Chapitre 14

Je n'ai pas reconnu le nom qui s'affichait sur l'écran de mon téléphone, mais j'ai quand même répondu.

« Miss Sohana Badshah ? » J'ai entendu une voix haut perchée, efficace.

« Oui ? ai-je dit en hésitant.

— Bonjour, miss. Je m'appelle Manjuli Khosla. Je travaille au *Daily Business Journal.*

— Oui, je sais qui vous êtes », ai-je répondu froidement. J'étais perplexe. Pourquoi cette femme que je tenais pour responsable de toutes les turbulences qui avaient secoué ma famille m'appelait-elle ?

« J'espère que je ne vous dérange pas, miss, mais je me demandais si je pourrais vous poser deux ou trois questions ?

— Qu'est-ce que vous me voulez ? » J'étais chez le tailleur, en pleine séance d'essayage pour un corsage de sari, les bras écartés comme un épouvantail à moineaux, le portable coincé inconfortablement au creux du cou.

« J'écris aussi pour le supplément hebdomadaire qui est vendu avec », a-t-elle dit.

Je connaissais bien. *SUNDAY* était, je dois l'avouer, un de mes péchés mignons : le magazine avait un côté presse à sensation, une sensibilité amusante, cancanière. Les journalistes et rédacteurs refusaient de ramper devant les riches et les puissants de la ville.

« Le bruit court que votre grand-père ne souhaite pas voir un de ses fils hériter de la société, qu'il va peut-être la vendre ou la léguer à un de ses petits-enfants, a-t-elle dit. Plus précisément à Sharan Badshah. Nous essayons de suivre cette piste depuis quelques jours. J'ai appelé un certain nombre de gens à Badshah Industries pour obtenir un commentaire. »

Je n'ai pas pipé mot.

« J'espérais que n'étant pas directement impliquée dans l'entreprise, vous pourriez peut-être clarifier ces rumeurs.

— Pourquoi je vous parlerais ? ai-je rétorqué vertement. J'aimerais que vous nous laissiez tranquilles, vous autres journalistes. » Je m'apprêtais à raccrocher.

« Que nous obtenions un commentaire de la famille Badshah ou pas, le magazine va sortir quelque chose, a-t-elle poursuivi. Les rumeurs qui circulent dans le milieu des affaires sont suffisantes pour un nouveau papier. Et les réactions au premier ont été si nombreuses que mon rédacteur en exige un autre. Je voulais vous offrir l'occasion de mettre certaines choses au point. À titre officieux si vous préférez. »

Je devais réfléchir à toute allure. Le premier article avait fait suffisamment de dégâts : je préférais ne pas penser aux ennuis qu'entraînerait un second. Il était impossible que je le cautionne si peu que ce soit.

C'est alors que je me suis rappelé l'encadré en bas du premier papier, les bribes d'informations concernant Kismet et Balu Sachdev. Si quelqu'un détenait d'autres renseignements à ce sujet, c'était Manjuli Khosla.

« Miss Badshah, vous m'entendez ? disait-elle.

— OK, j'accepte de vous parler à titre officieux, ai-je répondu. Mais ce sera donnant donnant. »

*

* *

J'ai été décontenancée lorsqu'elle m'a rejoint à ma table habituelle chez Frangipani, le lendemain matin. J'avais toujours imaginé les journalistes d'affaires comme des femmes en tenue chic, chignon raisonnable, attaché-case griffé, mains manucurées. Comme les filles de *Vogue*, ressemblant aux gens influents sur lesquels elles écrivent.

Mais chez Manjuli, il n'y avait ni chignon, ni attaché-case griffé, ni mains manucurées. Sa queue-de-cheval était négligemment nouée par un mouchoir de coton. Son corps menu croulait sous le poids d'un lourd cartable à la poignée de cuir usée. Ses ongles étaient rongés jusqu'au sang.

Frangipani était très fréquenté et se donner rendez-vous dans un endroit aussi public avait peut-être été un choix malavisé. Ma famille et moi y venions le dimanche prendre le brunch au champagne : la plupart de nos amies y faisaient une apparition en robe de mousseline de soie, talons aiguilles et arborant un nouveau sac Birkin d'Hermès. Même aujourd'hui, mercredi, le restaurant baigné de soleil du sous-sol de l'hôtel Oberoi ne tarderait pas à se remplir de dames de la haute société venues grignoter au milieu d'une journée consacrée à des virées shopping, des essayages et des sauts au club de gym. Mais il était encore tôt et si le restaurant était animé, il était pour l'instant surtout peuplé de cadres supérieurs américains et de touristes européens. À vue de nez, il n'y avait personne de connaissance.

« Merci d'avoir accepté de me rencontrer, a-t-elle dit. Personne au bureau de votre grand-père n'a daigné me rappeler.

— Je crois que nous avons tous vécu l'article comme une terrible intrusion. Personne n'a envie de s'attirer d'autres ennuis.

— Je me contentais de faire mon travail. » Elle a commandé un *lassi*[1] à la mangue. « Mon rédacteur voulait que je fasse un papier sur votre famille. Bien que vous soyez une entreprise privée et que vous n'ayez pas de comptes à rendre à des actionnaires, il y a toujours eu une grande fascination autour des Badshah. L'étendue de l'empire de votre grand-père n'était pas claire. Mais en creusant un peu, notre équipe a découvert un tas de choses. C'était l'élément de surprise. Une famille relativement prospère vivant tranquillement. Tout le monde a été choqué d'apprendre combien les Badshah avaient vraiment, combien ils pesaient.

— Je n'en crois pas la moitié. Nous ne sommes pas qui vous dites. Nous ne vivons pas comme ça.

— Peut-être. Mais les faits ne mentent pas. Et nous les avons tous, miss. Il n'y a eu aucun démenti. Pour-

1. Boisson au yaourt, salée, sucrée ou parfumée.

quoi ? Parce que tout ce que nous avons écrit était vrai. »

Elle a marqué une pause. A sorti un calepin rouge tout abîmé de son sac. Je l'ai regardée d'un œil un rien soupçonneux. Je croyais que le journalisme était un peu plus high-tech de nos jours, utilisait magnétophones digitaux et lecteurs MP3.

Elle a souri comme si elle lisait dans mes pensées.

« Je trouve qu'un stylo et du papier sont plus fiables », a-t-elle dit.

Elle a choisi une page vierge, a fait cliquer son stylo.

« Miss Badshah, pouvez-vous confirmer ou démentir la nouvelle selon laquelle votre grand-père, Darshan Badshah, aurait choisi de passer par-dessus la tête de ses trois fils, que son entreprise ira à un de ses petits-fils ou qu'il vendra tout ? »

Je n'ai pas pipé mot.

« S'il vous plaît, miss Badshah, ne vous tracassez pas. On ne saura jamais que ça vient de vous. Je vous citerai en me contentant d'écrire “une source proche de la famille”.

— Je ne peux rien vous dire », ai-je répondu. J'étais nerveuse. Je regrettais d'avoir accepté de la rencontrer. Où avais-je la tête ?

« Vous confirmez ou vous démentez ? » a-t-elle répété.

Je ne pouvais faire ni l'un ni l'autre. Démentir reviendrait à mentir et confirmer ferait apparaître mon père et ses deux frères comme des incompétents aux yeux de leurs amis. C'était surtout pour mon père que je m'inquiétais. Il devrait affronter la honte bien assez tôt – pourquoi lui faire passer un sale quart d'heure dès maintenant, le forcer à revivre l'humiliation dans les pages d'un magazine national ?

Mais je savais aussi qu'il fallait que je donne du grain à moudre à la journaliste. Si je voulais obtenir d'elle ce pour quoi j'étais venue, il fallait que je lui communique des renseignements qui aient une certaine valeur à ses yeux.

« Écoutez, miss Khosla, laissez-moi vous proposer un marché », ai-je dit.

Elle s'est penchée vers moi.

« Des changements se préparent à Badshah Industries. Je n'ai pas le droit de vous en dire plus pour l'instant. *Mais.* » J'ai haussé les sourcils, marqué une pause pour l'effet. « Si vous me laissez un peu de temps, je vous rendrai la politesse en vous offrant un scoop de taille. Vous serez la première à révéler ce qui se passe exactement à Badshah Industries. Vous avez ma parole.

— Combien de temps ? » a-t-elle demandé. Elle a refermé son calepin, l'a rangé dans son sac.

« Je ne peux pas vous le préciser. Dites à votre rédacteur de patienter, qu'il ferait mieux d'attendre plutôt que de rapporter des spéculations sans fondement. » J'étais fière de la façon dont je m'y prenais.

« OK », a-t-elle répondu calmement. Elle a bu une autre gorgée de *lassi.* « Je vais voir ce que je peux faire.

— Et maintenant, lui ai-je lancé, dites-moi tout ce que vous savez de Kismet Corp dans le New Jersey. »

Chapitre 15

J'ai appelé Milan dès le départ de Manjuli. Il se rendait à Imagine dans l'Atria Mall comme s'il n'avait pas déjà assez de gadgets électroniques. Il m'a dit de le rejoindre là-bas.

« Tu as fait quoi ? » a-t-il demandé en examinant un iPod. Je venais de lui parler de mon rendez-vous avec la journaliste.

« Écoute », lui ai-je dit en essayant de me faire entendre malgré le boucan qui régnait dans le magasin. Dans le nouveau Bombay, il n'y a jamais de mauvais moment pour faire du shopping. « Elle voulait me tirer les vers du nez – sur ce qui se passe dans l'entreprise. Je ne lui ai rien dit. Mais j'ai promis de lui filer quelques infos. Une fois qu'elle m'aurait donné ce que je voulais.

— Et c'est quoi ? a-t-il demandé en reposant l'iPod pour se concentrer sur moi.

— Je voulais savoir quelle était la transaction qui avait capoté entre le père de Jag et nous. »

Milan a soupiré de façon audible, tourné son attention vers un nouveau MacBook.

« Pourquoi tu ne peux pas laisser tomber, Soh ? C'est fini entre toi et ce type. Tout ce que tu découvriras ne le fera pas revenir. »

Je savais que Milan avait raison – trop d'obstacles nous séparaient, Jag et moi, du moins de son point de vue – pour que la situation puisse s'arranger un jour. Il n'empêche que j'avais besoin de connaître la vérité. Je me suis mise à pleurer.

« Oh, arrête ces conneries », a dit Milan en fourrant ses mains dans ses poches pour trouver un Kleenex propre. Il n'y a trouvé qu'une serviette en papier froissée de chez Coffee Bean. Il me l'a tendue.

« Ils vont nous facturer des disques durs trempés de larmes et ça va être notre fête quand Baba l'apprendra. »

Je lui ai décoché un regard noir.

« OK, bon, qu'est-ce que tu as appris ? » Il m'avait emmenée sur le côté, loin des autres mordus d'électronique.

« C'est *chacha* Amit, ai-je dit calmement. C'est lui qui est derrière la transaction qui a tourné au vinaigre. Il a promis au père de Jag que lui et d'autres investisseurs d'ici participeraient à un projet d'aménagement si Balu Sachdev achetait un grand terrain. C'est ce qu'il a fait pour des millions et des millions de dollars. Mais voilà que le marché de l'immobilier a chuté. Amit a changé d'avis. Il a laissé le père de Jag avec un emprunt hypothécaire pour un terrain qu'il ne peut pas vendre. Et il ne parvient pas à trouver d'autres investisseurs.

— Hou là, a dit Milan.

— Vraiment ? Hou là ? C'est tout ce que tu trouves à dire ?

— Ce sont les affaires, Soh. Ça arrive tous les jours. Les gens changent d'avis. Ils ont besoin de se retirer d'un marché. Les circonstances changent. Le problème ici, c'est que ton gars, Jag, ne sait pas tout. Il n'a entendu qu'un son de cloche.

— Qu'est-ce qu'il y a d'autre à savoir ? ai-je demandé, irritée par l'attitude cavalière de Milan. On a promis un truc, puis on a brisé notre promesse. Et parce qu'Amit est revenu sur sa parole avec Balu Sachdev, Jag a fait pareil avec moi. »

DEUXIÈME PARTIE

Chapitre 16

Baba avait un frère aîné qu'on appelait simplement Matunga Dada car il vivait dans ce quartier de Bombay.

Si Baba était sévère et distant, son frère était charismatique et chaleureux. Il portait des lunettes à grosses montures, se teignait les cheveux en noir et son corps émacié était toujours emmitouflé dans un châle vert vif crocheté par sa femme défunte et offert lors de leur lune de miel. Il était tout mité, grattait au toucher, mais ne le quittait jamais.

Matunga Dada était, selon Baba, « un perdant ». Il avait pris sa retraite de directeur d'une petite société exportant des colifichets en argent. Veuf depuis des années, sans enfant, il vivait seul dans un immeuble branlant sans ascenseur, en face d'un barbier et au-dessus d'un *paan walla*[1]. C'était son domicile depuis des décennies alors qu'il y avait beau temps que

1. Vendeur de chiques faites de feuilles de bétel contenant de la noix d'arec, des épices et du tabac.

Baba avait emménagé dans une maison spacieuse et concluait des marchés machiavéliques.

Matunga Dada était le membre de la famille que j'allais voir le plus souvent. Baba et lui s'adressaient à peine la parole. Ma mère lui rendait quelques visites tous les ans, parfois accompagnée de mes tantes, Malini rouspétant parce que ses escarpins Louboutin se coinçaient dans les marches de bois usées menant à son appartement du troisième. Une fois à l'intérieur, elle regardait d'un air horrifié le plaid en laine taché qui recouvrait le canapé, les cafards qui détalaient de temps à autre derrière la télévision à antenne « oreilles de lapin ». Seule, Preeti partageait mon affection pour Matunga Dada. Elle lui touchait toujours les pieds en arrivant et lui apportait des *cashew mithai*[1] de chez Mishty Bela à Walkeshwar.

Souvent, j'allais lui rendre visite seule. Je n'avais besoin ni d'une raison ni d'un rendez-vous – il était toujours chez lui et ravi de me voir, appuyait ma tête contre sa poitrine maigre. Ayant peut-être deviné que j'étais une jeune femme de vingt-six ans au cœur perpétuellement brisé et en manque d'affection parce qu'elle avait toujours l'air de choisir des hommes qui ne lui convenaient pas, il m'appelait « bébé ».

Je me suis présentée cet après-midi-là avec une boîte de cookies enrobés de chocolat. Je m'étais réveillée en pensant à lui. Ça faisait une semaine que Baba avait annoncé à la famille ses projets pour l'entreprise et j'étais encore déstabilisée. Difficile de trouver quelqu'un qui soit plus éloigné des rouages

1. Sucreries à la noix de cajou.

de la Bombay des affaires que Matunga Dada, mais quelque chose me poussait à aller le voir.

« Entre donc, *beta*, a-t-il dit. Je suis heureux que tu sois venue. Tu es ma petite-nièce préférée.

— Je suis ta *seule* petite-nièce, ai-je répondu avec le sourire.

— C'est pourquoi tu es ma préférée », a-t-il dit. Nous avions à chaque fois le même échange et nous ne nous en lassions jamais.

« Qu'est-ce qui me vaut le plaisir de ta visite, ma chère ? » a-t-il demandé en me conduisant au canapé. Il aspirait à parler comme un personnage des productions de la BBC qu'il aimait regarder sur des cassettes vidéo louées. Une vieille machine à écrire Olympus trônait sur une table devant le canapé : une enveloppe portant une moitié d'adresse était engagée dans le rouleau. Je croyais qu'il n'était même plus possible de trouver des rubans mais me disais que Dada en avait probablement tout un stock. C'était une vraie fourmi de ce point de vue.

« J'ai juste pensé à toi, Dada. Je voulais m'assurer que tu allais bien. »

Il m'a fixée du regard pendant un moment. Je voyais mon reflet dans ses verres aux irisations arc-en-ciel.

« Les choses sont en train de changer, hein ? » a-t-il dit. Il avait beau être isolé à bien des égards, des échos lui parvenaient encore.

« Oui, énormément. Tout le monde me dit de ne pas m'inquiéter. Que je devrais me marier, avoir une vie à moi.

— Un brave garçon a-t-il volé ton cœur ? » s'est-il enquis avec le sourire. J'adorais son charme suranné.

Hélas, non, ai-je pensé. Après Jag, ma vie amoureuse avait malheureusement été un désert. Il y avait bien eu le chef de l'hôtel Oberoi en visite de Rio de Janeiro qui m'avait gavée de *caïpirinhas*[1] et de délicieux *pao de queijo*[2] avant de m'inviter à monter dans sa suite pour soi-disant me faire déguster des bananes frites. J'avais décliné son offre. Milan m'encourageait vivement à accumuler les conquêtes, m'avait présenté un ami styliste qui montait et voulait que je sois sa muse, mais exigeait de me voir nue au préalable. Ces rencontres avaient néanmoins un côté cliché, forcé. Mon cœur se languissait toujours de Jag et le célibat paraissait l'option la plus sûre. Aucun homme ne pouvait rivaliser avec lui.

Dada qui était installé en face de moi s'est levé pour venir s'asseoir à mes côtés.

« Qu'est-ce qui te tracasse, *beta* ? » a-t-il demandé.

Je n'avais pas prévu de parler de ce qui se passait dans la famille. Mais Matunga Dada avait l'art de vous mettre en confiance.

« Je ne comprends pas Baba, ai-je dit. Pourquoi il traite ses fils de cette façon et oblige ses petits-fils à se disputer une entreprise qu'ils devraient partager ? Ça paraît… tellement… *cruel.* »

Dada a baissé la tête, s'est gratté la nuque. À quatre-vingt-cinq ans, il avait l'agilité d'esprit d'un quadragénaire.

« Il y a des choses que les gens ne sauront jamais sur mon frère, a-t-il déclaré. S'ils les connaissaient, ils le comprendraient mieux. Il est une énigme. Tu t'inquiètes pour la famille parce que tu es une brave fille. Mais vous survivrez tous.

1. Cocktail à base de rhum, sucre de canne et citron vert.
2. Petit pain au fromage.

« À présent, si tu veux bien m'excuser un moment, Sohana, je suis un vieil homme. Je passe ma vie aux cabinets. » Il a ri, s'est levé et a disparu derrière une porte. Un jeune domestique est entré avec un torchon à vaisselle sale autour du cou et a posé du thé et les biscuits que j'avais apportés. Il a fait une légère révérence et s'est retiré.

Mon œil est tombé sur une photo encadrée que je n'avais encore jamais remarquée. Je l'ai sortie de la vitrine où elle était enfermée. C'était une photo noir et blanc de Dada, le jour de son mariage, assis à côté de sa jeune épouse dans la salle à manger d'une université de Churchgate louée pour l'occasion. À une époque où les mariages d'amour étaient rares, elle s'était battue pour en faire un. La légende voulait qu'elle se soit mariée en dessous de sa condition : sa famille était riche. Son père avait reçu un Rao Bahadur[1]. Dada n'était encore qu'un directeur d'aciérie, issu d'une famille modeste de Matunga. Sur la photo, il portait un costume sombre et une cravate étroite, son visage était sérieux et ses souliers noirs brillaient comme un miroir. Son épousée portait un sari pâle discrètement brodé, un fin collier de diamants. Elle ne touchait pas son mari, ne le regardait même pas, mais fixait l'objectif d'un air sombre. Si ce mariage avait eu lieu aujourd'hui, il se serait passé à Istanbul ou à Prague, elle aurait porté des diamants taille rose et un *lehenga*[2] Sabyasachi dont le coût aurait pu nourrir un petit village de l'Orissa pendant un an. Elle

1. Titre décerné dans l'Inde britannique à ceux qui avaient rendu de grands services à la nation.

2. Sari sans plis devant.

aurait peloté son nouveau mari devant une armée de caméras, désinhibée par quelques coupes de Veuve Clicquot. Ce n'était pas surprenant que Baba et Dadi soient restés mariés cinquante-cinq ans : ils seraient restés ensemble même s'ils n'avaient pas eu d'enfants à élever. Leur union était simple, fondamentale. Ils vivaient pour le bonheur de l'autre.

J'ai voulu remettre la photo à sa place au fond de la vitrine. Ce faisant, mon regard est tombé sur un rouleau de papier noué d'une ficelle grossière et mesurant la moitié de la longueur de l'étagère. Ç'aurait pu être une affiche souvenir de film, un diplôme, un vieux dessin oublié. Ç'aurait pu être n'importe quoi et je n'aurais pas dû m'en soucier. Mais comme si elle agissait de son propre gré, ma main a saisi le rouleau et l'a enlevé de sa tablette poussiéreuse en prenant garde à ne pas renverser les petites figurines de porcelaine qui le dissimulaient auparavant. C'était très indiscret, mais c'était plus fort que moi. J'ai tiré sur la ficelle, déroulé le rouleau qui a fait un bruit de peau parcheminée. Tout en bas, écrite à l'encre bleue qui avait bavé, figurait une date : *1945*. Le reste était incompréhensible pour moi : des diagrammes, des équations et des annotations, une grande esquisse concave ombrée au fusain, de minuscules chiffres inscrits au crayon à la périphérie.

« Alors comme ça, tu as trouvé mon trésor, hein ? »

J'ai sursauté, mis la main sur mon cœur.

« Dada… pardon… je ne t'ai pas entendu arriver. » Je me suis rendu compte de la stupidité de ma remarque, comme si le fait de fureter dans ses affaires n'était rien comparé au fait qu'il m'avait prise en flagrant délit.

« Ce n'est rien, a-t-il dit en me prenant le papier des mains et en l'enroulant à nouveau. J'avais oublié qu'il se trouvait là.

— Qu'est-ce que c'est ? » J'ai passé mon bras dans le sien, l'ai conduit jusqu'au canapé où je l'ai fait rasseoir. Quelques mouches ont atterri sur les cookies. J'ai écarté l'assiette.

« Rien du tout. Simplement une idée que j'ai eue. Du temps où j'étais jeune et bête.

— Ça avait l'air intéressant. Détaillé. Comme si ç'avait été mûrement réfléchi.

— J'étais doué pour l'ingénierie à l'époque. Avant de faire la comptabilité d'une entreprise qui vendait des *payals*[1] en argent. » Il a souri. « J'ai eu cette idée d'outil pour les aciéries. Darshan travaillait dans une aciérie. Les choses étaient très rudimentaires. Ce que tu as vu était une poulie. Destinée à accélérer la production. C'est moi qui l'ai conçue.

— Qu'est-ce que c'est devenu ? ai-je demandé. Quelqu'un d'autre l'a vue ?

— Oui, mon frère. » Dada s'est adossé au canapé, a posé ses mains aux veines dilatées sur sa kurta blanche froissée. « Il l'a vue. Et puis, des années plus tard, quand il a ouvert sa première aciérie, il s'en est emparé.

— Comment ça, il s'en est emparé ?

— Il l'a prise, l'a développée, l'a utilisée dans les aciéries. C'est devenu la norme dans l'industrie. Mais c'est lui qui a commencé.

— C'est toi qui as commencé, l'ai-je corrigé. C'était *ton* idée, *ton* invention. » J'ai jeté un coup d'œil cir-

1. Bracelets de cheville.

culaire. L'appartement de Dada aurait pu tenir tout entier dans la chambre de Baba. Il n'y avait pas de cafards chez Baba, pas de mouches sur les cookies, pas de torchons à vaisselle sales. Chez Baba, tout était en parfait état, fait sur commande.

Dada s'est penché en avant, a pris ma main dans les siennes.

« J'ai besoin d'une petite sieste, ma douce. Va-t'en à présent. »

Chapitre 17

L'injustice de ce qui s'était apparemment produit – une idée trouvée par un frère voilà des décennies puis volée par l'autre – m'a tracassée pendant plusieurs jours. Plus je pensais à Matunga Dada – à son naturel confiant, à ses grands yeux tristes qu'on apercevait à travers ses verres épais, à la solitude qui accompagnait ses moindres gestes, son moindre souffle –, plus j'en voulais à mon grand-père. Si je ne l'avais pas autant aimé, je l'aurais détesté.

« Alors comme ça, Baba a volé une invention ? a dit Milan en me servant un espresso à une machine noire aux lignes épurées. Et puis après ? Les idées originales, ça n'existe pas de toute façon.

— Depuis quand es-tu devenu aussi cynique ? » Je me suis installée sur une chaise devant le bureau de Milan qui était si vaste qu'il occupait la majeure partie du petit espace. Sur sa porte, une plaque brun et or disait *Vertex* et en dessous, en caractères à peine visibles, figuraient les mots *une succursale de Badshah Industries.* Ce n'était pas tout à fait vrai. La seule chose que Vertex et l'entreprise familiale avaient en commun était le fait que Milan se trouvait être un Badshah. Baba avait vaguement idée que Milan avait ouvert un petit bureau à Prabhadevi, mais ignorait totalement ce qui s'y passait et s'en souciait comme de colin-tampon. S'il ne contribuait pas à la fortune familiale, ça ne prêtait pas à conséquence – même si maintenant que Milan avait déclaré sa candidature au poste de PDG, je me demandais si ça changerait.

Contrairement à la plupart de ses cousins, Milan se fichait pas mal de ce que Baba pensait de ses activités. Comme le reste d'entre nous, il touchait une jolie petite mensualité au simple motif qu'il était un Badshah. Mais il était aussi remarquablement entreprenant. Il était devenu un day trader coriace qui pressentait les mouvements du marché financier en professionnel aguerri et débitait faits et chiffres comme un pilier de Wall Street. Il parlait de vente à découvert avec la même expertise que moi des enveloppements d'algues et de la collection d'automne de Dolce & Gabbana. Je n'avais aucune idée de ce qu'il me racontait, mais savais seulement qu'il se faisait un beau paquet chaque mois. Il était copropriétaire d'une demi-douzaine de sociétés – un studio d'animation à Chennai, un restaurant à Bangalore, un petit hôtel au Kerala. Il était le plus rebelle et le moins conventionnel de tous les petits-enfants ; il était aussi, ironie du sort, celui dont les ambitions reflétaient le plus fidèlement celles de Baba dans sa jeunesse.

« Alors, qu'est-ce que tu as à me soumettre ? » m'a demandé Milan. Il s'est renversé sur son dossier de fauteuil qui a couiné doucement, a étendu ses jambes sur son bureau. J'avais les semelles de ses Adidas édition limitée sous le nez. Il m'avait envoyé un SMS tôt ce matin, me demandant de passer le voir à son bureau pour un brainstorming.

« J'ai noté quelques idées, ai-je dit en fouillant dans mon sac pour trouver mon petit calepin.

— Si ça a quoi que ce soit à voir avec les fringues, les sacs à main ou les soins spa, ça ne m'intéresse pas, a-t-il déclaré tout de go. On ne peut plus faire un pas dans cette ville sans tomber sur une foutue boutique de grand couturier ou des massages qui coûtent la peau des fesses.

— Évidemment, ai-je dit en secouant la tête. Je ne suis pas bête à ce point. » J'ai consulté discrètement mes notes. La première ligne disait « Magasin Harvey Nichols à Bombay ? » Dessous : « Chaîne Medi-Spa : gamme complète de soins du visage et du corps, style Beverley Hills ». En troisième position sur ma liste d'idées géniales figurait : « Conseillère personnelle en achats/garde-robe/styliste personnelle, le top du top pour les stars de Bollywood ».

Ne dit-on pas toujours « Fais ce que tu connais » ? Je connaissais ces trucs à fond. J'avais cru que Milan bondirait de son fauteuil pour me serrer dans ses bras. Il n'en serait visiblement rien.

« Alors ? » a-t-il demandé. Il a croisé les mains derrière sa nuque, m'a regardée droit dans les yeux. « J'espérais que tu m'apporterais un truc excitant, une idée avec laquelle nous pourrions foncer, si nouvelle, si géniale qu'elle ferait chier tous les autres. »

J'ai fouillé le moindre recoin de ma cervelle embrumée. Il était clair que penser en dehors des clous n'était pas mon fort. Je me suis souvenue de toutes mes conversations avec Jag, tard le soir, où il parlait avec animation de tel ou tel projet qui allait sauver la planète et rapporter de l'argent. J'ai fermé les yeux bien fort : est-ce que je n'étais pas fichue de me rappeler quoi que ce soit ?

« Ah, j'y suis ! me suis-je écriée. Des centres de recyclage. La revente d'aluminium, de verre ou de plastique récupéré à des tiers. Il y a là une source de revenus mensuels réguliers. » Impressionnée par ma perspicacité, j'ai eu un sourire satisfait. Tout me revenait à présent. La société de Jag s'occupait d'installer des centres de ce genre au nord de la Californie. Leurs propriétaires se voyaient accorder des subventions. L'idée plaisait à Jag parce que la marge bénéficiaire était toujours correcte et qu'on faisait par la même occasion quelque chose d'utile pour l'environnement

« Hein ? a fait Milan. Qu'est-ce que tu me chantes là ? »

Il a enlevé les pieds de son bureau.

« Sohana, regarde autour de toi. Tout Bombay est un gigantesque centre de recyclage. Les gens déposent leurs saloperies n'importe où et d'autres viennent les récupérer. C'est un système parfait. Je vais donc te dire non. »

Il a reporté son attention sur son écran d'ordinateur, a enlevé le clavier de son bureau pour le poser sur ses genoux et s'est mis à pianoter comme si je n'étais pas là.

« Pourquoi tu fais ça ? ai-je demandé.

— Quoi donc ? a-t-il répondu distraitement.

— Essayer de trouver un nouvel axe de développement pour Baba. De remporter la compétition. Pourquoi tu te soucies de l'entreprise ? Laisse Sharan et Karan se la disputer. Tu as tes propres affaires. Ça ne suffit pas à ton bonheur ?

— Eh bien non. Pourquoi m'arrêter là quand j'ai des univers à conquérir ? Ça m'agace que Sharan s'imagine qu'il va pouvoir reprendre l'entreprise sans se fouler. C'est peut-être notre cousin mais c'est un imbécile. Je veux le remettre à sa place. Et je veux que tu m'aides à le faire. Mais ça ne risque pas d'arriver si tu ne me proposes que des idées débiles. »

Il a recommencé à taper sur son clavier. C'était la chose que je détestais par-dessus tout chez Milan – la façon dont il m'excluait, me parlait comme à une enfant. J'étais très proche de lui, plus même que de mes frères. Enfants, nous faisions toujours équipe pour les parties de cache-cache chez Baba : il mettait sa main devant ma bouche pour m'empêcher de pouffer de rire lorsque nous étions enfermés dans une penderie sombre et que nos cousins nous cherchaient. Nous avions toujours été inséparables.

« Tu n'es pas juste, Milan », ai-je dit posément. C'était mon meilleur ami et j'avais besoin, surtout maintenant, qu'il se montre gentil envers moi. « Je ne suis pas une femme d'affaires, tu le sais bien. Je n'ai pas la moindre idée sur la question. »

Il s'est levé, a fait le tour de son bureau, s'est appuyé au bord.

« Soh, tu vaux beaucoup plus que tu ne le crois », a-t-il déclaré. La sonnerie de son mobile a retenti dans sa poche : une chanson de Cee Lo Green. Il l'a ignorée délibérément. « Il faut que tu commences à penser business. C'est dans tes gènes. Tu es une Badshah. Une affairiste née. Combien de fois tu es entrée dans un restaurant, tu as jaugé l'ambiance, la clientèle et tu as tout de suite su s'il allait marcher ou pas ? Je t'ai vue regarder un terrain et imaginer un immeuble d'appartements, sa couleur et comment tu le commercialiserais. Je t'ai entendue parler ainsi des centaines de fois. Donner aux gens ce qu'ils veulent, ce pour quoi ils sont prêts à payer, c'est ça, les affaires. Tu ne connais que ça sans même le savoir. »

En vingt-cinq ans d'existence, Milan ne m'avait jamais dit quelque chose de plus gentil, de plus encourageant.

« Allons, a-t-il dit en attrapant ses clés dans un tiroir de bureau. Sortons d'ici. C'est l'heure de l'apéro. »

J'ai consulté ma montre.

« Milan, il est onze heures du matin. »

Il a eu un sourire espiègle et a haussé un sourcil.

« Justement », a-t-il répondu.

*

* *

« Tout est devenu top secret », a dit Milan. Nous étions au Harbour Bar du Taj et il en était à son second martini. Que le personnel remarque à peine pareil désordre en milieu de matinée en disait plus sur le penchant pour la boisson de la bonne société de Bombay que tout le reste.

« Qu'est-ce que tu veux dire ? » ai-je demandé. Je m'en étais tenue à du thé. Plus je buvais d'alcool, plus je devenais émotive et j'avais les nerfs suffisamment à fleur de peau.

« Mon frère par exemple. Depuis l'annonce de Baba, il se terre dans sa chambre. Je l'entends téléphoner. Je le vois dessiner des plans. Je n'ai aucune idée de ce qu'il manigance et ça me rend dingue.

— Pourquoi ? Parce que tu sais que ça va être bien ? »

Il a pris un cure-dent, empalé une olive et l'a fourrée entre ses dents.

« Il est futé, Pawan. Plus futé que moi. C'est pourquoi j'ai besoin de ton aide.

— Qu'est-ce que tu attends de moi ?

— Que tu l'espionnes.

— Impossible.

— Bien sûr que si. Contente-toi de trouver ce qu'il mijote. Savoir, c'est pouvoir, tu le sais bien. »

Et voilà. Tout ce que je redoutais. Cousin contre cousin, frère contre frère. Cette famille devenait de jour en jour plus minable. Procès. Accusations. Querelles intestines. Et à présent, espionnage. C'était horrible. Je ne voulais pas en entendre parler.

« Impossible, Milan, ai-je répété posément. Je ferais n'importe quoi pour toi, tu le sais parfaitement. Mais je ne veux pas être mêlée à ce genre de choses.

— Il le faut, Soh. Si tu t'es jamais souciée un tant soit peu de moi, tu dois le faire. Il faut que je sache ce qui se trame partout pour pouvoir battre tout le monde.

« Et ce n'est pas tout, a-t-il poursuivi. Si Sharan ou Karan reprennent l'entreprise, va savoir ce qu'ils feront de nos pères. Nos cousins sont capables d'être de beaux salauds. Mais si c'est moi qui la reprends, je veillerai à ce que ton père y ait toujours sa place. »

J'ai regardé mon cousin, la seule personne de ma famille à connaître l'existence de Jag, qui m'avait laissée pleurer devant lui à mon retour. Le seul maintenant qui semblait sentir ce qui m'effrayait le plus dans toute cette histoire : que mon père perde sa place dans son univers.

Milan avait raison. Je ne pouvais pas refuser. J'ai hoché la tête en signe d'assentiment. J'avais eu beau pester à l'idée de prendre parti, je venais juste de le faire.

Chapitre 18

Même si j'avais accepté d'être « l'espionne » de Milan, la question m'a travaillée pendant des jours. C'était ma première vraie crise de conscience et elle me déchirait. J'avais beau ne pas me sentir particulièrement proche de Sharan, Karan ou Pawan, ils n'en restaient pas moins mes cousins, ils étaient unis à moi par les liens du sang tout comme Milan.

Comme je m'y attendais, le décret de Baba avait eu pour résultat que tous les cousins, à l'exception de mon frère Armaan, s'étaient retirés chacun dans son coin pour concocter un plan dans le secret duquel personne d'autre ne serait admis avant qu'il ne soit peaufiné. Si les rouages de l'empire Badshah ne m'avaient jamais été très familiers, j'en connaissais en gros la structure : les fois où Sharan s'était rendu dans la Silicon Valley, je savais vaguement qu'il était allé jeter un œil à une société d'informatique dans le but d'y investir. Les voyages de Karan à Abou Dhabi avaient à voir avec l'immobilier commercial. Peu de temps après son retour de l'université, Pawan avait travaillé un an pour Baba et été envoyé en mission de reconnaissance en Afrique du Sud pour déterminer la viabilité du marché du commerce de détail. Pawan avait quitté Badshah parce que, c'est du moins ce qu'il disait, ses « aspirations n'étaient pas satisfaites » bien qu'il n'ait jamais précisé en quoi consistaient lesdites aspirations. À présent, il passait ses journées à enseigner l'ingénierie à des gosses, leur apprenait à construire des minirobots et des minitanks mécaniques, des petites voitures roulant à l'énergie solaire.

Mais le peu de transparence qui existait auparavant dans la famille avait désormais disparu. Les garçons se terraient pour réfléchir à des projets qui devaient rester secrets. C'était exaspérant et source de discorde, et rendait tout le monde plus crispé que d'habitude lors des réunions familiales.

« Comment je vais m'y prendre ? » ai-je demandé à Milan au téléphone. C'était l'heure de pointe et il était coincé dans un énorme embouteillage. « Comment je vais t'obtenir ces renseignements ? Et qu'est-ce qui va se passer quand tout le monde découvrira que j'espionne ?

— D'abord, ça n'arrivera pas, a-t-il dit avant d'être interrompu par une cacophonie de coups de klaxon. Ils ne sauront jamais que ça venait de toi. Contente-toi d'avoir l'oreille aux aguets. D'être charmante comme à ton habitude. Ils te diront des trucs. Tu ne représentes pas une menace. Tu es inoffensive. »

Reste qu'il me fallait un plan de bataille. Mes cousins avaient beau me prendre pour une andouille, je pouvais difficilement me glisser auprès d'eux et me mettre à leur poser des questions sur leurs projets alors que je ne l'avais jamais fait auparavant. Je devais trouver des astuces, affiner une stratégie. Je savais que ce n'était pas bien, que c'était presque répréhensible sur le plan moral, mais j'ai fait fi de la culpabilité qui me tenaillait. Il était trop tard pour reculer.

*

* *

« Salut, Jaanvi, ça te dirait qu'on déjeune ensemble ? »

Ma cousine par alliance en est restée sans voix. Depuis trois ans qu'elle était mariée avec Sharan, je n'avais jamais pris le temps de l'appeler et de l'inviter.

« Tout va bien ? a-t-elle demandé à juste raison.

— Oh, tout baigne. Je me suis juste dit que ça pourrait être sympa qu'on se voie et qu'on parle, avec tout ce qui se passe en ce moment. » J'avais l'impression d'être sincère, peut-être parce que mes paroles avaient un écho d'authenticité même si intérieurement j'avais honte. J'aurais dû faire plus d'efforts dès le début.

« C'est très gentil de ta part », a répondu Jaanvi. Je l'ai entendue feuilleter un agenda.

« Je suis libre ce mercredi, a-t-elle dit. Tu voudrais aller où ? »

Nous avons fini par déjeuner au domicile qu'elle partageait avec Sharan, Karan et sa belle famille. C'était un penthouse en duplex de Worli, dont l'intérieur était un élégant mélange de vert sauge et de crème lumineux. Elle m'a accueillie en jean noir et sabots, un collier de *rudraksha*[1] autour du cou.

1. Cerisier bleu dont les fruits sont utilisés pour faire des colliers et des rosaires hindous.

« J'espère que ça ne t'a pas dérangée de venir ici, a-t-elle dit. J'ai pensé : à quoi bon affronter cette circulation infernale ? Nous serons beaucoup mieux à la maison. » Elle m'a serrée avec raideur dans ses bras. « Belle-maman est sortie, ce sera juste nous deux. » Elle m'a conduite dans le séjour ultrasilencieux et impeccable. Une domestique est entrée pour demander ce que j'aimerais boire. Le déjeuner était déjà servi dans la salle à manger : des réchauds bain-marie argentés étincelaient sur la table d'acajou brillante.

« Alors, dis-moi, comment ça va ? » s'est-elle enquise. Elle a rangé ses cheveux derrière une oreille, a rempli mon assiette d'*aloo mutter*[1] et de curry d'agneau. Elle était gentille à l'excès, obligeante, bienveillante. J'ai éprouvé l'ombre d'un remords pour toutes les fois où je m'étais moquée d'elle, où j'avais ri aux plaisanteries de Milan à ses dépens. Je voyais à présent que Sharan n'était pas digne d'elle. Qu'aucun de nous ne l'était.

« Toute cette histoire m'a un peu épuisée », ai-je répondu. L'espace d'un instant, j'avais oublié la raison de ma venue – extorquer des renseignements sur son mari à cette femme gentille qui ne se doutait de rien. La honte m'a soudain envahie.

« Oui, ç'a été difficile », a-t-elle convenu. Son accent était tonifiant, britannique, conséquence d'années passées dans un pensionnat anglais pendant que son père amassait des millions en Afrique de l'Ouest.

« Tu sais, le soir où Baba nous a fait ce speech… les choses ont été horribles à la maison, a-t-elle continué.

1. Plat du Pendjab à base de pommes de terre, de petits pois, de tomates et d'épices.

Belle-maman a divagué pendant deux heures. Sharan était furieux. »

Quelque chose avait changé. Elle me faisait une confidence, me parlait comme à une alliée.

« J'imagine facilement, ai-je répondu. Il s'était sans doute dit que tout lui reviendrait. Et voici qu'il doit se battre pour l'obtenir. À ton avis, qu'est-ce qu'il va faire ? Il a des projets grandioses ? » J'espérais ne pas trop dévoiler mon jeu.

« S'il en avait, je ne serais pas au courant, a-t-elle répondu en jouant avec des grains de riz blanc moelleux dans son assiette. Il ne me dit pas vraiment grand-chose. Il parle plus avec sa mère. Et avec Mary, bien sûr, sa secrétaire. Elle l'aide pour son projet. Mais je l'ai entendu se disputer avec quelqu'un au téléphone, l'autre soir.

— Ah bon ? À quel sujet ? » Je devais prendre garde aux inflexions de ma voix : elles risquaient de révéler qu'il y avait plus qu'une vague curiosité en jeu.

« Aucune idée, a-t-elle répondu. Quelque chose concernant la fusion à froid. C'est ce qu'il n'arrêtait pas de répéter.

— La fusion à froid ? C'est quoi ? Une franchise pour du yogourt glacé ? »

Jaanvi a souri.

« Je crois que c'est un peu plus compliqué que ça.

— Oh, je suis sûre qu'il sait ce qu'il fait », ai-je enchaîné en balayant la question comme j'aurais chassé une mouche agaçante. Il fallait passer à un sujet plus quotidien, plus innocent. Je devrais me contenter de ces quelques bribes pour l'instant.

Chapitre 19

Comme je l'ai découvert, un des avantages d'appartenir à une famille dont la richesse vient d'être divulguée sur la place publique est que quasiment tout devient possible. Des places d'avion sont mystérieusement disponibles sur des vols complets. Les queues devant les boîtes de nuit les plus courues s'écartent pour laisser passer la fille riche et sa suite. Les maîtres d'hôtel se dirigent d'un pas énergique vers la meilleure table qu'ils réquisitionnent au nez et à la barbe de ceux qui s'apprêtaient à l'occuper. C'est un mode de vie fabuleux, protégé des désagréments de la vie quotidienne, de ses déconvenues ordinaires.

J'ai donc décidé au grand âge de vingt-six ans que j'allais commencer à profiter vraiment des privilèges liés à ma naissance. Être une Badshah avait eu ses inconvénients, dont le plus bouleversant avait été la perte de Jag, mais c'était la famille dans laquelle j'étais née.

Tout ce qui venait de se produire – l'article paru dans la presse, ma rencontre avec Manjuli, la révélation que ma famille était responsable de la rupture de la relation la plus intime que j'aie jamais eue – m'a fait réfléchir à ce que je pourrais faire pour être meilleure, plus intéressante, plus accomplie.

Jag, un homme occupé et évolué qui avait une carrière exigeante, savait faire cuire des artichauts à la vapeur, vider des truites et monder des amandes. Moi, de mon côté, je faisais brûler de l'eau.

J'ai donc fini par décider d'honorer la promesse que j'avais faite à Jag : j'apprendrais à m'occuper de moi de cette façon très élémentaire, même s'il n'était plus là pour le voir. J'ai décidé de m'améliorer. Et j'allais commencer par apprendre à cuisiner.

Grâce à une amie assez haut placée à l'hôtel JW Marriott, j'ai obtenu des cours particuliers avec un second de cuisine, un petit moustachu à la toque mal ajustée qui a eu l'air passablement offensé qu'on lui demande de consacrer son après-midi libre à la tâche humiliante d'apprendre à une mondaine à faire griller des graines de cumin.

« C'est pour quoi ? s'est-il enquis lors du premier cours en me tendant un pilon et un mortier pour que je puisse commencer à écraser de malheureuses gousses d'ail. Vous avez remporté un prix ?

— Non, je veux juste apprendre à cuisiner quelques plats simples.

— Ce ne sont pas les écoles de cuisine qui manquent à Bombay, a-t-il répondu en extirpant des fragments d'épluchures d'ail translucides du mortier en granit. Pourquoi vous ne regardez pas Khana Khazana[1] ? Je

---

1. Émission culinaire de Sanjeev Kapoor, chef devenu une célébrité.

crois que Sanjeev Kapoor a l'habitude de s'occuper des gens qui ne savent pas ce qu'ils font.

— S'il vous plaît, monsieur », l'ai-je imploré. Je me suis aperçue que je ne connaissais même pas son nom. Pas étonnant qu'il soit déjà dégoûté : j'étais venue comme une diva à qui tout est dû, ne sachant rien de rien, un cas désespéré, une frimeuse avec un it-bag.

« Je veux vraiment apprendre. J'ai entendu dire que vous étiez un des meilleurs. » Je l'ai regardé droit dans ses petits yeux. « Tout ce que vous pouvez m'enseigner. S'il vous plaît. Je vous promets de ne pas vous décevoir. »

Au bout de trois heures passées à détailler en cubes, en rondelles, à faire sauter et à apprendre à ne pas me sauver dès que la cocotte-minute se mettait à siffler, j'ai commencé à me sentir l'âme d'une cuisinière. Quand j'ai dénoué mon tablier. Chef Daruk a prononcé des mots que je n'aurais jamais cru entendre dans sa bouche : « Même heure, la semaine prochaine ? »

Six cours et dix-huit heures de pratique plus tard, je me sentais suffisamment sûre de moi pour cuisiner mon premier dîner. Avec Chef – c'est ainsi qu'il voulait que je l'appelle, chef avec un C majuscule, comme Roi ou Prince – nous avons élaboré le menu dans les moindres détails. J'ai dressé la liste des invités – huit serait un nombre parfait, juste assez pour occuper confortablement la table imposante de la salle à manger. J'ai même ressorti mon matériel de calligraphie, violon d'Ingres auquel je m'adonnais avant que la lubie d'étudier la décoration d'intérieur ne vienne le supplanter. J'ai rédigé les invitations sur du papier or pâle et les ai fait distribuer par notre chauffeur qui m'a regardée d'un air de dire « Je vais me taper six heures dans les embouteillages pour déposer des *invitations à dîner* ? » Au lieu de cela, il a hoché la tête en signe d'assentiment muet et il est parti, satisfait d'avoir l'occasion de passer l'après-midi seul au volant d'une voiture de luxe à air conditionné et d'écouter tous les CD qui lui plaisaient. J'ai informé ma famille que j'aimerais avoir la jouissance exclusive de l'appartement ce soir-là, tout le monde avait sûrement des projets ailleurs et si ce n'était pas le cas, auraient-ils l'obligeance d'en faire ? J'ai donné à Chanoo une liste complète d'ingrédients et elle a eu un tic nerveux : il était clair qu'elle se demandait quelle mouche m'avait piquée. La dernière fois que j'avais mis les pieds dans la cuisine, c'était pour trouver une cuiller et j'avais dû réclamer de l'aide.

Le matin chaud et humide du jour J, j'ai investi sans tarder la cuisine avec un classeur rose débordant de notes griffonnées et de recettes écornées sous le bras. Chanoo m'a demandé une fois de plus, mais avec moins de conviction, de la laisser s'occuper de tout avec le personnel, de profiter de ma journée comme d'habitude.

« Détendez-vous, a-t-elle dit, avec une expression où l'inquiétude le disputait à un profond scepticisme. Laissez-nous faire. C'est notre travail. »

J'ai posé le classeur sur le plan de travail, mis une main sur le bras maigre de Chanoo et j'ai prononcé dans un anglais incompréhensible (pour elle) les mots que Jag ne cessait de me répéter : « Je sais ce que je fais. »

*

* *

Quelques minutes avant l'arrivée de mes invités, je me suis reculée pour admirer l'élégance de ma table. Une nappe lie-de-vin dressée avec des couverts plaqués or étincelants, des assiettes carrées de couleur bronze, une rangée de bougies fuselées posées sur un chemin de table en brocart brodé. Le plan de table avait requis la stratégie d'une opération militaire et j'espérais qu'aucun de mes invités n'aurait la propension répandue à Bombay de déclarer forfait parce qu'une meilleure occasion s'était présentée. Je m'étais moi-même rendue un peu trop souvent coupable de cet impair. Ça chamboulerait tout et la soirée devait être parfaite. Il fallait que je montre à ma famille, à la foule de gens qui dirigeaient nos vies, que je n'étais pas seulement une bimbo bien intentionnée, que je savais faire quelque chose de mes dix doigts.

Je suis allée à la cuisine vérifier les mets qui n'attendaient plus que d'être servis sur les assiettes dès que nous passerions à la salle à manger. Sur les recommandations de Chef Daruk, j'avais choisi une cuisine indienne métisse, gagnante sur tous les tableaux et susceptible de plaire aux palais sophistiqués comme aux autres. Mon mentor était même allé jusqu'à puiser dans son trésor personnel d'ingrédients pour gourmets : il m'avait généreusement remis une bouteille de vinaigrette à la mûre de Boysen achetée lors d'un voyage en Suède, cédé une bouteille de Quinta Do Noval à servir avec le dessert. Les bâtonnets d'aubergine à la sauce au tamarin et aux dattes étaient croquants et prêts à être grignotés avec les cocktails par mes invités, des croustillants aux pignons de pin et aux herbes étaient présentés de façon experte à côté d'une salade verte, le poulet *makhani*[1] mijotait à côté d'un bol de pesto à la noix de cajou qui serait ajouté à la dernière minute. C'était d'une simplicité trompeuse. J'ai regardé le festin que j'avais préparé en grande partie seule : je ne m'étais jamais sentie aussi fière de ma vie.

La sonnette a retenti et j'ai couru à la porte, coupant l'herbe sous le pied de Chanoo, impatiente d'accueillir mes invités en personne. Nitya était la première, exceptionnellement en avance, ravissante dans une robe Dior vert émeraude à jupe pouf. Elle avait une garde-robe enviable et ce n'était pas ce que lui rapportaient ses centres de yoga qui lui permettait de se l'offrir. Le train de vie de Nitya, comme celui d'un tas de filles de notre connaissance, était subventionné par l'argent paternel. Sans papa, elle n'aurait jamais eu les moyens de se payer la moitié de ce qu'elle achetait.

« Quel plaisir, un dîner sans aucune raison », a-t-elle dit en se penchant pour m'embrasser sur les deux joues. Elle est passée devant moi et est allée droit au salon.

« Qui d'autre est invité ? a-t-elle demandé en prenant un verre de champagne sur un plateau qu'on lui tendait.

— T'inquiète, tu connais tout le monde, ai-je répondu.

— Oh, quelle déception. J'espérais rencontrer des gens nouveaux. De nouveaux *mecs*, de préférence.

— Désolée, je ne peux pas t'aider de ce côté-là. »

---

1. Poulet mariné dans diverses épices et du yaourt et cuit dans du bouillon et de la crème.

Elle s'est assise et a croisé les jambes.

« Tu as des nouvelles de ton petit ami américain ? a-t-elle demandé.

— Il s'appelle Jag. Et ce n'est plus mon petit ami. De plus, si j'avais eu de ses nouvelles, tu ne crois pas que tu le saurais ?

— Il y a de la mauvaise humeur dans l'air », a-t-elle déclaré en vidant son verre et en attrapant une brochette de keftas à l'agneau. Elle a mordu une grosse bouchée.

« Mmmm, elles sont bonnes. » Et de les examiner de près comme si la recette était écrite dans la viande.

« Oh, je suis contente que ça te plaise. J'ai utilisé des oignons, de la semoule, une pointe de piment fort. La saveur est intéressante, hein ?

— Parce que c'est toi qui les as faites ? s'est-elle exclamée en posant le restant de sa brochette sur une petite assiette. Je croyais que c'était un truc chichiteux imaginé par votre cuisinier.

— J'ai préparé tout ce que vous allez manger ce soir, ai-je déclaré fièrement. C'est le but du dîner. J'ai pris des cours car je voulais offrir à mes amis un dîner protocolaire cuisiné à la maison.

— Eh bien, ma chérie, c'est une charmante idée, mais j'espère que tu as de l'Alka-Seltzer sous la main. » Et de partir d'un rire strident, abrasif, comme une première version de Malini. Malini 1.0.

J'ai été reconnaissante d'entendre sonner à la porte. C'étaient les jumeaux, Milan et Pawan, ce dernier encore perplexe d'avoir été invité. C'étaient les deux seuls membres de la famille à figurer sur la liste des convives.

« Qu'est-ce qu'elle fiche ici ? a demandé Milan en observant Nitya depuis le vestibule. J'espérais une soirée sans psychopathe.

— C'est ma meilleure amie, ai-je chuchoté. Comment aurais-je pu ne pas l'inviter ? »

Il a levé les yeux au ciel et m'a suivie au salon. Tout le monde est arrivé dans les quarante minutes qui ont suivi, un record certainement dans une ville où les dîners commencent couramment à onze heures du soir. Milan a regardé le champagne.

« Tu sais, Soh, tu ferais mieux de servir de la vodka, a-t-il dit posément. Ça vous éclate la tête sans donner envie de dormir.

— J'adore. Nos mères seraient vraiment fières de nous entendre. »

Mon amie Jaya est entrée avec son mari Kaushik.

« C'est superbe, Sohana », a-t-elle dit et Kaushik a hoché la tête en signe d'assentiment. Ils étaient le « power couple » par excellence, lui, avait fondé une entreprise high-tech sur le point d'entrer en Bourse, elle possédait un cabinet de relations publiques représentant les marques de luxe les plus prestigieuses en Inde. Malgré leur succès et leur position très en vue, ils avaient un côté sans prétentions attachant. Trois enfants à la maison, un mariage uni, tous les talents professionnels imaginables – Jaya était celle que je voulais devenir quand j'aurais enfin grandi.

Et puis il y avait Pancho, un bon ami de Milan qui sortait d'un divorce saignant, entamé lorsqu'au bout de quatre années de tentatives frénétiques pour avoir un bébé et quantité d'examens embarrassants Pancho avait découvert le fait pour le moins déconcertant que sa femme prenait la pilule depuis le début. Milan m'avait dit que Pancho voulait de nouveau sortir avec des filles. En regardant sa barbe au négligé savamment entretenu, son charisme taillé à coups de serpe, ses airs d'enfant battu en manque d'affection, je me suis demandé si ça pourrait accrocher entre lui et Nitya. Ils s'étaient rencontrés deux ou trois fois en société, mais n'avaient jamais eu l'occasion de vraiment se parler. Peut-être cette soirée changerait-elle tout ça.

Mais rien ne pouvait égaler l'arrivée d'Anoushka. Elle et moi avions noué des premiers liens d'amitié après avoir brièvement bavardé ensemble dans des soirées. Comédienne de théâtre à Toronto, actrice de Bollywood en herbe, svelte, resplendissante, elle s'habillait à ravir et avait l'art troublant de susciter la bonne dose de scandale inoffensif et de spéculations oiseuses pour rester sous les feux des projecteurs sans pour autant entacher sa réputation. Au dîner, elle était assise en face de Pawan qui a réussi l'exploit de se sustenter sans quitter des yeux son décolleté. Dans sa simple kurta de soie noire, avec son collier de chien ancien en cuivre bruni, ses yeux charbonneux de khôl, elle était de loin la plus belle femme de la pièce. Je voyais que Nitya se consumait littéralement de jalousie.

« Sohana, c'est absolument délicieux, a dit Kaushik en avalant une bouchée de risotto crémeux au cumin. J'ignorais que tu savais cuisiner.

— C'est que je ne savais pas », ai-je répondu.

L'assiette de Nitya était toujours pleine, les différents mets se mélangeant au milieu comme des déchets à un buffet de troisième ordre.

« Ça va, Nitya ? me suis-je enquise. Tu as à peine touché à ton assiette.

— Ce n'est pas à mon goût, a-t-elle dit en portant une main à sa poitrine en un geste de fausse contrition. Mais je vous en prie, continuez, vous autres, a-t-elle ajouté en s'adressant au reste de la tablée comme si elle était une sainte dans une pièce remplie de détenus. Je me ferai une omelette à la maison. »

J'ai senti mon moral tomber dans mes chaussettes, ma confiance en moi s'évaporer. Quelle emprise cette fille avait-elle sur moi ? Et pourquoi me préoccupais-je tant du fait qu'elle était la seule autour de la table à ne pas m'admirer pour ce que j'avais fait ? Elle venait de se montrer d'une impolitesse impardonnable. Combien de gens allaient dîner et disaient à leur hôtesse qu'ils détestaient le repas ? N'aurait-elle pas pu faire semblant d'apprécier, ne serait-ce qu'un tout petit peu ?

« Oh, il faut absolument que je vous raconte ce qui s'est passé à une lecture de script la semaine dernière avec Hrithik », a dit Anoushka. Sa voix était mélodieuse, captivante, ses manières enjouées. Les têtes ont pivoté vers elle. Elle avait dissipé la tension en se rappelant un facteur clé de la vie sociale à Bombay : tout le monde adore les ragots sur les stars du cinéma, on peut toujours compter là-dessus pour sauver une situation. Pawan continuait à la dévorer des yeux. Je ne l'avais encore jamais vu aussi épris et j'ai eu le cœur serré pour lui car c'était sans espoir.

Tout le monde s'est levé pour prendre le vin servi en dessert et les chocolats à la lavande parisiens qui attendaient dans le salon. Kaushik et Jaya ont pris congé car ils voulaient rentrer retrouver leurs enfants. Nitya a demandé si elle pouvait rester dans la salle à manger pour passer un coup de fil. J'ai dit au personnel de lui laisser un moment d'intimité avant d'aller débarrasser. Pancho a servi un verre de vin rosé sucré à Anoushka en reluquant ses jambes moulées dans un pantalon noir, le petit morceau de dentelle noire de son soutien-gorge qui apparaissait dans l'échancrure de sa kurta déboutonnée. Ça devait être agréable d'être convoitée par tant d'hommes, ai-je songé. Ce n'était pas une expérience qui m'était familière. Elle était assise sur le canapé à côté de Pawan qui se rapprochait lentement mais sûrement d'elle chaque fois qu'il se penchait pour prendre un petit chocolat sur la table basse. Il lui parlait d'un film d'art et d'essai italien qu'il avait vu lors d'un voyage à New York. Il avait depuis acheté le DVD. Il l'avait chez lui. Elle adorerait, affirmait-il. Peut-être qu'elle pourrait venir chez lui un de ces jours pour qu'ils le regardent ensemble ?

Anoushka s'est empressée de changer de sujet pour parler de son dernier séjour de ski au Canada en compagnie de son frère aîné. Sa famille qui vivait à Toronto lui manquait, et surtout le lévrier afghan qu'elle avait trouvé dans un refuge.

« J'ai sa photo dans mon portable », a-t-elle annoncé joyeusement. Elle a tâtonné autour d'elle, derrière elle, sous les coussins du canapé.

« Attendez. Où est mon sac ? a-t-elle demandé.

— Je crois l'avoir vu dans la salle à manger », a dit Pawan toujours attentif aux détails les plus insignifiants. Il avait l'air content de lui comme s'il l'avait sauvée d'un immeuble en flammes. Anoushka s'est levée, a commencé à se diriger vers la salle à manger.

« Restez assise, ai-je dit. Je vais le chercher. »

La porte à deux battants était fermée par égard pour Nitya. Ça faisait un sacré bout de temps qu'elle était au téléphone. Ne voulant pas l'interrompre, j'ai poussé précautionneusement un battant.

Nitya me tournait le dos. Elle n'était pas en train de téléphoner. Assise sur l'accoudoir en bois sculpté d'un fauteuil, elle enfournait le contenu de son assiette.

Elle l'a reposée, en a pris une autre et s'est mise à manger les restes de quelqu'un d'autre. Elle a attrapé une serviette, s'est essuyé la bouche.

Elle s'est retournée et m'a aperçue.

« Merde, Sohana, tu m'as fichu la pétoche, a-t-elle dit. Qu'est-ce que tu fais ?

— Tu as dit que tu détestais mes plats.

— J'avais faim. J'ai trouvé qu'un minimum de politesse voulait que je finisse mon assiette.

— Oui. Et celle des autres. »

Le rouge lui est monté aux joues.

« Pourquoi tu as fait ça ? » ai-je demandé. Je me suis approchée d'elle sans penser à refermer le battant derrière moi.

« Quoi donc ? » Elle était sur la défensive et s'est détournée de moi en quête d'une échappatoire. Il n'y en avait pas.

« Pourquoi te donner tout ce mal pour m'humilier ? Tu voulais me persuader que j'étais une cuisinière abominable, que l'expérience était un désastre. Puis tu te glisses ici pour boulotter en douce. Qu'est-ce qui t'arrive, bon sang ? » Un silence de plomb s'est installé entre nous. Elle m'a regardée avec froideur. L'espace d'un instant, je n'ai plus su qui elle était. J'ai été saisie d'une bouffée de colère froide : je me suis rappelé toutes les occasions récentes où ma « meilleure amie » avait systématiquement essayé de détruire mon bonheur, m'avait giflée d'une main et consolée de l'autre.

Je n'arrivais pas à me souvenir de la dernière fois où elle s'était montrée une vraie amie. C'était voilà des mois, avant Londres.

« Réponds-moi, Nitya. » Je me tenais à présent à quelques centimètres d'elle. Mes doigts serraient le haut de son bras. « Tu n'étais jamais comme ça avant. Nous étions proches l'une de l'autre. Je voulais que tu sois là ce soir pour voir ce que j'avais accompli. Tu ne pouvais pas m'accorder ce petit plaisir ?

— T'accorder ce petit plaisir ? » Sa voix tremblait. « Parce que tu n'en as pas encore assez ? Tu es très appréciée. Tu as plus d'argent que Lakshmi ne pourrait en donner à une seule famille. Une renommée internationale après cet article sur "L'héritière solitaire, Sohana Badshah". Tu te poses un peu là, non ? Et voilà qu'en plus tu veux être un cordon-bleu. Est-ce qu'il t'est jamais venu à l'esprit que ce n'est peut-être pas *permis* d'avoir autant en une seule vie ? »

Elle me lançait ces paroles comme autant de petits couteaux d'argent dans un numéro de fête foraine.

J'ai entendu un bruissement à l'autre bout de la pièce. Le reste du groupe nous dévisageait. Je ne savais pas depuis combien de temps ils étaient là, ce qu'ils avaient entendu. Pancho tirait des bouffées de son cigare comme s'il était assis au premier rang d'un spectacle de cabaret.

« Hou là, crêpage de chignon, a dit Milan.

— Va-t'en, ai-je dit.

— Allons, les garçons, a roucoulé Anoushka en emmenant les trois hommes telle une institutrice d'école maternelle. Montrez-moi la vue. »

La diversion nous avait offert un moment de répit. Nitya s'est reprise, a respiré. Ses yeux étaient las. Son visage est devenu gris. Elle avait l'air diminuée. Elle s'est affalée sur une chaise.

« Mon père a tout perdu dans une chaîne de Ponzi aux États-Unis, a-elle déclaré calmement. Quand je dis tout, je veux dire absolument tout. Il est incapable de faire face à cet échec. Il est ivre la plupart du temps.

— Je suis vraiment désolée, Nitya. » J'ai tiré une chaise pour m'asseoir en face d'elle. Nos genoux se touchaient. « C'est arrivé quand tout ça ?

— Pendant ton séjour à Londres. Je ne voulais rien dire. Et puis quand tu es revenue, tu étais dans ton univers, tu pleurais à cause de ce Jag. J'avais honte de t'en parler.

— Pardonne-moi. Je suis désolée de ne pas avoir été une meilleure amie – d'avoir été trop absorbée par mes problèmes. Qu'est-ce que je peux faire pour t'aider ? »

Elle a secoué la tête. Dans l'immédiat, je crois qu'elle avait juste besoin que je l'écoute.

« Nous n'avons plus rien. Ma mère a dû vendre ses bijoux de mariage. Cette robe n'est pas à moi. Je l'ai empruntée. Tout chez moi est bidon. »

Je l'ai prise dans mes bras.

« Pas tout », ai-je dit.

Chapitre 20

Sharan Badshah se regarda dans le miroir de la salle de bains pour vérifier combien de nouveaux cheveux argentés étaient apparus depuis la dernière fois. Oui, les mèches opalescentes qui partaient de sa raie et ses pattes poivre et sel adroitement rasées lui conféraient bel et bien une aura distinguée. Le play-boy affable qui couchait à droite à gauche s'était transformé en un mari courtois, assagi par le mariage.

Sa femme, la stoïque et cultivée Jaanvi, l'aimait et honorait sa famille. Tous les soirs, elle lui préparait un lait chaud au miel qui, d'après son médecin ayurvédique, contribuerait à augmenter le nombre de spermatozoïdes de son époux. Elle s'était rendue à Hong Kong pour consulter un praticien renommé de la médecine chinoise qui l'avait renvoyée chez elle avec des sacs en plastique transparents contenant du gattilier, de l'actée à grappes noires et du ginseng sibérien, lui ayant affirmé que si elle consommait ces plantes médicinales régulièrement un bébé pousserait dans son ventre. Bien sûr, ce n'étaient là que les composantes mineures de l'équation. Ils devaient aussi faire les choses à l'ancienne. En conséquence, trois soirs par semaine, Jaanvi se glissait dans une des chemises de nuit La Perla de son énorme trousseau, frottait le dos de son mari pendant qu'il envoyait son dernier mail de la journée et l'attirait au lit. À certains moments, ses efforts étaient récompensés, à d'autres, ils étaient repoussés. Souvent, il était trop fatigué et quand il était dans de bonnes dispositions, généralement, après un ou deux verres, il avait l'esprit ailleurs, concentré sur tout ce qu'on veut sauf sur l'épouse qui souhaitait tant qu'il la féconde.

Au bout de trois ans de mariage, Jaanvi s'était habituée à la froideur de son mari. Elle était entrée par alliance dans une famille éminente et ne s'était pas imaginée un seul instant que l'homme auquel on l'avait mariée serait jamais tendre ni véritablement disponible. Leurs deux familles avaient forgé des liens puissants et pour le moment elle ne pouvait demander plus.

Sharan pensa à Jaanvi, à tout ce qu'elle avait fait pour lui, à tout ce qu'elle supportait. Il sortit de la salle de bains et s'assit au bord du grand lit. Une lumière beige tamisée baignait la chambre d'hôtel. Il y avait longtemps que le soleil s'était couché. Vu la circulation entre le Grand Hyatt de Santacruz et son domicile, il devrait vraiment partir bientôt.

Il perçut un doux ronflement sous la courtepointe blanche. Il tendit le bras, posa sa main sur une pâle épaule nue. Une tête brune remua.

« Pardon, je me suis endormie », dit Mary, très surprise. La marque de son rouge à lèvres rose, à présent tout barbouillé et estompé, s'était imprimée sur les taies d'oreiller.

« Ne t'excuse pas », répondit Sharan. Il s'allongea à côté d'elle, approcha ses lèvres de sa minuscule oreille en forme de coquillage. « Tu peux rester ici toute la nuit si tu veux. Il faut que j'y aille.

— Tu ne peux pas rester avec moi, juste pour cette fois ? » Elle se mit sur son séant, laissa les draps retomber et révéler son buste. Elle était tout en courbes et féminine, sa peau ressemblait à de la soie diaphane. Sharan ne pouvait s'empêcher de la toucher.

« Pas cette fois, fit-il. Je devrai planifier ça mieux. Je ne veux pas éveiller les soupçons de qui que ce soit.

— Par qui que ce soit, tu veux dire elle, non ? Ta femme ?

— Évidemment. De qui d'autre veux-tu que je parle ? répliqua-t-il d'un ton sec. Je la trompe. J'ai une liaison avec ma secrétaire. Si ce n'était pas un cliché aussi rebattu, ce serait une plaisanterie. » Son ton semblait aigre et il regretta aussitôt ses paroles.

« Oh, je suis une plaisanterie à présent, c'est ça ? » dit-elle. Sa coupe au carré était parfaite, tous ses cheveux alignés au cordeau malgré les joutes amoureuses qui avaient pris place entre les draps deux ou trois heures plus tôt.

« Allons, ce n'est pas ce que je voulais dire », répondit Sharan. Il était épuisé – las d'apaiser une femme ici, puis de rentrer chez lui pour remettre ça avec une autre.

Elle envoya promener la couverture, entra en trombe dans la salle de bains et claqua la porte. Sharan entendit la douche couler. Ce n'est pas cette nuit que les choses s'arrangeraient. Il écrivit un mot pour dire à Mary qu'il l'appellerait plus tard. Puis il fit ce qu'il faisait toujours : il lui laissa dans une enveloppe de quoi rentrer chez elle en taxi. Au début de leur aventure, il demandait à Mohit, son chauffeur, de la raccompagner. Mais quand il s'était aperçu que Mohit avait fini par soupçonner que ces séances à l'extérieur du bureau n'étaient peut-être pas tout à fait chastes, Sharan avait commencé à s'organiser autrement. L'enveloppe une fois placée sur la table de nuit, il se glissa hors de la chambre, impressionné par son esprit chevaleresque. Le moins que l'on pouvait dire de lui, c'est qu'il était un gentleman.

Les cheveux plaqués sur le crâne et fleurant bon le shampoing, Mary ramassa sa tenue de travail qui jonchait le chemin conduisant au lit. Elle était reconnaissante pour la douche chaude dont le jet puissant lui avait soulagé les épaules. Dans le logement où elle vivait avec ses parents, non loin de là, un tel luxe n'existait pas. L'appartement entier aurait pu tenir dans cette chambre d'hôtel.

Elle enfila en se tortillant le body en dentelle lilas préféré de Sharan – dessous qu'il lui avait offert trois mois plus tôt pour fêter le premier anniversaire de leur liaison. C'était un des rares cadeaux qu'il lui avait faits depuis le début de leur badinage amoureux et, songea-t-elle avec rancœur en faisant claquer les bretelles, un présent plus destiné à lui qu'à elle. Il lui avait offert quelque chose qui lui procurait du plaisir à lui. C'était du Sharan tout craché. Il n'y avait pas eu de bouquet de fleurs surprise dans l'après-midi, pas de promenades sous la pluie dans le parc, pas de diamants dans un écrin de velours rouge ni de dîners aux chandelles dans un salon privé. Il n'y avait que ça, une suite au Grand Hyatt qui était toujours réservée à son nom à elle en utilisant une carte de crédit de la société, un article de lingerie de temps à autre, un bracelet à breloques en or qui, elle en était convaincue, avait été acheté après coup à Sharjah (soupçon confirmé subséquemment par le relevé de carte bancaire). Mary savait ce qu'avait Jaanvi, ce que Jaanvi aurait toujours, et elle crevait de jalousie.

Vêtue de la jupe marron et du haut crème à pois portés le matin au bureau, Mary prit l'enveloppe sur la table de chevet. Comme d'habitude, il y avait plus qu'assez : l'argent couvrait généralement le voyage de retour en taxi et lui permettait de s'acheter un ou deux colifichets. Cette fois-ci, cependant, elle donnerait le surplus à sa mère, lui dirait que c'était une prime pour un travail bien fait. Ce ne serait pas trop éloigné de la vérité.

Installée à l'arrière du taxi, Mary repensa à tout ce qu'elle faisait pour faciliter la vie de son patron. Elle restait avec lui quand il travaillait tard, rappelait les gens au téléphone, lui apportait des tasses de déca, massait sa nuque douloureuse quand le reste de l'étage était plongé dans l'obscurité et le silence. Dès qu'ils pouvaient s'éclipser pour leurs rendez-vous galants, elle donnait le meilleur d'elle-même : peu importe que sa journée ait été fatigante, qu'elle ait d'autres obligations envers des amis ou des parents, elle s'ouvrait à Sharan de la façon la plus primitive, flattait son ego, soulageait son corps. Jaanvi ne pouvait rien faire de tout ça. Jaanvi était un boulet qui entraînait Sharan vers le fond d'un océan noir et agité de mélancolie. Maintenant que son gagne-pain était en jeu, Sharan avait plus que jamais besoin de quelqu'un qui le comprenne, qui ne veuille que son bonheur, sa victoire. Elle, Mary, l'aimait corps et âme. Elle le *connais-*

sait, était capable de deviner au moindre regard, à la moindre inflexion de sa voix, ce qu'il lui fallait.

Cela avait commencé comme un amusement, un soulagement inévitable de la tension sexuelle qui s'était manifestée dès l'entretien d'embauche, lorsque Sharan avait contemplé sa poitrine généreuse, sa taille mince, ses lèvres boudeuses et lui avait donné le poste convoité par des dizaines de candidates beaucoup plus méritantes. Mais dernièrement, ils ne s'amusaient plus beaucoup – du moins Mary. Elle s'était mise en colère contre lui, ce soir, et elle le regrettait. Ce n'était pas le rôle d'une maîtresse d'avoir des exigences. Mais, comme Mary s'en était peu à peu rendu compte au cours de ces dernières semaines, elle ne voulait plus être la maîtresse de son patron.

Le taxi faisait lamentablement du sur-place. Elle vérifia sa montre. À ce rythme, elle ne serait pas rentrée avant dix heures passées. Elle entendit frapper à la vitre, vit un petit visage crasseux à l'extérieur. Presque instinctivement, elle plongea une main dans son sac pour chercher de la monnaie et descendit la vitre. Le petit mendiant lança sa main brune maculée de crasse à l'intérieur et Mary lui donna les pièces qui se trouvaient au fond de son porte-monnaie. Il s'apprêtait à s'éloigner, satisfait de ce qu'il avait récolté.

« *Tairo* », lui ordonna-t-elle. Elle lui tendit autre chose.

Le taxi s'ébranla lentement.

Le garçon resta au milieu de la circulation à examiner le contenu de l'enveloppe blanche que la dame lui avait donnée. Ses yeux s'écarquillèrent de plaisir à la vue des billets de cent roupies pliés en accordéon. Niché au milieu, il y avait quelque chose d'autre, quelque chose d'inattendu. Il sortit une plaquette ronde bordée de petites pilules blanches. Il y avait de minuscules mots inscrits sous chacune, des mots que ses yeux d'analphabète étaient incapables de déchiffrer. Il en fourra une dans sa bouche, espérant une sucrerie. Tu parles. Il la recracha.

À l'arrière du taxi, Mary se sentit immédiatement soulagée de ne plus avoir à cacher ses pilules contraceptives à sa mère farouchement catholique, les pilules que Sharan lui faisait prendre, convaincu que l'infertilité de son mariage n'avait rien à voir avec lui.

Car entre le moment où Sharan avait quitté leur chambre d'hôtel et celui où elle était montée dans le taxi, Mary avait décidé de ne plus être la maîtresse de Sharan Badshah.

Elle allait devenir son épouse.

Chapitre 21

Mon dîner, qu'en raison de la trahison de Nitya Milan finirait par appeler la Cène, avait fait plus que rehausser mon standing au domicile des Badshah. Oui, il y avait bien le fait qu'au lieu de broncher quand j'entrais dans la cuisine, le cuisinier me demandait mon avis sur la quantité d'eau de rose à mettre dans le gâteau de riz ou la meilleure façon d'obtenir un poulet rôti à la peau croquante. Un dîner réussi et j'étais grandie à ses yeux. J'ai envoyé à Chef Daruk une montre Longines pour le remercier. Il me l'a retournée avec un mot disant : « C'est vous qui portiez le tablier. »

Mais la soirée m'avait réconciliée avec Nitya. Après avoir pleuré quelques minutes, elle était allée faire un brin de toilette et Milan avait – très intuitivement, s'avère-t-il – fait remarquer : « Les filles, vous allez redevenir les meilleures amies du monde maintenant qu'elle a vidé son sac. »

Je l'avais donc prise en main, l'appelais souvent en veillant à ne jamais lui donner l'impression qu'elle était une pauvresse. Nous avons mis un bémol à nos thés au Four Seasons et à nos virées chez Ensemble et Jimmy Choo. Je lui ai affirmé que le thé chez elle était meilleur que partout ailleurs à cause des célèbres sandwiches toastés au fromage Kraft et au piment que préparait son cuisinier. Et franchement, à quoi bon écumer les magasins pour trouver de nouvelles tenues en vue d'une fête tard le soir : rester à la maison pour regarder un DVD était tellement plus amusant.

« Qu'est-ce qui se passe dans ta famille ? » a-t-elle demandé un jour. C'était la première fois qu'elle posait la question d'une façon que je ne trouvais pas provocante ni chargée de malveillance. Je pouvais répondre sans me sentir sur la défensive. Nous venions de quitter un petit temple de quartier, où sa mère l'emmenait enfant. Nous remettions nos chaussures, assises sur un banc à la peinture écaillée et recouvert de fientes de pigeon. C'était le début de la soirée. Les trilles insouciants de rires d'enfants émanaient d'un bâtiment voisin. Sur un côté, deux femmes musulmanes voilées, croulant sous les filets remplis de légumes, parlaient fort. Nitya aimait venir là le lundi puis rentrer chez elle rompre son jeûne. Nous jonglions avec des pommes enduites de cire brillante et des petits cônes en papier de *prasad*[1].

« Ça ne va pas bien », ai-je répondu.

Son visage m'a exprimé de la sympathie : après ce qu'elle avait enduré, Nitya était bien placée pour savoir ce que j'éprouvais. « J'avais toujours cru que nous étions une famille unie. Mais maintenant, même

1. Offrandes aux dieux qui sont consacrées et distribuées ensuite aux fidèles.

si nous continuons à nous réunir, il y a du malaise dans l'air. »

Elle a tiré sur la lanière arrière de ses sandales pour les enfiler. La soirée était moite. Armée d'une craie, une enfant dessinait une marelle sur le trottoir criblé de nids-de-poule. J'ai appuyé ma tête contre le mur et j'ai fermé les yeux. Je me suis sentie curieusement en paix. C'était mon moment préféré de la journée, l'heure magique entre le jaune criard de l'après-midi et le calme velouté de la nuit. Ici, à l'instant présent, Nitya et moi n'étions que deux jeunes femmes en *churidar*[1] et kurta de coton, sorties chercher la bénédiction des dieux, goûtant l'anonymat et la grâce d'une paisible visite au temple. Pas de fêtes, pas de photographes, pas de bijoux, pas de chichis. C'était une soirée typique de Bombay dans ce qu'elles ont de meilleur.

Nous nous sommes dirigées vers nos voitures.

« Qu'est-ce que tu vas faire ? a-t-elle demandé.

— J'aide Milan. Il a comme qui dirait fait de moi son second. Il veut vraiment le poste le plus prestigieux et je vais essayer de l'aider à l'obtenir.

— Et Armaan ? J'aurais cru que si tu avais à choisir entre un frère et un cousin, tu choisirais ton frère.

— Je ne crois pas qu'il veuille le poste. Il a sa propre société. Il ne s'est jamais tellement intéressé aux affaires de Baba, de toute façon.

— Comment tu comptes t'y prendre ?

— Pour ?

— Comment tu vas aider Milan ? Qu'est-ce que tu peux faire exactement ? »

1. Pantalon moulant avec des plis aux chevilles.

J'ai séché un instant. Je ne pouvais pas vraiment lui dire que mon cousin voulait que j'espionne les autres membres de la famille. Et que toutes les idées personnelles que je lui avais soumises avaient été qualifiées sans cérémonie de « débiles ».

« Il faut que je sois son deuxième cerveau, ai-je dit. Ou au moins un hémisphère. Baba a dit qu'il donnerait l'entreprise au petit-fils qui apporterait une idée audacieuse, révolutionnaire. Milan a besoin de mon aide pour la trouver.

— C'est pas en traînant dans des soirées à Pali Hill[1] que tu la trouveras. Il faut que tu t'aventures dans le vaste univers. Que tu explores. Que tu enquêtes. Que tu parles aux gens. » Elle était appuyée à la portière arrière de sa voiture dont l'extérieur blanc venait d'être passé à la peau de chamois.

« Ah, oui. Je n'y avais pas pensé, ai-je répondu.

— Eh bien, penses-y. » Elle m'a dit au revoir et s'est fait ramener chez elle par son chauffeur.

Après que Nitya eut judicieusement fait remarquer que ce n'était pas en me faisant faire les ongles au Marriott que j'allais tomber sur une splendide idée pour Milan, je devais garder à l'esprit que si je voulais aider mon cousin, il me faudrait aller plus loin que Colaba[2].

Un petit séjour ailleurs s'imposait donc. Dans un endroit où tout le monde était à la pointe, où si on n'innovait pas chaque jour, on avait quelque chose qui clochait. Un endroit où je pourrais m'imprégner

---

1. Quartier résidentiel aisé de Bombay.

2. Quartier de Bombay où on trouve des boutiques très chics et les résidences des très riches.

de l'air du temps, pressentir la prochaine révolution.

La Californie.

J'en ai parlé à Milan, dit que je voulais partir en mission d'exploration sur la côte Ouest, endroit où il était allé à l'université et sur lequel il en savait probablement beaucoup plus long que je n'en saurais jamais. Il fallait que nous y allions ensemble.

Il jouait à un jeu vidéo. C'était plein de personnages de BD aux visages en lame de couteau en train d'abattre des malfrats coréens. Je détestais l'obsession de Milan pour ce genre de truc, son implication dans leur violence. Il était si captivé par le jeu que j'aurais pu aussi bien ne pas être là.

« Parfait, vas-y, a-t-il dit.

— Viens avec moi.

— Non, je suis trop occupé.

— Tu joues à *Homefront* un mercredi après-midi.

— J'ai d'autres chats à fouetter. Sans plaisanter. Vas-y. Envoie-moi des SMS sur tes trouvailles, d'accord, ma belle ? »

J'ai ensuite songé à Nitya. C'était une idée à elle après tout. Si Milan ne m'accompagnait pas, c'était avec elle que je préférais y aller. Il ne me restait plus qu'à la convaincre.

« Allons, lui ai-je dit. Los Angeles est splendide à cette époque de l'année !

— Pourquoi Los Angeles ? » s'est-elle enquise. La question était justifiée.

« C'est la Californie ! Tout ce qui est arrivé de génial dans l'histoire a commencé là-bas. Facebook. Le mouvement bio. Hollywood. Et tous ces trucs de Silicon Valley que je ne comprendrai jamais.

— Qu'est-ce que tu vas faire ? Te tenir à un coin de rue de Beverley Hills et quémander des idées ?

— Je n'en suis pas certaine. Mais je le saurai quand je le verrai. Viens donc avec moi. S'il te plaît ? Tu es mon invitée. » Je m'étais demandé comment aborder la question : d'ordinaire quand des amies partent ensemble, chacune paie sa part. Nitya n'avait pas les moyens de se payer un billet d'avion pour la moindre destination, mais je ne voulais pas qu'un détail aussi insignifiant l'empêche de m'accompagner.

« T'inquiète, c'est cool, a-t-elle dit. J'ai plein d'air miles. »

Il fallait encore rallier Dadi : je lui ai expliqué que Nitya avait récemment traversé une période épouvantable et avait besoin de s'échapper. Il y avait un bel ashram à Pacific Palisades, Nitya et moi pourrions y prier pour notre avenir, pour nos deux familles. Il n'en fallait pas plus pour que Dadi me donne le feu vert.

Chapitre 22

Nous sommes descendues à Shutters On The Beach. Tout était blanc, brillant et propre, comme dans un cottage de Cape Cod décoré par Martha Stewart. Je n'étais jamais venue à L.A. J'étais allée à New York une douzaine de fois, à Atlanta pour un mariage, en Arizona pour voir le Grand Canyon quand Rajan était plus petit. Mais Los Angeles, c'était le grand inconnu – une ville que je ne connaissais que par la retransmission télévisée des Golden Globes, où avaient commencé le Bikram Yoga et Juicy Couture, une ville où même les plus grandes stars de Bollywood devaient se faire un nom. C'était ici, j'en avais la conviction, que se trouvait l'idée de génie conçue par quelqu'un d'autre que je pourrais rapporter à mon cousin à Bombay et qui ferait bouger les lignes. Il fallait juste que je mette la main dessus.

« T'as fini ? » ai-je crié à Nitya. Elle était sous la douche depuis une éternité. Dehors, des femmes aux seins défiant les lois de la gravité et aux cuisses fermes se promenaient en rollers le long de la plage. Des hommes en jogging couraient avec leur chien.

Des bicyclettes passaient à toute allure. L'air était frais et salé, la plage sans eaux grasses ni détritus du style Chowpatty[1]. De là où j'étais assise, c'était le paradis.

Sur le lit se trouvait un classeur de coupures de journaux et de magazines, des sorties imprimantes de divers sites Internet. J'avais fait des recherches. Il se passait des choses ici – des inventions, des avancées – dont je savais que Milan pourrait faire son miel. J'ai feuilleté mon dossier. Télé par Internet. Voitures roulant à l'hydrogène. Instruments pour récolter l'eau de pluie. Réalité virtuelle destinée à des applications militaires. Ingénierie biomédicale. C'étaient des choses qui avaient éveillé mon intérêt la première fois que je les avais vues et je ne pouvais que me répéter qu'il en irait de même pour Milan. Quelques semaines plus tôt, j'ignorais même ce que tout ça signifiait. Et voici que je lisais à présent la documentation que j'avais assidûment amassée, essayant de prévoir la prochaine étape.

Nitya a fini par ouvrir la porte, suivie d'effluves de vapeur citronnés. Elle s'est assise sur le lit à côté de moi et a regardé les coupures de presse.

« C'est toi qui as rassemblé tout ça ? »

J'ai opiné.

« Je suppose que je t'ai sous-estimée, a-t-elle dit. Et maintenant qu'est-ce qu'on fait ? »

C'était une bonne question et je n'étais pas armée pour y répondre. Avant de quitter Bombay, j'avais envoyé des mails à certaines sociétés pour solliciter un rendez-vous. Je n'avais pas encore eu de réponse. J'étais une fille de Bombay sans expérience des affaires

1. Plage la plus célèbre de Bombay.

assise dans une chambre d'hôtel à 400 dollars la nuit à l'autre bout du monde. J'avais une semaine devant moi. D'une façon ou d'une autre, il fallait que j'en tire le meilleur parti.

« Et maintenant qu'est-ce qu'on fait ? ai-je répété. Ce qu'on fait toujours quand on est perplexe, on va manger. »

Nous avons déjeuné chez Geoffrey's à Malibu. Nous nous sommes assises dehors pour profiter du splendide temps de mars. Il faisait, paraît-il, chaud comme dans un four à tandoori dans certains endroits de la ville. Mais, ici, sur le rivage, la température était délicieuse.

Devant du brie au four et un bar du Chili, Nitya a dégainé son portable et appelé la seule personne qu'elle connaissait à L.A. : Manik Chouduri. Il était allé à l'université avec son père. C'était un industriel de Delhi qui avait quitté sa patrie pour courir après la gloire et une fortune encore plus grande dans la Cité des Anges. Nitya a décroché une invitation à dîner chez lui dans deux jours, lui a dit qu'elle amènerait une amie.

« OK, nous voilà rassasiées et satisfaites, a-t-elle déclaré en finissant son café. Il nous faut un plan. Nous sommes ici dans un but. Donnons-nous les moyens de l'atteindre. »

*

* *

Le lendemain matin – j'étais réveillée depuis 4 heures 30 – j'ai googlisé une société du nom d'Applied Automotives, une de celles dont j'avais appris par mes lectures qu'elle était à la pointe dans le domaine de la fabrication de voitures roulant uniquement à l'eau.

« Allô, bonjour, ai-je dit à la réceptionniste qui parlait du nez. Je voudrais prendre rendez-vous avec euh… » J'ai marqué un temps d'arrêt pour consulter l'article que j'avais découpé. « Mr Matthew Veitch.

— C'est de la part de qui ?

— Je viens d'Inde, ai-je répondu en soulignant le dernier mot comme s'il allait m'ouvrir les portes. Je lui ai envoyé un mail la semaine dernière.

— Oui. Mais vous êtes… ? » a-t-elle insisté. Il était clair que venir d'Inde ne suffisait pas.

« Oh, je m'appelle Sohana Badshah, ai-je répondu d'une voix ferme en mobilisant toute l'assurance dont j'étais capable. Je travaille avec Badshah Industries de Bombay. Nous cherchons des opportunités d'investissement intéressantes. J'aimerais prendre rendez-vous avec Mr Veitch. »

Elle m'a mise en attente. J'ai passé quelques minutes à écouter Britney Spears s'époumoner. La réceptionniste m'a reprise.

« Il n'est pas là pour le moment. Mais je ne manquerai pas de lui transmettre votre message », a-t-elle répondu.

Il n'a pas rappelé, pas plus que les autres que j'avais essayé de contacter, à l'exception de la société de biotechnologie qui fabriquait des cadavres virtuels pour apprentis chirurgiens et avait vendu les droits de son invention à une entreprise de Pune[1].

1. Ville industrielle située à environ 160 km au sud-est de Bombay.

« Voyons si le copain de mon père peut nous aider », a dit Nitya. J'étais si reconnaissante qu'elle soit avec moi. Je ne crois pas que j'aurais pu supporter ces rejets toute seule.

Manik Chouduri vivait dans une maison de Beverley Hills avec une petite piscine, une énorme salle à manger et une femme distante. Il nous a accueillies, Nitya et moi, avec de chaleureuses embrassades. Il portait une casquette en tweed sur son crâne chauve, a tenu à nous montrer le petit autel domestique qu'il avait érigé dans sa chambre d'appoint, nous a gavées de *pakodas*[1] et de *dhoklas*[2].

« Alors les filles, qu'est-ce qui vous amène ici ? » a-t-il demandé.

Nitya lui a donné certains détails sans en révéler trop : mon grand-père que Manik Chouduri connaissait de nom cherchait activement de nouvelles opportunités. Los Angeles était un terreau fertile en idées innovantes et on m'envoyait pour en dénicher quelques-unes. Il a eu l'air sceptique comme si ce n'était guère une tâche que l'on pouvait confier à une jeune femme. Il a de nouveau rempli nos assiettes.

Après le dîner, il nous a donné de la glace Rocky Road. Il nous avait fait partager sa table, mais c'était tout. Je me sentais déçue : nous étions venues pour rien.

« J'ai une idée pour vous », a-t-il soudain lancé. Il a rajusté sa casquette en mâchonnant un cure-dent. Je me suis tournée vers Nitya avec un regard plein d'espoir.

---

1. Beignets de farine de pois chiche fourrés aux légumes.
2. Gâteaux de semoule.

« Je suis en train de faire un film. Nous avons besoin d'un financement. Si votre famille peut nous le fournir, nous pourrons peut-être discuter.

— De quoi s'agit-il ? » ai-je demandé sans grande illusion. J'avais peut-être tort. Des profits colossaux avaient été réalisés à partir des idées les plus hasardeuses. On ne savait jamais.

« C'est un film d'animation, a-t-il expliqué. Beaucoup de CGI[1] et de VFX[2]. Ça pourrait faire un tabac sur le marché indien bien que je voie un potentiel pour les pays étrangers. Mais il faut d'abord qu'on le fasse. Et ça nécessite de l'argent.

— Oncle, je croyais que l'argent n'était pas un problème pour vous, a dit Nitya.

— D'habitude non, a-t-il répondu. Mais au-delà d'une certaine somme, je dois obtenir l'approbation de la famille. Et ils ne sont pas sûrs d'avoir envie de financer ce projet. C'est en dehors de leur "zone de confort", comme on dit ici en Amérique.

— Ça parle de quoi ? » ai-je demandé.

Il s'est mis à parler et j'ai décroché au bout de deux minutes. Une intrigue alambiquée au sujet de robots sur fond de musique de Bollywood. Je ne m'y connaissais guère en cinéma, mais je savais que ce film avait l'air d'un navet épouvantable. Surtout avec une étiquette de trente-quatre millions de dollars.

« Envoyez-moi la documentation », ai-je dit en sachant pertinemment que, quel que soit l'argumentaire de vente qu'il me ferait parvenir, il finirait dans le vide-ordures de l'hôtel.

1. Computer Generated Imagery.
2. Visual Effects.

« Ç'a été un exercice inutile, ai-je dit à Nitya dans le taxi qui nous ramenait à Shutters. J'espérais qu'il aurait quelques idées de génie pour nous et au lieu de ça il veut dépouiller ma famille. »

Nitya a picoré dans une poignée de *supari*[1] prise au domicile Chouduri et m'a glissé un regard en biais.

« Il va falloir t'y habituer », a-t-elle déclaré.

*
* *

Le quatrième jour, en rentrant à l'hôtel après une marche matinale tonifiante sur la plage, j'ai trouvé un message : Martin Veitch, le constructeur de voitures à hydrogène pour le grand public, avait finalement daigné me rappeler.

« Que puis-je faire pour vous ? » a-t-il demandé.

Je lui ai débité le laïus que j'avais préparé : je représentais Badshah Industries en Inde – n'hésitez pas à nous googliser, ai-je ajouté – et j'ai entendu ses doigts pianoter à toute vitesse sur un clavier tandis que nous parlions. J'étais en Californie en quête de nouvelles opportunités. La voiture à hydrogène semblait la voie de l'avenir : y aurait-il moyen de travailler ensemble ?

Cinq heures plus tard, j'étais assise au siège d'Applied Automotives, dans un espace aux allures d'entrepôt de Culver City. Dans la cour, se trouvait un prototype de véhicule qui ne roulait pas à l'essence, une petite voiture dont la carrosserie rouge brillait comme un miroir et qui ressemblait à toutes les autres

1. Noix d'arec, ingrédient de la chique de bétel.

hormis le détail qu'elle était alimentée par une pile à combustible high-tech.

Martin Veitch est venu à ma rencontre : c'était un Afro-Américain plus jeune que je ne l'avais imaginé, arborant un tatouage en idéogrammes chinois sur l'avant-bras, vêtu d'un jean artificiellement vieilli et d'un sweat à capuche. Si je n'avais pas su que c'était le PDG, je l'aurais pris pour un sous-fifre.

« Merci d'être venue », a-t-il dit en me conduisant à son bureau – qui était essentiellement un grand cube en ciment rempli d'innombrables gadgets. Par les baies vitrées, je voyais que le personnel était habillé d'une façon aussi décontractée que le patron : chaussé de tennis à roulettes, l'un d'eux parcourait un couloir à toute allure. Mon grand-père aurait eu une attaque si ses employés s'étaient présentés ainsi au travail.

Martin m'a fait une présentation au PowerPoint, m'a bombardée de faits sur les énergies renouvelables et de statistiques scientifiques, m'a expliqué le principe de fonctionnement de la pile à combustible. J'ai omis de lui signaler que j'avais toujours été une nullité en chimie.

D'autres renseignements ont suivi, quels étaient les inconvénients et les obstacles (il y en avait une ribambelle, apparemment) : stockage, transport et pompes à hydrogène liquide pour les voitures, investissements massifs en infrastructures, processus de production à la hauteur. Il m'a présenté tous ces faits comme si j'étais son égale, une des parties intéressées plutôt qu'une héritière en vacances, et je lui en savais gré.

« Votre société en est où en termes de projets d'énergie renouvelable ? a-t-il demandé.

— C'est une voie que nous explorons activement », ai-je répondu. C'était après tout la vérité : la fusion à froid, le nouveau cheval de bataille de Sharan, était une autre forme d'énergie de pointe, bon marché et efficace.

« Voici donc ce qui se passe de notre côté », a dit Martin. Il a éteint son ordinateur portable, fait pivoter son fauteuil pour me regarder en face.

« Nous avons eu trois offres de rachat de la part de leaders de la construction automobile. Il n'en est pas question. Nous ne voulons pas être repris. Un tas de gens dans l'industrie automobile ne veulent pas voir l'avènement de la voiture à hydrogène. Regardez ce qui est arrivé à la voiture électrique. Notre rêve est de faire du transport à l'hydrogène une nécessité de l'avenir. Il n'y a aucune raison pour que ça n'arrive pas et que le diable emporte les esprits négatifs. »

Je me suis penchée en avant. J'admirais sa passion.

« Qu'est-ce qu'il vous faut ? ai-je demandé tout en connaissant d'avance la réponse.

— De l'argent, bien sûr. Notre financement est quasiment tari. Voilà cinq ans, les sociétés de capital-risque nous arrosaient de millions. À présent, à moins de voir un rendement immédiat, personne ne s'intéresse à nous. »

Il m'a remis une documentation, la sortie papier de la présentation qu'il m'avait montrée.

« Rapportez ça chez vous, a-t-il dit. Ça expose pourquoi c'est une fantastique opportunité pour quiconque a envie de présider à la naissance d'un mode de pensée révolutionnaire en matière de transport. Le monde sera très différent dans dix ans. Nous avons besoin de partenaires qui partagent la même vision. »

Je me suis levée pour partir, lui ai tendu la main.

« Vous avez une carte de visite professionnelle ? » a-t-il demandé presque comme après coup.

Ça ne m'était même pas venu à l'esprit.

« Désolée, non. J'ai oublié d'en apporter », ai-je menti. Je n'en avais jamais eu. Qu'est-ce que j'aurais mis dessus ? Experte en achat de chaussures ?

« Vous savez où je suis, a-t-il dit en me raccompagnant. Voyons si nous pouvons faire bouger les choses. »

De retour à Shutters, j'ai fait un compte rendu de l'entrevue à Nitya et lui ai montré la doc.

« Mets-la de côté, a-t-elle dit.

— Hein ?

— Garde-la, mais continue à chercher. Il y a d'autres options. Il faut juste qu'on les trouve. »

Il nous restait encore deux jours avant notre vol de retour à Bombay. Ça faisait un peu précipité, mais Nitya était pressée de retrouver sa famille dans la déconfiture. Si mon séjour à L.A. n'avait pas été le succès escompté, j'avais au moins un petit quelque chose. Je ne rentrerais pas les mains vides.

Ce soir-là, je me suis installée sur la moquette de notre chambre pour refaire ma valise. Durant les très nombreux temps morts de mon supposé voyage d'affaires, je m'étais laissé tenter et avais fait pas mal d'achats. Entre les jeggings trouvés chez Kitson, les tee-shirts brodés de strass de chez Usa Kline, les tuniques de chez Tony Burch pour ma mère et les BD vintage pour Milan, je me suis rendu compte qu'il allait peut-être me falloir un second bagage.

J'ai commencé à ranger soigneusement mes nouvelles emplettes dans ma grosse valise noire à poignées rouges, celle qui m'accompagnait dans tous mes voyages. Constatant que je n'avais plus de place, je l'ai retournée. En dessous, se trouvait une poche zippée invisible. Si je vérifiais combien j'arrivais à fourrer d'affaires dedans, je pourrais peut-être faire d'autres achats. J'ai glissé ma main à l'intérieur. Mes doigts se sont refermés sur un sac en plastique. Je l'ai sorti. La première chose que j'ai vue a été un pull bleu ciel avec une manche au poignet effiloché repliée au-dessus. Je me suis rappelé la nuit où j'avais tiré doucement sur le fil.

Les affaires de Jag. Celles qu'il avait laissées à Londres le jour où il m'avait plaquée. J'avais fourré le sac dans ma valise à la dernière minute en quittant l'appartement, trop inconsolable pour réfléchir à l'utilité de rapporter en Inde les vêtements d'un homme qui ne voulait plus jamais me revoir.

Quand j'étais rentrée à Bombay, Chanoo avait déballé mes affaires et il était clair qu'elle avait oublié la poche extérieure.

J'ai sorti le pull, l'ai porté à mon visage comme dans les films où un parent a perdu un enfant. Il était toujours imprégné de son odeur. Au bout de tout ce temps, j'étais toujours aussi vulnérable. J'ai eu un coup au cœur, me suis languie de lui.

J'ai fini ma valise, mais j'ai laissé les affaires de Jag sur la coiffeuse. Plus tard, j'ai expliqué à Nitya ce que c'était. Elle m'a regardée d'un air pensif.

Elle s'est levée du lit sur lequel elle était assise, a traversé la chambre pour se diriger vers mon ordinateur portable.

« Ouais, il est toujours là », a-t-elle dit. Elle a tourné l'écran vers moi. C'était le site Web de sa société. Son nom figurait à la rubrique « Notre équipe ». Une bio rapide, une petite photo de lui en costume sans cravate, un cliché d'entreprise décontracté.

Nitya et moi nous sommes dévisagées. Elle a haussé les sourcils comme si elle me posait une question qu'elle ne pouvait formuler à voix haute. Elle a refermé l'ordinateur d'un coup sec.

Le lendemain matin tôt, nous avons réglé notre note d'hôtel. Trente minutes plus tard, Nitya était au volant d'une Honda de location et moi assise à ses côtés. Entre nous se trouvait une sortie papier de l'itinéraire pour nous rendre au Mandarin oriental, notre hôtel à San Francisco. Sur une autre feuille, la carte d'un quartier à l'est d'Union Square où était situé le bureau de Jag.

Nous filions sur la Pacific Coast Highway. Plus de huit cents kilomètres nous séparaient de Jag. Nous ne savions même pas s'il serait là.

« C'est une mauvaise idée, Nitya. On ne peut pas lui tomber dessus comme ça.

— Il faut que tu le fasses, Sohana. Si demain soir tu montes dans l'avion pour rentrer à Bombay sans avoir même essayé de le revoir, tu le regretteras toute ta vie. Fais-moi confiance. Peu importe ce qui arrive. Tout ce qui compte, c'est que tu aies tenté le coup. »

Elle a allumé la radio. Katy Perry chantant les rêves adolescents a envahi l'habitacle. C'était une journée superbe, le genre de matinée radieuse qu'on voit sur les cartes postales de Los Angeles. On avait presque une impression d'irréalité. Nitya a chaussé ses lunettes de soleil, s'est laissée aller contre le dossier de son siège et a appuyé sur le champignon.

Chapitre 23

À dix heures, le lendemain matin, Nitya et moi avons pris un taxi pour nous rendre de notre hôtel jusqu'au bureau de Jag. J'avais son sac de vêtements à la main. Elle m'a poussée d'un air à la fois encourageant et préoccupé dans le hall de l'immeuble comme si c'était mon premier jour dans une nouvelle école et m'a donné rendez-vous au Starbucks voisin.

« Et s'il n'est pas là ? ai-je demandé, malade de trac.

— Demande quand il rentrera.

— Et s'il me met à la porte ? S'il refuse de me voir ? S'il… » Je n'ai pas terminé ma phrase. Un million de scénarios ont défilé dans ma tête, tous aussi ridicules, tous aussi réels. Et s'il était en train de s'envoyer en l'air dans son bureau ? Et s'il était mort ?

« Regarde les choses de la façon suivante, a dit Nitya en me conduisant vers les ascenseurs. Peu importe ce qui arrive aujourd'hui, une chose est sûre, lorsque tu partiras d'ici, tu en sauras plus qu'à ton arrivée. Les choses seront claires. Tu pourras tourner la page. » Je détestais cette expression, son côté cliché, sa finalité.

Je savais que la réalité était différente. Mais je voyais ce que Nitya voulait dire et ne pouvais prétendre qu'elle avait tort.

L'ascenseur s'est ouvert au cinquième étage. Un grand panneau disait *GOGReenNRG* en lettres dorées brillantes sur un fond vert sapin. J'ai franchi une grande porte vitrée sur ma droite. Assise derrière un bureau, une réceptionniste avait des écouteurs sur les oreilles et le regard fixé sur un écran d'ordinateur. Elle a levé les yeux quand je suis entrée.

« Oui, vous désirez ? a-t-elle demandé joyeusement.

— Je suis venue voir Jag – euh, Jagdish ? – Sachdev », ai-je répondu. Je tremblais. J'étais contente d'avoir été trop nerveuse pour petit-déjeuner, car j'étais convaincue que j'aurais tout rendu.

La réceptionniste a appuyé sur une touche de son clavier, consulté un calendrier apparu sur l'écran.

« Il vous attendait ? a-t-elle demandé. Je ne vois rien de prévu.

— Je suis une amie. Je suis venue à San Francisco à la dernière minute. Je me suis dit que je ferais un saut pour voir s'il était là. Mais tant pis. C'est sans importance. » J'étais soulagée. Je pouvais partir, rejoindre Nitya, prendre un espresso avec un muffin aux myrtilles. Je pouvais lui dire que j'avais essayé.

La porte dans mon dos s'est ouverte sans bruit.

« Sohana ? »

Je me suis retournée. Jag se tenait devant moi. Il avait une sacoche plate sur l'épaule. J'ai deviné qu'elle était lourde à la façon dont la lanière déformait son col de chemise. On aurait dit qu'il avait vu un fantôme.

« Qu'est-ce que tu fais ici ? » a-t-il demandé. Se rappelant la présence de la réceptionniste, il a eu un sourire forcé. Il n'était pas du genre à tolérer le moindre esclandre sur son lieu de travail.

« Je visitais San Francisco », ai-je répondu. Je respirais fort comme une asthmatique. « Avec mon amie Nitya. » Je lui avais beaucoup parlé d'elle durant nos longues conversations intimes à Londres. Prononcer son nom me ramenait là-bas, créait une passerelle éphémère avec une période que j'espérais avoir oubliée.

« Je me suis souvenue de l'endroit où tu travaillais », ai-je poursuivi, comme si connaître sa société était la seule chose qui justifiait ma présence. Le sac de vêtements était dans mes mains à présent transpirantes. « Tu as oublié ça, ai-je dit, en le lui tendant. Quand tu es parti. »

C'était comme si le monde autour de nous était devenu muet. La réceptionniste a entraperçu mon visage, dû remarquer mon expression troublée. Elle s'est empressée de détourner le regard.

« Suis-moi », a-t-il dit. Il m'a précédée le long d'un couloir bien éclairé et débordant d'activité. Son nom figurait sur la porte de son bureau avec dessous les mots *Vice-président. Production et Négoce.* Nous sommes entrés et il a refermé la porte. Dieu merci, il n'y avait pas de parois de verre. J'étais suffisamment embarrassée comme ça.

« Je n'arrive pas à croire que tu es ici », a-t-il dit. Impossible de savoir s'il trouvait ça bien ou non. Il m'a désigné une chaise, m'a invitée à m'asseoir. Il a laissé tomber son sac par terre. Au lieu d'aller de l'autre côté de son bureau, il a tiré une chaise pour s'asseoir à côté de moi. Les bras croisés sur la poitrine, il s'est penché en avant de sorte que ses coudes reposaient sur ses genoux. C'était une posture typique de Jag : elle indiquait compassion, connexion, attention. Les ressentait-il ? Je n'en étais pas certaine, mais puisais un réconfort dans le petit fait qu'il était assez à l'aise pour adopter cette attitude.

« Qu'est-ce qui se passe ? » a-t-il demandé. Ses yeux étaient remplis d'inquiétude. Je l'aimais et le détestais pour ça. D'une certaine façon, il agissait comme si rien n'avait jamais mal tourné entre nous, comme si je venais de le voir la veille. Mais c'était en même temps condescendant et exaspérant comme si j'étais quelqu'un qu'il fallait dissuader de sauter d'une falaise.

« Tout va bien, ai-je répondu en me forçant à prendre un ton enjoué. J'ai tes vêtements depuis tout ce temps. La bonne les avait laissés dans ma valise à mon retour de Londres. Je ne m'en suis aperçue que la semaine dernière quand nous étions à L.A. J'étais venue explorer les possibilités de développement pour ma famille. » Ça m'a fait plaisir de prononcer la dernière partie de ma phrase comme si elle allait me rehausser à ses yeux, me rendre plus intéressante, plus méritante. Mais avant tout, je voulais avoir l'air décontractée, insouciante. C'était une pure coïncidence et je n'étais à San Francisco que pour lui rendre ses affaires. Je n'avais pas le moins du monde le cœur brisé.

« Oh, tu sais quoi ? ai-je ajouté. J'ai appris à faire la cuisine. J'ai pris des cours. J'ai même donné un dîner. J'avais tout préparé moi-même. » Je babillais à présent.

Jag m'a enlevé le sac de vêtements des mains et l'a jeté sur un canapé derrière lui.

« C'est super, a-t-il dit. Mais je n'ai pas envie que tu me parles de cuisine tout de suite. Dis-moi comment tu vas, toi. »

Une bouffée de colère m'a brusquement envahie. Mon sourire s'est figé.

« À ton avis ? » ai-je répliqué.

Il a respiré à fond, s'est redressé. Il s'apprêtait visiblement à prononcer des paroles calmantes, apaisantes, mais trop tard. Les vannes étaient ouvertes. Je n'avais rien à perdre.

« Tu m'as plaquée, ai-je enchaîné. Malgré tout ce qu'il y avait entre nous, tu es parti. Tu ne m'as même pas laissé une chance d'arranger les choses.

— Je me suis senti très, très mal. Depuis la dernière fois où on s'est parlé, j'ai voulu t'appeler des centaines de fois.

— Pourquoi tu ne l'as pas fait ?

— J'ai pris l'avion pour aller voir mon père dans le New Jersey. Je voulais comprendre, qu'il me dise que tout ça n'était qu'une erreur. Mais, mec, ça ne risquait pas d'arriver. Ton oncle l'a roulé.

— Comment sais-tu que c'est ton père qui a été roulé ? » ai-je demandé. Mes bras étaient croisés sur ma poitrine en un geste de défense. Peut-être que les renseignements de Manjuli, la journaliste, étaient inexacts. Peut-être que c'était son père l'escroc et mon oncle qui avait été estampé.

Jag a soupiré.

« J'ai regardé les papiers. Les contrats étaient falsifiés. Je ne veux pas entrer dans le détail maintenant parce que ce n'est pas productif. Mais mon père a fait confiance à ton oncle et il s'est retrouvé baisé.

— Oui, bon, est-ce que ce n'est pas fini maintenant, de toute façon ? J'ai lu qu'un tribunal avait tranché en faveur de ton père.

— Il n'a pas vu le moindre fifrelin. Ton oncle fait appel. Il va juste faire traîner les choses en longueur. » Il a secoué la tête, visiblement frustré.

« Mais je ne suis *pas* mon oncle, ai-je dit. Quel que soit le différend entre ton père et Amit Badshah, ça n'a rien à voir avec moi. Avec *nous*. Pourquoi t'as pas été fichu de lui expliquer ça ? »

Jag s'est levé, est allé à la fenêtre, a contemplé la ville. Je voyais le reflet de son visage dans la vitre.

« Tu sais aussi bien que moi que ce n'est pas si facile, a-t-il répondu. Il m'est absolument impossible d'épouser une fille dont l'oncle a causé tant de torts à ma famille. »

Je n'allais pas rester pour le supplier de m'aimer à nouveau. Je ne pouvais même pas affirmer que Jag se trompait, parce que ce n'était pas le cas. Là d'où je venais, les préjudices causés – surtout dans le domaine des affaires – ne s'oubliaient pas de sitôt.

« Je vais y aller, ai-je dit en me levant. Je ne sais pas à quoi j'ai pensé en venant ici. C'était une idée de Nitya. Je suppose qu'elle a cru que ça me mettrait de l'ordre dans les idées. » J'ai pris mon sac.

« Je suis vraiment désolé, Sohana, a-t-il dit. Je n'ai jamais eu l'intention de te blesser. Je déteste la tournure prise par les événements. »

J'ai ouvert la porte de son bureau et je suis partie. J'ai parcouru le couloir seule en retenant ma respiration, sachant que si je m'autorisais ne serait-ce qu'une seconde pour souffler, les vannes s'ouvriraient et je me mettrais à pleurer comme une madeleine. Il fallait que je sorte d'ici, prenne l'ascenseur et rejoigne Nitya.

Une fois de plus, je n'avais qu'une envie : rentrer à la maison.

*

* *

Nous avons décidé de changer nos billets d'avion pour rentrer directement de San Francisco à Bombay le lendemain. Nitya marchait sur la pointe des pieds comme si j'étais une veuve éplorée. Je ne sais pas au juste quel résultat elle escomptait de ma rencontre avec Jag. Qu'il me donne une compilation ? Une bague de fiançailles ? Qu'il me pelote dans la penderie ? Quand il fut évident à la façon dont je suis entrée au Starbucks que tout dénouement heureux était à écarter, elle a eu l'air coupable comme si c'était elle et uniquement elle qui avait rouvert mes vieilles blessures. Quels que soient les progrès accomplis pour essayer d'oublier Jag ces derniers mois, ils avaient été réduits à néant. C'était comme s'il m'avait laissée tomber une deuxième fois.

J'étais au téléphone dans notre chambre d'hôtel avec la compagnie aérienne en train de calculer les horaires et les taxes pour excédent de bagages quand mon iPhone a vibré sur mon lit. C'était un SMS de la part de Jag. « *1 vR ce soir ?* » Ma première impulsion a été de lui répondre d'aller se faire voir, que je le détestais. Nitya a attrapé mon téléphone avant que mes doigts aient pu accomplir ce geste destructeur.

« Écoute-le jusqu'au bout », a-t-elle lancé, consciente de l'ironie de sa requête. N'avait-il pas ravivé mes plaies ce matin ? « C'est lui qui vient à toi, cette fois-ci. C'est différent. Va voir ce qu'il a à te dire. » Je lui ai répondu par SMS. « *MO Bar. 18 h.* » Le bar de mon hôtel, le Mandarin oriental.

Il était déjà là quand je suis entrée. Il s'est levé, m'a embrassée sur la joue comme si j'étais une vieille connaissance et comme s'il ne venait pas de me porter un coup terrible. Un pianiste jouait dans un coin, la lumière était tamisée, les conversations en sourdine. Le décor était planté pour une scène sentimentale, mais je n'étais pas assez bête pour espérer quoi que ce soit de ce genre.

Il m'a demandé si j'avais faim. Nous avons commandé des sushis et des poivrons shishito frits, qui, a-t-il affirmé, étaient ce qu'il préférait dans cet endroit. Je me suis demandé avec qui il y était venu. J'avais envie de boire quelque chose d'exotique, d'aventureux et j'ai demandé au serveur de m'apporter un Lychini. Esprit pragmatique à l'excès, il a choisi une Amstel Light.

« Alors ? ai-je lancé, une fois expédiée la corvée des commandes. Qu'est-ce que tu veux ? » J'étais d'une impolitesse insupportable et j'en étais consciente. Je souffrais toujours terriblement de notre échange de ce matin, mais voulais avoir l'air héroïque, insensible. Exercice d'une inutilité totale. Jag avait toujours réussi à voir clair en moi.

« J'avais envie de te revoir, a-t-il dit. Je me sentais coupable de la façon dont nous nous sommes quittés ce matin. Je voulais juste que tu saches que tu n'y étais pour rien. Je t'aimais vraiment et te quitter a été la chose la plus dure que j'aie jamais eue à faire. Mais quand la famille est impliquée, tout devient compliqué. Tu devrais le savoir mieux que personne. »

Mes défenses se sont effondrées. Impossible de reprocher à Jag de manquer de sincérité, d'être incapable de dire sa vérité, même si je détestais l'entendre.

Nos boissons sont arrivées. J'ai bu une longue rasade, senti la chaleur de l'alcool me balayer le corps. La vodka m'est montée presque instantanément au cerveau, m'a éclaté la tête agréablement, sans bavures. Milan avait raison.

« Redis-moi ce que tu fais aux États-Unis », a-t-il demandé.

Je lui ai tout raconté. L'article de journal. Le décret de mon grand-père. La mise à l'écart des trois frères. La frénésie qui s'était emparée des petits-fils qui se disputaient tous le contrôle de l'entreprise. Mon alliance avec Milan. La décision d'aller à L.A. Mon classeur de coupures de presse. La déception qu'avait été Manik Chouduri. Le potentiel représenté par Martin Veitch. Je lui parlais facilement, librement, comme je l'avais toujours fait.

« Tu es sur la bonne voie, a-t-il déclaré. Je veux dire ton instinct a mis en plein dans le mille. Les choses que tu es en train d'explorer seront les industries de demain.

— Je rentre demain à Bombay. Je veux être en mesure de rapporter quelque chose de ferme à Milan. Il compte sur moi. »

Jag s'est penché vers son sac. Il en a sorti un classeur en plastique transparent qu'il m'a remis.

« Qu'est-ce que c'est ? ai-je demandé en plissant les yeux à cause de l'éclairage tamisé.

— Quelque chose de tout nouveau, qui vient d'être développé dans une importante université américaine. C'est ce dont le monde a besoin. C'est ce dont l'Inde a besoin. C'est ce que tu devrais rapporter à ton cousin. »

J'ai survolé la première page. C'était un dossier concernant une pile solaire minuscule capable d'alimenter une maison entière en utilisant la lumière du soleil et l'eau sur le principe de la photosynthèse.

« Ce n'est pas tellement différent de ce que ton constructeur de voitures à hydrogène a pu t'expliquer, a poursuivi Jag. Le concept est le même. Mais c'est beaucoup plus tangible, beaucoup plus accessible. C'est un truc minuscule, de la taille d'une carte bancaire. C'est bon marché à fabriquer. On n'a pas besoin de gros investissements pour mettre le projet en route. Et la pile est capable de fournir un système d'alimentation élémentaire à un prix abordable. Une fois que ça se saura, tout le monde le voudra. Sois la première à rapporter l'idée. Contacte les concepteurs. Vois comment tu peux en acquérir les droits. »

Quelque chose dans cette info m'a semblé valable, pertinent. Plus encore, j'avais confiance dans sa source. Le moins qu'on pouvait dire de Jag, c'est qu'il était astucieux. S'il répondait de quelque chose, c'est que ça en valait le coup.

« Pourquoi tu fais ça ? ai-je demandé. Pourquoi tu m'aides ?

— Allons, Sohana, a-t-il répondu avec une pointe d'impatience. Peu importe ce qui s'est passé entre nous, que les choses n'aient pas marché, j'étais vraiment amoureux de toi. » J'étais. Le mot clé. « Tu méritais mieux. J'ai l'impression de pouvoir aider à ma modeste façon à réparer le mal que je t'ai fait. »

J'appréciais, mais ce n'était pas ce que j'avais envie d'entendre. Je ne voulais pas qu'il me verse maladroitement du baume sur une vieille plaie, je voulais qu'il m'aime à nouveau.

J'ai enfourné un morceau de sushi et j'ai descendu le reste de mon cocktail.

« Je ferais mieux d'y aller, ai-je dit. Je dois finir de boucler mes bagages avant notre départ demain.

— J'ai une question à te poser, a dit Jag en faisant signe au serveur d'apporter l'addition.

— Laquelle ?

— Pourquoi pas toi ?

— Pourquoi pas moi quoi ?

— Pourquoi tu ne te portes pas candidate pour reprendre l'affaire familiale ? Pourquoi faut-il que ce soit un des garçons ? C'est toi qui es ici. C'est pas ton cousin Milan. C'est toi qui as trouvé l'info. Pas lui. Alors pourquoi pas toi ? »

C'était une question qu'on ne m'avait jamais posée, que je ne m'étais même jamais posée.

« Ne sois pas ridicule, Jag, ai-je répondu. Je ne connais rien à la gestion d'entreprise. C'est un des garçons qui obtiendra le poste. Ça, au moins, c'est sûr.

— Je pense, a dit Jag en griffonnant sa signature sur son reçu de carte bancaire, que tu en sais plus que tu ne veux bien l'admettre. Ne te sous-estime pas, Sohana Badshah. Je sais quel genre de femme tu es. »

Je me suis levée en serrant le classeur qu'il m'avait donné sur ma poitrine.

« Oui, ai-je répondu sèchement. Et ça ne t'a pas empêché de me quitter. »

Sur ces bonnes paroles, je lui ai tourné le dos et je suis partie.

Alors que j'attendais l'ascenseur, il est apparu à mes côtés. Les portes de l'ascenseur se sont ouvertes. Il est monté avec moi. J'ai appuyé sur le bouton de mon étage. Il a appuyé sur celui du rez-de-chaussée. Nous étions seuls. Il m'a pris la main. Je l'ai laissé faire. Il m'a caressé les doigts. Les portes se sont rouvertes à mon étage. Il m'a attirée contre lui et m'a embrassée sur les lèvres.

« Je n'ai jamais cessé de penser à toi », m'a-t-il chuchoté à l'oreille.

Je me suis écartée.

« Tout ça ne mènera à rien de bon, ai-je dit posément. Je rentre demain. Tu as fait ton choix. » Je suis sortie de l'ascenseur et n'ai pas attendu que les portes se referment derrière moi.

Chapitre 24

Le soir de mon retour, Milan est passé à l'improviste pour m'inviter à prendre un verre à l'Indigo Deli après le dîner.

« *Chachi*, elle est sous le coup du décalage horaire, elle ne va pas dormir de toute façon ! » Milan implorait ma mère qui était farouchement opposée à ce que je sorte. J'avais dîné, je m'étais brossé les dents et j'avais prévu de me coucher tôt avec une dose de mélatonine quand Milan avait débarqué. Mais ma mère avait une vision du monde beaucoup plus raisonnable : une fois qu'une fille avait enfilé son pyjama pour la nuit, elle restait en pyjama.

« Milan, elle vient de rentrer. Laisse-la se reposer. »

Milan s'est tourné vers moi avec une expression suppliante dans le regard. Je connaissais assez bien mon cousin pour savoir quand il avait besoin de moi, ne serait-ce que pour traîner ses guêtres.

« Maman, je vais juste sortir un petit moment. Je prendrai une infusion de camomille. Ça m'aidera à dormir.

— Chanoo peut t'en faire une ici », a-t-elle répondu. Elle était fâchée contre son neveu de me tenter de cette façon, de m'arracher à ce qui avait été une soirée détendue, bien que sans sommeil, à la maison.

« Sans plaisanter, m'man. Juste une heure. S'il te plaît ? »

Milan a eu un grand sourire effronté. Même ma mère n'était pas insensible à ses nombreux charmes.

*

* *

À l'Indigo, nous nous sommes emparés d'un box. J'avais apporté la documentation de Martin Veitch ainsi que celle que Jag m'avait remise. Nous étions penchés sous la lampe articulée en cuivre, tout près l'un de l'autre, comme si l'endroit fourmillait d'espions.

Je lui ai parlé de Manik Chouduri, de son idée de film ridicule, des 34 millions de dollars qu'il exigeait.

« Mais oublie ça, ai-je enchaîné. Voici ce que tu devrais examiner. » J'ai poussé le classeur dans sa direction.

Il a jeté un coup d'œil aux papiers sur la pile solaire miniature. La carte de visite de Jag était attachée avec un trombone derrière. J'avais oublié de l'enlever.

« Tu l'as revu, hein ? a-t-il demandé. Je m'étais dit que tu le ferais. Que tu ne te taperais pas tout ce chemin jusqu'en Californie sans passer le voir.

— Ce n'était pas prévu. C'était une idée de Nitya.

— Bien sûr. » Il a marqué un temps d'arrêt. « Comment ça s'est passé ? On va enfin être débarrassés de toi une bonne fois pour toutes ?

— S'il te plaît », ai-je dit. J'ai resserré mon châle autour de moi pour me protéger des rafales d'air conditionné qui soufflaient au-dessus de nos têtes. « C'est un con.

— Et il est clair que toi, tu es toujours amoureuse de lui », a dit Milan.

*
* *

Nous avons été interrompus. Vêtue d'une extraordinaire robe jaune tournesol qui moulait ses formes dépourvues de la moindre once de graisse superflue, Anoushka est apparue dans toute sa gloire.

« Salut », ai-je dit. Je ne m'attendais pas à la voir. Je me sentais si mal fagotée en sa présence que j'aurais aussi bien pu rester en pyjama.

« Sohana, ma chérie, c'est super de te revoir ! » a-t-elle roucoulé. Elle s'est penchée, m'a fait la bise. Son parfum était frais. Elle s'est assise à côté de mon cousin.

« C'est super que tu aies pu venir », a dit Milan en touchant la main d'Anoushka. Voilà donc ce qui s'était passé pendant mon absence : un début de liaison entre mon chaud lapin de cousin et une actrice invraisemblablement sexy. Il était subjugué par elle et a souri quand elle a glissé sa main sur sa cuisse. J'ai soupiré. Elle serait une conquête de plus, destinée à être larguée quand Milan en aurait assez. J'avais fait des déjeuners qui avaient duré plus longtemps que certaines relations de Milan.

« Et ton voyage, Soh ? a-t-elle demandé en m'appelant de la même façon que mon cousin.

— Excellent, en fait, ai-je répondu. J'espère transformer mon cousin ici présent en capitaine d'industrie. »

La porte du restaurant s'est ouverte. Pawan est apparu et a jeté un regard à la ronde. La soirée était pleine de surprises. Je me suis demandé qui allait débarquer ensuite. On avait l'impression que Pawan cherchait quelqu'un. Mais ses yeux se sont posés sur notre trio et il s'est dirigé vers nous.

« Salut, ai-je dit. Qu'est-ce que tu fais ici ? » Ce n'était pas très délicat de ma part : je laissais en quelque sorte entendre que ce garçon dégingandé, gauche, avait moins le droit d'être ici que son frère.

« J'ai appelé chez toi pour te parler, a-t-il expliqué. *Chachi* m'a dit que tu étais ici. Avec lui. » Il a indiqué Milan d'un signe de tête. A fixé Anoushka d'un air absent. Elle lui a adressé un sourire un tantinet coupable, ai-je pensé, puis s'est empressée de détourner le regard.

« Ohé, frangin, a dit Milan. Joins-toi à nous. »

Je me suis poussée pour qu'il puisse s'asseoir à côté de moi. Il semblait agité ce soir, avait un regard fou que je ne lui avais encore jamais vu. Si je n'avais pas su à quoi m'en tenir, j'aurais cru qu'il était défoncé.

Pawan a commandé un minuscule verre de tequila sans eau. Elle était sucrée, dorée et je savais que c'était la panacée des gens malheureux. Il l'a descendue d'un seul coup, a fait claquer son verre sur la table comme un ivrogne solitaire dans un film de série B. Il portait une chemisette à rayures bleues et blanches comme un cadre moyen. Au milieu de cette foule en tee-shirts graffiti et chemises de soie, il avait l'air incongru. Ses yeux se sont posés sur les classeurs. Milan les a enlevés de la table.

Pawan s'est tourné vers moi.

« On dirait que ton voyage a été fructueux », a-t-il déclaré. Comme le reste de la famille, Pawan avait appris que j'allais à Los Angeles faire du shopping et du tourisme avec ma meilleure amie. Mais à je ne sais quel moment, il avait deviné la vérité. Je me suis sentie obligée de poser ma main sur son bras. Il avait l'air si seul.

« Vous êtes ensemble tous les deux ? » a-t-il demandé à Milan et Anoushka. Pawan l'avait reluquée à mon dîner. Voir son frère avec elle avait dû l'anéantir.

« Juste des amis, a menti Anoushka.

— Voyez-vous ça, a dit Pawan avec amertume. Des amis. »

D'autres boissons ont fait leur apparition ainsi que des brownies au fromage frais et des gâteaux au chocolat – nourritures réconfortantes en vue d'une soirée qui risquait fort de déraper.

Pawan s'est attaqué à une assiette de frites maison noyées de ketchup, a léché ses doigts enduits de sauce acidulée. Un silence gêné s'est abattu sur notre table. J'ai tenté de dissiper le malaise en jacassant à tort et à travers sur le temps merveilleux de L.A. et la tournée des maisons de stars que Nitya et moi avions faite pour nous amuser. Nous avions aperçu des manoirs hideux protégés par des portails en fer forgé, même si Nitya était persuadée d'avoir aperçu Charlie Sheen tandis que nous parcourions tranquillement Rodeo Drive.

« J'adore Charlie Sheen, a dit Milan. C'est une âme sœur.

— Quoi ? Tu veux dire son côté mauvais garçon ? » a demandé Anoushka. Son menton était lové dans sa main. Elle était collée contre lui.

« Il ne s'excuse pas d'être ce qu'il est, a répondu Milan. Je trouve ça super. »

Pawan écoutait stoïquement, silencieusement. Je savais par expérience qu'il était déjà ivre. Puis, sans dire un mot, il s'est levé de table pour gagner l'autre extrémité du restaurant. L'endroit était célèbre entre autres pour sa liste de vins très étendue : la cave occupait tout le mur du fond, du sol au plafond, et une échelle glissant le long d'un rail permettait de se déplacer d'un bout à l'autre. Pawan se tenait au pied, la main agrippée à un barreau et nous fixait tous les trois du regard. Avant que j'aie eu le temps de comprendre ce qui se passait, il s'est mis à grimper.

« Merde », a fait Milan. Il a poussé Anoushka pour sortir de la banquette et a foncé vers l'endroit où son jumeau se tenait encore quelques secondes plus tôt.

« Descends, Pawan, a-t-il dit, les yeux levés vers lui. Allez, arrête de faire l'idiot. »

Pawan était parvenu au sommet et regardait en bas. Quelques secondes plus tôt, la salle de restaurant bourdonnait de conversations. À présent, elle était si silencieuse qu'on entendait bouillonner une marmite dans la cuisine. Le directeur du restaurant se tenait au pied de l'échelle.

« Monsieur, s'il vous plaît, je vous prierais de bien vouloir descendre », a-t-il demandé poliment.

Si on avait été en Amérique, un groupe d'intervention de la police aurait déjà été sur les lieux.

« Si vous avez besoin de quoi que ce soit, Monsieur, nous pouvons vous aider. Mais, s'il vous plaît, descendez d'abord. »

J'ai retenu ma respiration. Un drame se déroulait sous mes yeux – mon cousin était en train de craquer – et je ne savais absolument pas comment réagir. Je suis donc restée à ma place.

Pawan est resté sur son échelle. Tout le monde, y compris moi, attendait de voir ce qu'il allait faire, combien de temps il lui faudrait pour prendre conscience de sa folie et sombrer dans la contrition.

Cramponné aux barreaux, Pawan a fait face aux rangées de bouteilles sombres. Il en a sorti une, a regardé l'étiquette, l'a tenue une seconde dans sa main tremblante. Puis il l'a laissée tomber. Le directeur a juste eu le temps de s'écarter d'un bond avant que la bouteille n'éclate en mille morceaux en laissant une mare sombre de bordeaux par terre. Un « han » collectif s'est élevé de la foule des dîneurs qui avait les yeux levés et la main devant la bouche. Il a attrapé une deuxième bouteille, l'a lâchée. Elle est tombée en droite ligne. S'est écrasée à quelques centimètres de la première. Puis il en a jeté une troisième.

Milan a commencé à grimper l'échelle. Parvenu à quelques barreaux de son jumeau, il l'a attrapé par une cheville.

« S'il te plaît, Pawan », a-t-il dit. C'était la première fois que je voyais Milan supplier son frère, que je le voyais même en dessous de lui. « S'il te plaît, arrête. Je suis vraiment désolé pour tout. » Sa voix était pleine de déférence.

Pawan a jeté un coup d'œil à son jumeau, comme s'il réfléchissait presque à sa requête, à ses excuses. De là où j'étais, je n'apercevais pas ses yeux, seulement ses verres de lunettes où se reflétaient les lumières de la salle. Je ne voyais pas la souffrance de mon cousin. Je me suis dit que je pourrais peut-être l'aider avant de me rendre compte que je l'avais vue dès le début, mais n'avais rien fait. Aucun de nous n'avait levé le petit doigt.

Pawan a sorti une quatrième bouteille. Il l'a brandie d'une main ferme. Il a baissé les yeux vers son frère. Puis tandis que tous les regards étaient rivés sur les deux garçons, Pawan l'a remise précautionneusement dans le casier. Milan a soufflé. Pawan s'est mis à descendre lentement l'échelle, obligeant Milan à l'imiter.

Milan l'a attendu au pied. Ils se sont fixés du regard. Milan avait des auréoles de transpiration sous les bras. La salle était toujours silencieuse mis à part quelques employés apparus pour nettoyer les dégâts. Milan et Pawan ont regagné notre table et se sont assis.

Pawan s'est remis à manger ses frites.

« Tu as vu d'autres célébrités à L.A. ? » a enchaîné Milan.

J'étais encore trop sonnée pour parler. J'ai fait non avec la tête.

« Ce sera pour la prochaine fois », a-t-il dit.

Les bavardages ont repris. Comme s'il ne s'était rien passé. C'était Bombay à son paroxysme – un drame tordu, déchirant, scandaleux venait de se dérouler, mais c'était sans importance. On y était insensible. On continuait comme si de rien n'était.

Quand il fut temps de partir, le directeur est arrivé avec l'addition et l'a remise à Milan. En plus de la nourriture et de nos consommations, trois grands crus y figuraient : dans son état d'ébriété inconsolable, Pawan avait choisi de balancer par terre trois des bouteilles les plus chères de la liste.

Milan n'a pas sourcillé. Il a dégainé sa carte de crédit, l'a fait claquer sur le petit plateau de plastique et l'a tendue au directeur. Il a regardé son frère d'un air chagriné.

« Cool ? a-t-il demandé.

— Oui », a répondu Pawan.

Chapitre 25

Dès le mois d'avril, les gens n'avaient que trois lettres sur les lèvres : IPL[1]. Dans les dîners, aux vernissages, sur les pelouses vertes exclusives du Willingdon Club et sous les bouffées d'air chaud des casques des salons de coiffure, les conversations tournaient autour du sport national roi : qui était le meilleur joueur des Deccan Chargers, est-ce que les Kolkata Knight Riders avaient une chance de gagner et restait-il une petite place dans l'hélicoptère d'un ami pour aller au match à Mohali[2] ?

Tous les hommes de ma famille regrettaient de ne pas avoir eu l'idée de cette franchise génératrice de sommes mirobolantes et de merveilleuses satisfactions. Sharan répétait souvent combien ce serait amusant, *impressionnant* de posséder une équipe de cricket.

« La finale, a dit Milan en brandissant deux petites boîtes noires. Chennai-Delhi. C'est énorme. » À l'inté-

1. Indian Premier League, ligue de cricket créée en 2008.
2. Ville du Pendjab où est basée une franchise de cricket.

rieur se trouvaient des étiquettes brillantes attachées à une ficelle qu'on se passait autour du cou et qui étaient nos billets pour le match qui aurait lieu dans le stade gigantesque de Navi Bombay[1].

Je l'ai regardé d'un air las. Contrairement à la plupart des gens, je n'ai jamais eu une grande passion pour le cricket. Ce soir, j'aspirais à rester à la maison.

« Je n'ai pas très envie de sortir en ce moment, Milan, ai-je dit.

— Allons ! Faut te secouer ! Aucune fille de la haute société de Bombay qui se respecte ne laisse passer une occasion pareille. Ce va être le top du top ! On est toute une bande à y aller. Le clan Badshah au grand complet y va. » Il a sorti mon billet de sa boîte et me l'a jeté autour du cou comme une guirlande.

« Voilà, a-t-il dit. Tu viens. »

*

* *

Nous sommes tous partis du domicile de Malini. Je me suis retrouvée avec Milan et Pawan, leur mère et la mienne pendant que le reste du clan suivait dans une cohorte de Mercedes Benz sombres. On aurait dit un convoi de la mafia. Milan s'est demandé tout haut pourquoi nous n'y allions pas en hélicoptère comme la plupart de ses amis. Sa mère lui a fait remarquer que c'était parce que Baba n'en avait pas et n'en aurait très vraisemblablement jamais.

« Attends que je sois le boss », m'a chuchoté Milan à l'oreille.

---

1. Ville nouvelle créée dans les années 70 près de Bombay.

Les jumeaux étaient assis l'un près de l'autre sur la banquette arrière. Ils se partageaient les écouteurs de l'iPod de Pawan qui avait téléchargé un livre audio sur la gestion d'entreprise. De temps en temps, ils arrêtaient d'écouter, se tournaient l'un vers l'autre et discutaient comme des égaux.

Le chauffeur nous a déposés, vert de jalousie, au bout d'une longue route gravillonnée. On nous a conduits à l'espace VIP, où des fans de cricket, beaucoup plus mordus que je ne le serais jamais, contemplaient par de grandes baies vitrées sales le gazon vert vif autour duquel s'entassaient des multitudes minuscules et sans visage.

D'autres Badshah nous ont rejoints : Malini moulée dans un fourreau rouge flashy à large ceinture dorée, les griffes laquées du même rouge, chaussée d'escarpins blancs à talons aiguilles, si joyeuse, si tapageuse qu'on n'aurait jamais cru qu'elle venait de nous voir deux heures plus tôt. Elle était d'une bonne humeur exceptionnelle. Karan avait un verre de whisky à la main et échangeait des plaisanteries salaces avec Armaan. Mon père m'a emmenée vers le buffet en me montrant les spécialités authentiquement sindhi : *pakwan*[1], *papad*[2] et pickles.

« Pourquoi tu ne flashes pas sur un des joueurs ? a lancé Milan en remarquant mon air ennuyé. Toutes les filles ont leur chouchou. » Il m'a indiqué du doigt un joueur dont le polo bleu électrique portait l'inscription *Vivek Abbas* en lettres jaunes. Même moi, j'avais

1. Galette frite que l'on mange avec des lentilles jaunes épicées au petit-déjeuner.

2. Ou *papadum* : galette de farine de lentilles.

entendu parler de ce batteur de l'équipe de Delhi. Sa cascade de boucles chocolat brillait d'un éclat doré sous les projecteurs, il portait de petits anneaux d'argent aux oreilles, son signe distinctif. J'avais beau voir les garçons et le sport d'un mauvais œil, il était, même à cette distance, absolument craquant : son pantalon moulait ses fesses proches de la perfection, ses abdos en béton saillaient sous son polo. Je me suis tournée vers un des écrans télé. Les caméras ont zoomé sur lui. Il affichait une expression à la fois intense et calme, la tête penchée de côté pour écouter un de ses coéquipiers.

« Vu la façon dont il a joué cette saison, il est sûr d'être sélectionné pour l'équipe nationale, a dit Milan. Il te plaît ? » a-t-il demandé en levant les sourcils. J'ai souri, haussé les épaules.

« Écoute, il y a une fête après le match. Laisse-moi passer quelques coups de fil. On ira. » Il a dégainé son portable. J'ai posé ma main sur la sienne. « Merci, Milan. Il est supermignon. Mais là, tout de suite, ça ne m'intéresse pas du tout. »

Armaan était seul adossé à la baie vitrée. Je suis allée vers lui. Nous avions beau vivre théoriquement sous le même toit, il arrivait que je ne le voie pas plusieurs jours d'affilée.

« Salut, frangine. Tu veux goûter ? » Et de me tendre un verre contenant un liquide orange. J'ai bu une gorgée. C'était fruité mais le goût en était tué par un alcool quelconque.

J'étais contente d'être à côté de lui. C'était mon grand frère, mon vrai frère. Je pourrais toujours compter sur lui, il me bénirait au mariage que j'espérais faire un jour, poserait sa main sur la mienne lorsque je serais sur le point d'être unie à un autre.

Mais, en même temps, je me sentais si éloignée de lui. Il ne savait rien de Jag ni de la vraie raison de mon voyage à L.A. J'avais toujours été cachottière avec lui comme s'il était un parent désapprobateur. Maintenant que nous n'étions rien que nous deux, adossés à une paroi de verre surplombant une foule d'inconnus, j'avais envie de tout lui dire.

« Je suis désolée », ai-je fait. Je tenais une assiette de biryani, des petits pois verts et des clous de girofle sombres dans des grains de riz blanc.

« De quoi donc ?

— Oh, pour des trucs », ai-je répondu.

Il m'a regardée et à ce moment-là j'ai su qu'il savait que Milan avait toujours été plus que lui un vrai frère à mes yeux. Que si Milan et lui étaient sur le point de périr emportés par un torrent, et que je ne puisse en sauver qu'un, je serais incapable de dire, là tout de suite, et sans l'ombre d'un doute qui je choisirais. Ce fait m'a soudain attristée.

« Prends un verre, m'a-t-il conseillé. Les Bloody Mary sont bons.

— Comment ça va avec Ekta ? ai-je demandé.

— Très bien, a-t-il dit avec un grand sourire chaleureux. Tu sais, je suis pratiquement sûr que c'est la femme de ma vie.

— Hein ? Tu es certain ?

— Oui », a-t-il répondu pensivement.

Nous nous sommes tournés vers la baie vitrée pour regarder le match. J'étais en train de digérer la nouvelle car je n'avais jamais vu Armaan s'intéresser aussi sérieusement à une femme. Baba risquait de se faire sacrément tirer l'oreille : dans sa vision traditionnelle des choses, les mannequins ne pouvaient absolument pas faire de bonnes *babus*. Mais je connaissais mon frère, sa détermination. S'il voulait épouser Ekta, il le ferait.

Je ne pouvais cependant pas me laisser distraire plus longtemps. La fièvre montait sur le terrain et tout le monde avait les yeux rivés sur les joueurs.

Le lanceur de Chennai était un de ces magiciens gauchers précédé d'une redoutable réputation : il intimidait les batteurs avec ses lancers trompeurs et son bilan de huit cents guichets détruits au cours de sa carrière. Lors des demi-finales, il était rentré dans l'équipe de batteurs adverse comme un couteau dans du beurre ramolli.

Vivek Abbas est arrivé en mâchant jovialement un chewing-gum, s'est mis en position de défense et a tapé la balle si fort qu'elle est sortie du terrain. Il a marqué six points d'entrée de jeu. C'était de bon augure. Il a frappé les trois balles suivantes calmement. Il a paré la quatrième attaque avec un coup retentissant qui a fait voler la balle au-dessus de la tête des joueurs hors champ. Il a couru d'un guichet à l'autre et marqué quatre points avant que la balle ne revienne dans les mains de l'équipe adverse. Le lanceur a poursuivi ses attaques sans faiblir. Vivek les bloquait avec un timing impeccable ou bien les envoyait méthodiquement vers les cieux éclairés par les projecteurs : over[1] après over, il a accumulé les points sans parler des sept six marqués avant la fin du match. Lorsque les équipes se sont séparées, il avait marqué près de 120 points à lui tout seul et amené son équipe à la victoire.

« Merde ! s'est exclamé Armaan tout excité. Putain ! Quel match ! »

---

1. Série de six lancers consécutifs d'un même joueur.

Autour du terrain et en haut dans l'espace VIP, les supporters étaient en délire. Même moi, je ne pouvais plus rester tiède. Voir Vivek dominer le jeu de cette façon avait été contre toute attente palpitant. Ç'avait été un moment magique, une prouesse athlétique. J'avais eu la chance d'y assister. À présent, il était plus séduisant que jamais. J'étais prête à reconsidérer l'invitation de Milan à participer aux festivités d'après-match.

Le chaos régnait à l'extérieur du stade. Les hommes sont partis à la recherche de nos voitures et de nos chauffeurs et Malini est allée aux toilettes en me laissant en compagnie de ma mère et de Preeti. L'endroit grouillait d'agents de sécurité – des hommes minces, armés, vêtus d'uniformes crasseux – comme s'il s'agissait de protéger des chefs d'État. Des cars attendaient à l'arrière pour transporter les équipes. Vivek a émergé, radieux comme il se doit, une serviette blanche autour du cou, entouré de ses coéquipiers qui l'acclamaient. Il se comportait comme si une nouvelle star du cricket venait de naître. À la suite de sa stupéfiante prestation de ce soir, il récolterait sans aucun doute une pléthore de contrats publicitaires juteux.

Je l'ai observé au milieu de la foule. Il a sorti son portable de son sac et a envoyé un SMS. Puis il a disparu dans la mêlée.

Je me suis mise sur la pointe des pieds et j'ai tendu le cou pour le suivre du regard : sa performance de ce soir était galvanisante et je commençais à avoir le béguin pour lui. Je l'ai repéré à demi dissimulé dans l'ombre. Il y avait quelqu'un à ses côtés, une femme avec quelque chose qui brillait d'un éclat doré à la taille, perchée sur des talons si vertigineux qu'elle était presque aussi grande que lui. J'en ai eu le souffle coupé. *Malini* ?

Pourquoi une femme de 55 ans que le cricket et ses joueurs n'avaient jamais vraiment attirée serait-elle en grande conversation avec la star incontestable de la soirée ? Elle n'avait même jamais dit qu'elle connaissait Vivek Abbas. À présent, ils bavardaient avec une familiarité décontractée. Je me suis retournée pour voir si ma mère ou Preeti avaient remarqué la scène, mais elles regardaient dans une autre direction, guettaient l'arrivée de notre voiture. J'ai reporté mon attention sur Vivek et Malini. Elle a tendu le bras et a appuyé une fraction de seconde sa main sur sa poitrine : ses ongles écarlates ont disparu dans l'échancrure de son polo déboutonné pour toucher sa peau.

J'aurais raté cet instant si j'avais cligné de l'œil.

Une minute plus tard, Malini était de nouveau parmi nous, les joues toutes roses.

« Je suis drôlement contente d'avoir pu me soulager avant le long trajet de retour », a-t-elle roucoulé.

Je l'ai dévisagée sans voix et soulagée moi aussi d'avoir été apparemment la seule à remarquer ce moment secret entre ma tante et un fringant joueur de cricket.

Ma famille se serait volontiers passée d'un nouveau drame.

Chapitre 26

« Tu crois donc qu'ils s'envoient en l'air ? » a gloussé Milan. Je l'avais appelé dès mon retour à la maison pour lui rapporter la scène dont j'avais été le témoin entre Malini et Vivek.

« Je crois qu'il y a *quelque chose* entre eux.

— Dans ce cas, la haute opinion que j'avais de lui est réduite à néant, a déclaré mon cousin. C'est peut-être la star de cricket la plus célèbre de la saison, mais il a des goûts de chiotte.

— Tu… euh… crois qu'elle ferait ça, Milan ? Je veux dire avoir une liaison ? » Les mots avaient du mal à sortir. Malini avait beau être grossière, impérieuse et ambitieuse sur le plan social, je n'arrivais pas à l'imaginer couchant avec un autre homme que son mari. Elle avait toujours fait passer la famille en premier. Sans compter que Vivek Abbas avait l'âge d'être son fils : il ne pouvait pas avoir plus de vingt-huit ans. Il devait donc être plus jeune que ses fils, Sharan et Karan. L'idée me donnait la chair de poule.

« Les gens font parfois des trucs surprenants, a répondu Milan dans un rare moment de réflexion.

Au moment même où on croit les connaître, ils font quelque chose qui ne leur ressemble pas. »

Outre sa fixation sur les scores de cricket depuis des semaines et ses manœuvres pour impressionner Anoushka, Milan s'était occupé de déblayer le terrain, côté travail. Comme s'il voulait presque justifier le bien-fondé de mon voyage à Los Angeles, il me faisait régulièrement des comptes rendus : il avait contacté Martin Veitch au sujet de la voiture à hydrogène, le labo de l'université de la côte Est au sujet de la puce solaire microscopique. Il avait même envoyé un mail à Manik Chouduri concernant le financement de son film. Milan me disait qu'il voulait tout explorer, remuer ciel et terre.

« Réflexion faite, je retire ce que je t'avais demandé, m'a-t-il déclaré un soir que nous bavardions tranquillement dans un coin, au domicile de Baba.

— Quoi ? L'espionnage ? » J'ai éprouvé l'amorce d'un soulagement.

« Fais machine arrière en ce qui concerne Pawan. C'est mon frère.

— *Shabash* à toi d'avoir compris ça.

— Je veux toujours l'emporter sur Sharan et Karan. Si pour finir il ne reste plus que Pawan et moi, ainsi soit-il. Que le meilleur gagne. »

Une semaine plus tard, Manjuli Khosla, la journaliste, m'a téléphoné.

« J'appelle pour savoir ce qui se passe. Vous m'aviez dit que vous me donneriez un scoop, je l'attends toujours.

— Rien n'a encore été décidé, lui ai-je répondu. Il me faut un peu plus de temps.

— Mon rédacteur en chef me met la pression. Les rumeurs en ville enflent. Il va falloir que je lui donne quelque chose bientôt.

— Quelques semaines, s'il vous plaît, Manjuli, d'accord ? »

J'ai raccroché et me suis rendu compte que j'étais encore plus mêlée au drame familial que je ne le croyais : Manjuli avait besoin de savoir qui reprendrait Badshah Industries. Ça ne se déciderait qu'une fois que Baba aurait toutes les données en main. Et il ne les aurait qu'une fois que mes cousins auraient terminé leur travail et soumis leurs idées.

Il fallait agir vite.

*
* *

« Hé, Karan, comment va ? » ai-je demandé. Je me suis glissée à ses côtés à l'orphelinat de Byculla dont Dadi était une bienfaitrice impénitente. Tous les deux ou trois mois, Dadi enrôlait les membres disponibles de la famille pour aller distribuer des trousses Bob l'éponge remplies de crayons, des sacs à dos Spiderman et des yoyos lumineux verts. Étant donné que ses visites avaient souvent lieu au beau milieu d'un jour ouvrable, la plupart de mes cousins avaient de bonnes raisons de ne pas l'accompagner. Mais j'étais presque toujours présente, contente d'avoir une occasion de sortir et de passer du temps avec ma grand-mère. Aujourd'hui, Karan s'était joint à nous : il sortait d'un rendez-vous non loin de là et brandissait un sac de tee-shirts de couleurs vives : des échantillons pour contrôle de livraison venant d'une usine avec laquelle il travaillait à Karachi.

« Tout va bien, a-t-il répondu en regardant le directeur de l'orphelinat demander à tous les petits enfants maigrichons de se lever et de présenter leurs respects à Dadi qui trônait sur une estrade. Il faut à tout prix que je parte d'ici, a-t-il ajouté en consultant sa montre. J'ai rendez-vous au bureau à trois heures.

— Quelqu'un d'intéressant ? » ai-je demandé avec une pointe de culpabilité. J'aurais fait un agent secret pitoyable.

« Juste un banquier », a-t-il répondu. Il a remis son sac de tee-shirts à un membre du personnel qui a entrepris de les empiler sur une table par ordre de tailles.

« Ah », ai-je dit inutilement. Il devait y avoir moyen de lui tirer les vers du nez. Le téléphone de Karan a sonné et il a pris l'appel. Une femme de l'orphelinat m'a demandé si à mon avis les tee-shirts tangerine pouvaient convenir aussi bien aux garçons qu'aux filles. Tout en réfléchissant à la question, j'ai tendu l'oreille pour écouter ce que disait mon cousin.

« Oui, a-t-il sifflé d'un air agacé dans son portable. Kamal Patel d'United Bank vient plus tard, je te l'ai déjà dit. Il va nous fournir un financement. S'il te plaît, cesse de t'inquiéter. Je te rappelle dès que j'ai du nouveau. » Il a appuyé sur la touche fin d'appel et a remis son portable dans sa poche de veste d'un air encore plus exaspéré.

La cérémonie avec Dadi s'éternisait. Les enfants chantaient une chanson guindée, solennelle qu'ils avaient écrite pour l'occasion en l'honneur de ma grand-mère. Une fille plus jeune que Rajan est montée sur l'estrade pour remettre à Dadi un gros bouquet de fleurs à la composition maladroite. Le directeur parlait au micro à présent, disait combien les dons généreux de Rukmani Badshah avaient contribué à la survie de l'établissement, à financer la construction d'un nouveau dispensaire. Dadi souriait d'un air bienveillant, son sari de mousseline beige et son collier de perles des mers du Sud brillaient sous les deux projecteurs. Matriarche élégante et philanthrope jusqu'au bout des ongles, elle était également volontaire et savait ce qu'elle voulait : les gens auraient été étonnés d'apprendre que Baba et elle étaient harmonieusement mariés depuis tant d'années étant donné le côté bourru du premier et l'esprit récalcitrant de la seconde. Mais je comprenais Dadi. Elle me répétait souvent que nous nous ressemblions comme deux gouttes d'eau. Elle savait toujours quand céder à Baba, juste pour maintenir la paix, avec un regard entendu qui avait l'éclat de l'acier. Elle savait lui laisser croire qu'il était le patron. Dadi connaissait un tas de choses, mais ce qu'elle connaissait le mieux, c'était son rôle d'épouse.

« Excusez-moi, miss, a demandé Karan à un membre du personnel qui passait. Où sont les toilettes ? » On étouffait dans la salle et il s'est épongé le front avec un mouchoir.

La femme lui a indiqué le chemin. Karan s'apprêtait à s'y rendre quand il s'est retourné, a enlevé sa veste et l'a jetée sur un dossier de chaise.

« Surveille-la », m'a-t-il dit en la désignant du doigt.

Je n'arrive pas à croire à ce que j'ai fait ensuite. Je me suis bien assurée que Karan n'était plus en vue et j'ai pris son portable dans sa poche. C'était horrible. Cela allait au-delà de la recherche de renseignements.

J'espionnais à présent. Dans maintes circonstances, c'est un délit.

J'ai déroulé la liste des appels récemment reçus par Karan : le dernier était d'un certain R. Dutta. Pourrait-il s'agir de Ravi Dutta, le fils du gros industriel Chandru Dutta ? Je savais que Karan et Ravi étaient amis – les garçons riches ont tendance après tout à fréquenter d'autres garçons riches. Mais pourquoi Ravi aurait-il appelé et qu'avait-il à voir avec le financement que Karan essayait d'obtenir ? Pourrait-il y avoir un lien avec les projets de Karan pour la firme familiale ? Je ne savais même pas poser les bonnes questions. Au lieu de ça, j'ai fait comme toujours – j'ai pensé à Milan. J'ai attrapé une feuille qui traînait sur une petite table. C'était un dessin de fillette – elle avait gribouillé son nom en bas au crayon de couleur jaune. Elle s'était représentée, un ballon à la main, avec sa famille devant une maison au toit rouge. La mère et le père étaient dessinés sous forme de bâtonnets, une corbeille de fruits reposait sur une couverture de pique-nique dans l'herbe. Un rêve d'orpheline.

Par la fenêtre du couloir, j'ai vu Karan revenir. J'ai retourné la feuille, griffonné R. Dutta et le numéro de téléphone et je me suis dépêchée de remettre le portable dans sa poche de veste.

Chapitre 27

Ce soir-là, avant que nous nous retrouvions dans la salle à manger pour le dîner, j'ai entendu frapper à ma porte. J'ai ouvert et eu la surprise de voir mon père avec une enveloppe blanche à la main. Il ne venait quasiment jamais me voir dans ma chambre car il était très traditionnel à bien des égards : à ses yeux, c'était une zone interdite, un espace intime réservé à sa fille célibataire, que les hommes de la maison ne devaient pas envahir. D'habitude, quand il avait besoin de me parler, il le faisait en terrain neutre, dans le salon.

« Salut, papa, qu'est-ce qui se passe ? ai-je demandé.

— Sohana, regarde ça. » Il a levé l'enveloppe. En a sorti deux feuilles qu'il a agitées sous mon nez. C'était mon relevé de carte bancaire.

« Comment as-tu fait pour dépenser plus de trois *lakhs*[1] en une semaine en Amérique ? » a-t-il demandé. J'ai pris le relevé et l'ai parcouru d'un air absent. Tout y était : les hôtels, les restaurants, les bars à vin, les boutiques.

1. Un lakh équivaut à cent mille roupies.

« Et c'est sans compter les billets d'avion », a-t-il ajouté.

J'étais perplexe. Nos précédents voyages en famille à l'étranger pouvaient difficilement être considérés comme des aventures de routards. Nous descendions toujours dans de beaux hôtels, mangions bien, faisions des achats sans prêter grande attention aux étiquettes. Je ne comprenais pas le problème de mon père et le lui ai dit le plus respectueusement possible.

« Ma chérie, c'est différent, a-t-il répondu en entrant et en s'asseyant sur une chaise près de mon bureau d'angle. Quand nous allons en vacances en famille ou quand nous te permettons d'aller au mariage d'amis, c'est normal de dépenser, de s'amuser et de vivre confortablement. Mais la raison de ce voyage n'est même pas claire à mes yeux. Maman me dit que tu voulais passer du temps avec Nitya, qu'elle n'est pas très bien. C'est gentil de ta part, *beta*, mais où était la nécessité de dépenser tant d'argent ? »

Je ne suis pas sûre de ce que j'ai ressenti ensuite. Était-ce de la honte parce que mon père avait dû venir dans ma chambre et me parler comme à une enfant ou de l'agacement parce qu'il avait éprouvé le besoin de me signaler quelques dépenses qui étaient de toute évidence insignifiantes au regard du reste : notre famille ne brassait-elle pas des centaines de millions de dollars ? Qu'est-ce que trois cent mille malheureuses roupies représentaient à côté ?

Impossible pour moi de dire le fond de ma pensée sans donner l'impression d'être pourrie-gâtée et d'avoir tous les droits.

« Quand cet article a été publié, Baba a bien expliqué que rien ne changerait, a dit mon père en s'adressant à moi comme un chef d'établissement bienveillant à une pensionnaire indisciplinée. Il ne voulait pas que la famille s'imagine qu'elle pouvait dépenser sans compter, jeter l'argent par les fenêtres.

— Mais je ne pense pas avoir fait ça, papa », ai-je protesté. Je détestais lui être redevable, ainsi qu'au reste de la famille, pour les aspects les plus fondamentaux de mon existence. J'ai soudain vu avec une clarté aveuglante que sans le nom des Badshah, l'argent des Badshah, je n'étais vraiment pas grand-chose.

Je lui ai repris le relevé et me suis mise à justifier chaque dépense : combien, pourquoi, où. Mon père m'a arrêtée.

« Je ne suis pas venu ici pour te culpabiliser, a-t-il dit. Ta mère et moi avons toujours voulu que tu aies ce qu'il y a de mieux dans la mesure de nos moyens. Mais on ne sait jamais ce que la vie nous réserve. Aujourd'hui, grâce à Dieu, nous avons beaucoup d'argent. Demain, qui sait ? Nous ignorons dans quelle famille tu vas te marier, ce que ton mari et ta belle-famille auront. Les gens autour de nous dépensent des sommes folles, mais maman et moi avons toujours dit : apprenons à vivre avec moins. Contente-toi donc d'être un peu plus réfléchie, un peu plus prudente. Hmm ? » Il s'est levé, a placé gentiment sa main sur ma joue. J'ai baissé la tête. Il a enlevé sa main et a quitté ma chambre.

*

* *

Au retour de la gym, quelques jours plus tard, j'ai trouvé mon père et Armaan en train de discuter d'un air grave sur le balcon. Armaan avait l'air livide. Ses yeux étaient voilés et rouges : si je n'avais pas su à quoi m'en tenir, j'aurais pu croire qu'il avait pleuré.

« Qu'est-ce qui s'est passé ? » ai-je demandé. Je n'avais pas encore pris le temps de poser mon fourre-tout et avais désespérément besoin d'une douche.

Ils m'ont regardée tous les deux d'un air absent.

« *Eh bien quoi ?* » ai-je hurlé. Ils ont sursauté. « Arrêtez de me traiter comme une idiote ! Je ne suis pas une gamine. Je fais partie de la famille ! Pouvez-vous me dire, *s'il vous plaît*, ce qui se passe ? »

Mon explosion m'a abasourdie. Mon sac de gym était à présent à mes pieds. Chanoo qui était apparue sans bruit avec un plateau de boissons et d'amuse-gueule s'est dépêchée de filer comme si elle avait interrompu une scène très intime.

Armaan et mon père m'ont regardée, le visage figé. Puis ils se sont consultés du regard pour savoir ce qu'ils devaient faire.

« Assieds-toi », a dit Armaan.

Il apparaissait qu'Aroon Malik était loin d'être le meilleur ami d'Armaan. En arrivant au bureau ce matin, un jour de semaine ordinaire, Armaan avait trouvé des messages urgents de la part du directeur de sa banque. Des chèques – destinés à des photographes, des graphistes freelance, des rédacteurs publicitaires – étaient sans provision.

Aroon Malik, moitié de Double-A Ads, avait vidé le compte bancaire de la société. Il avait bien préparé son coup et les fonds avaient été virés offshore. Il avait disparu ainsi que toutes les liquidités dont disposait l'agence. Il ne restait rien. Les autorités avaient été alertées, on essayait de retrouver la trace de l'argent.

Mais Armaan disait qu'il avait peu d'espoir de le revoir un jour, pas plus que son associé.

« Oh, mon Dieu, ai-je dit en digérant la nouvelle. Tu vas faire quoi maintenant ? »

Armaan a lancé un regard à mon père avant de le reporter sur moi.

« Je ne sais pas encore », a-t-il répondu.

*
* *

Plus tard, j'ai frappé à la porte de la chambre d'Armaan. Il ne m'a pas crié d'entrer, mais j'ai entrebâillé légèrement le battant et j'ai jeté un œil à l'intérieur. Il était allongé sur son lit avec de gros écouteurs sur les oreilles. Il m'a vue et les a enlevés. Ça me brisait le cœur de voir mon grand frère autonome, amusant et irascible abattu à ce point. Je détestais Aroon Malik pour le sale tour qu'il lui avait joué.

« Je suis vraiment désolée, ai-je dit. S'il te plaît, *ba*, dis-moi ce que je peux faire. Il doit bien y avoir quelque chose.

— Je pensais repartir à zéro. Les projets d'expansion devront attendre, mais j'ai tous les contacts et la réputation. Les gens savent que je ne vais pas les baiser. Je fais toujours du bon boulot. Aroon est parti, mais j'ai encore tout ce que j'avais quand j'ai débuté. Ça prendra du temps, mais c'est possible.

— Je sens venir un "mais", je me trompe ?

— Non. » Il s'est levé, s'est mis à tourner en rond dans sa chambre. Il était toujours en tenue de travail, toujours chaussé.

« J'ai l'intention de faire ma demande à Ekta. J'en ai déjà parlé à maman et papa.

— Ah », ai-je dit d'une voix rauque. Je ne voulais pas avouer que je me sentais laissée pour compte, mais c'était exactement ce que j'éprouvais. Comme si tout le monde avançait, s'appariait, faisait des projets. Tout le monde sauf moi.

Il s'est approché de moi, a pris ma main.

« Tu trouveras quelqu'un, frangine. J'en suis sûr. Je ne veux simplement plus attendre.

— Je sais, ai-je dit calmement. Alors fais ta demande. Fais-le. »

Il a lâché ma main, s'est remis à tourner en rond.

« Je veux quitter la maison. Prendre un appartement avec Ekta. »

Ma mine s'est allongée. Même si je ne voyais pas mon grand frère aussi souvent que je l'aurais souhaité, c'était quand même réconfortant de savoir que sa chambre était au bout du couloir. Qu'il finirait par apparaître, sentant la cigarette et le whisky, et me décoifferait comme si j'avais encore six ans et non vingt-six. Je n'arrivais pas à m'imaginer dans cette maison sans lui.

« Vu la situation présente, je ne sais pas comment je vais pouvoir le faire, comment je vais pouvoir entretenir Ekta, a continué Armaan. Je ne veux plus qu'elle travaille. Et je refuse de vivre de la pension que nous donne Baba. Je ne me sentirais plus un homme si je le faisais.

— Tu songes à quoi ? » ai-je demandé. J'ai entendu sonner un téléphone dans la maison. Il était tard. La soirée tirait à sa fin.

« Je me dis que je devrais peut-être repousser la remise sur pied de mon agence de publicité pour l'instant. Que je devrais accepter l'invitation de Baba. Son challenge. »

Armaan avait mis dans le mille. Le décret de Baba était un défi. Il invitait son petit-fils le plus ambitieux, le plus sûr de lui, le plus visionnaire à se faire connaître. Je n'avais jamais pensé que ça pourrait être Armaan. Mais en le regardant à présent, en remarquant la nouvelle résolution qui se lisait dans ses yeux, je ne pouvais que me dire : pourquoi pas ?

« Laisse-moi t'aider, lui ai-je proposé.

— Tu es très gentille, Sohana. Mais vraiment, qu'est-ce que tu peux faire à ton niveau ? »

C'est le « à ton niveau » qui m'a le plus affectée. Il indiquait que dans l'esprit d'Armaan, je pouvais très peu.

« Tu serais surpris », ai-je répondu.

Chapitre 28

S'il l'avait pu, mon père aurait envoyé à Aroon Malik un panier-cadeau accompagné d'un mot pour le remercier de son détournement de fonds. Bien qu'il ne l'aurait jamais dit à voix haute, l'escroquerie d'Aroon était à ses yeux une bénédiction. En s'enfuyant avec l'argent du compte bancaire et en mettant l'agence de publicité en péril, Aroon avait à son insu rendu un grand service à mon père. Le désir le plus secret et le plus ardent de Jeetu Badshah était de voir son aîné et, au fond, le seul de ses enfants qui remplisse les conditions requises pour hériter de l'entreprise, tenter sa chance pour prendre les rênes de l'empire Badshah. Sans Armaan, il n'avait aucun espoir. J'étais une fille et Rajan était un enfant. Si Armaan n'entrait pas en lice, notre branche de la firme familiale mourrait à petit feu.

Armaan avait de toute évidence parlé à mon père avant le petit-déjeuner. Parce que lorsque les bols de *kichidi* fumants et les plats de *papad* toutes fraîches ont été posés sur la table, ils étaient tous les deux armés d'un stylo et penchés sur des feuilles de papier réglé jaune, plongés dans une séance matinale de brainstorming.

« Baba a dit d'être audacieux, a rappelé Armaan. Ça veut dire quoi, à ton avis ?

— Proposer quelque chose d'osé, d'aventureux. C'est comme ça que Baba est devenu ce qu'il est. Il a pris des risques », a répondu mon père.

J'ai tiré une chaise et me suis jointe à eux. Pour une fois, personne n'avait cessé de parler en me voyant apparaître.

Armaan gribouillait sur son bloc-notes.

« L'alimentation est toujours un bon secteur, a-t-il déclaré. Est-ce que tu n'as pas dit un jour qu'on ne peut pas se tromper en nourrissant les masses ? Tout le monde a besoin de manger. La vie en dépend. Est-ce que nous ne possédons pas des terres agricoles ? Au lieu de vendre nos récoltes à des grossistes, pourquoi ne pas en assurer le contrôle nous-mêmes ? Nous pourrions créer des boulangeries industrielles avec le blé que nous faisons pousser, empaqueter notre propre riz et nos propres céréales. Les possibilités sont infinies.

— Ce n'est pas assez excitant », ai-je objecté sans qu'on me demande mon avis. J'étais en train d'enlever les petites graines noires de ma papaye.

Ils m'ont tous les deux regardée.

« Bien sûr, tu pourrais ouvrir une chaîne de supermarchés, ou trouver un moyen de fabriquer des denrées comestibles bon marché. Mais d'autres le font déjà. » J'ai débité à toute allure une liste de familles travaillant dans le secteur. « Un *tas* de gens le font. Ce n'est pas assez audacieux. Vous savez ce que je pense ? Cet article de journal ne donnait pas une image très reluisante de Badshah Industries. C'était peut-être impressionnant, tous ces millions. Mais l'entreprise avait l'air d'être louche. Je crois que c'est surtout ça qui a mis Baba en colère. Il demande aux garçons de trouver quelque chose de si original, de si innovant que tout le monde oubliera les sombres magouilles auxquelles il a pu se livrer dans le passé. »

Mon père et Armaan m'ont regardée bouche bée. Ils ne pouvaient nier qu'il y avait plus qu'une once de vérité dans ce que je venais de dire. Je me suis rendu compte qu'ils ignoraient même que c'était la vérité jusqu'à ce qu'ils l'entendent.

Armaan a barré tout ce qu'il avait écrit.

« OK, frangine. Comme je vois que tu es une experte, dis-moi ce qu'il faudrait que je fasse selon toi »

*

* *

J'ai retourné cent fois la question. Mais le lendemain, j'ai appelé Jag.

« Tu te souviens de m'avoir dit que tu me devais un service ?

— Bien sûr.

— OK. J'ai besoin d'une idée encore plus innovante que la puce solaire microscopique.

— C'est pour qui ? » Sa voix était calme, sérieuse. J'entendais des gens parler à l'arrière-plan. Il était occupé.

J'ai réfléchi une minute à sa question, pensé au grand frère qu'il me fallait aider, celui au poignet duquel j'avais noué un *raakhi*[1] il y a plus de deux décennies, dès que j'avais été capable de tenir une ficelle dans mes

1. Fil sacré. La sœur le noue autour du poignet de son frère en échange de sa protection et d'un cadeau.

petits doigts potelés de bambine. Milan était peut-être mon cousin préféré, mais le même sang coulait dans mes veines et celles d'Armaan. Je pourrais toujours compter sur lui.

« C'est pour moi, ai-je répondu.

— Vraiment ? » a-t-il demandé. Il avait l'air réjoui, exalté.

« Écoute. Il s'agit de mon frère, d'accord ? Il ne s'est jamais intéressé à l'entreprise. Jusqu'à aujourd'hui. Les choses ont changé. Il a une petite amie. Il veut tenter sa chance. Et je veux l'aider.

— Je devrais donc t'aider à aider ton frère ? a résumé Jag.

— Euh, oui, ai-je répondu légèrement sur la défensive.

— Tu sais ce que je pense, Sohana ? Je pense qu'il faut que tu tentes ta chance, toi, mais tu as trop peur. Tu ne devrais pas. Je suis là. Avec toi. Le fait que je ne puisse pas t'épouser ne signifie pas que je ne puisse pas t'aider. Tu as les qualités pour réussir, Sohana. Oublie tes frères et tes cousins. Choque tout le monde. Remporte la compétition. »

J'ai fait ensuite quelque chose que je n'avais encore jamais fait à Jag, quelque chose que j'aurais cru ne jamais, jamais faire : je lui ai raccroché au nez.

*

* *

Le lendemain, j'ai regardé le bout de papier sur lequel j'avais noté le numéro de téléphone de Ravi Dutta. Avant ce qui s'était passé entre Armaan et Aroon, j'avais prévu de le remettre à Milan. Karan manigançait quelque chose, je ne savais pas trop quoi, mais ça avait l'air louche.

Ravi Dutta. « Fils de ». Parfait homme du monde. Front dégarni, petites dents, portefeuille boursier volumineux. Il avait toujours au moins trois filles vêtues de noir pendues à son bras lors des soirées. Selon Nitya, ma page people, Ravi était en disgrâce auprès de son père après avoir commis une série d'erreurs qui avaient failli lui coûter sa fortune. La rumeur disait que Chandru Dutta était à présent beaucoup plus proche de son beau-fils, Samir, qu'il préparait à prendre sa succession. Ce qui, à en croire Nitya, laissait Ravi dans la panade la plus totale.

Karan et Ravi essayaient apparemment d'obtenir un financement auprès de la plus grosse banque du pays. En y réfléchissant un peu plus, je me suis rendu compte que la seule raison pour laquelle deux rejetons d'entreprises riches en liquidités feraient pression pour obtenir un financement était parce que leur projet n'avait rien à voir avec l'entreprise familiale. Ça devait être un secret. La semaine dernière encore, je croyais que Milan avait besoin d'être mis au courant.

Mais tout avait changé à présent. Comme Armaan l'avait si bien dit après le dîner chez Baba, les affaires sont un jeu qui évolue et les joueurs peuvent changer également. Il fallait juste que j'aie les idées claires sur l'équipe dont je voulais faire partie.

J'ai retourné le bout de papier. Le dessin au crayon de couleur était toujours là, n'avait rien perdu de sa fraîcheur. Une petite fille devant une maison au toit rouge. Un père et une mère dessinés sous forme de bâtonnets. C'était tout ce que cette orpheline désirait.

Un toit. Des gens qui l'aiment. J'ai soudain eu la nausée à l'idée de ce que j'avais accepté de faire. J'ai plié la feuille. Je suis allée dans ma penderie, j'ai sorti la boîte laquée noire où je conservais tous mes souvenirs et j'ai rangé le dessin dedans.

Chapitre 29

« Sans déconner, a dit Milan. Il y a une centaine de films à l'affiche et tu veux en voir un au sujet d'un *phirangi*[1] qui n'est pas fichu de parler ? »

Nous attendions le début du *Discours d'un roi* à l'Inox et Milan se lamentait d'être là. Il était après tout le genre à trouver qu'*Alien vs Predator* était du grand cinéma.

« Il a remporté un tas d'oscars, ai-je affirmé.

— J'ai pas envie de voir un film oscarisé. J'ai pas envie de penser, a-t-il ajouté en cassant un morceau de la barre de Cadbury Fruit & Nut que je lui offrais. J'ai eu une journée pourrie.

— Pourquoi, qu'est-ce qui s'est passé ?

— Les marchés étaient à la baisse et on a constaté une infraction aux règles sanitaires dans le restaurant dont je suis copropriétaire à Bangalore. J'ai dit au gérant de graisser la patte à l'inspecteur, d'en finir au plus vite.

— Comment ça se passe avec Anoushka ? » ai-je demandé.

1. Étranger.

Son visage s'est radouci.

« Elle est vraiment super, Soh. Je crois que je suis en train de tomber fou amoureux d'elle. Mais, mec, son emploi du temps est dément. Elle est partie à Zurich hier pour un tournage, et après ça, ce sera Sydney. Elle passe toutes ses journées avec ces foutues stars de cinéma, tous ces beaux mecs. Ça me rend dingue parce que j'ai envie d'être avec elle et que je ne peux pas. » Je ne l'avais jamais vu en pincer aussi sérieusement pour une femme. Il était amoureux d'une actrice superbe et mon frère voulait épouser un mannequin. La pauvre Jaanvi serait supplantée, éclipsée côté glamour à chaque réunion Badshah pour le restant de ses jours.

« Écoute, Milan, il faut que je te dise quelque chose.

— Quoi donc ? » a-t-il demandé. Il n'avait pas l'air d'humeur à écouter quoi que ce soit.

« J'ai réfléchi à ce que tu m'avais demandé de faire. » J'ai baissé la voix. « L'espionnage.

— Ouais et alors ?

— C'est fini. J'abandonne. Tu as quelques infos sur ce que prépare Sharan. Je n'ai rien pu obtenir de Karan. Pawan, tu as dit que c'était zone interdite. Et il y a autre chose. »

Il m'a regardée sans comprendre. Je crois qu'il n'avait pas envie d'en entendre davantage.

« Armaan a décidé de tenter sa chance. Il est arrivé un gros pépin dans sa boîte. Elle a comme qui dirait coulé. Ça lui laisse donc du temps et la motivation.

— Laisse-moi deviner, a dit Milan en éteignant son portable. Tu vas l'aider. Et parce que tu l'aides, tu ne peux plus m'aider, moi.

— Désolée, Milan. C'est mon frère. Je ferai mon maximum pour lui. Mais je ne lui dirai pas ce que toi, ni personne d'autre dans la famille, êtes en train de préparer. Je pense donc que tu ne devrais pas me demander quels sont ses projets. Je crois que vous devriez tous faire de votre mieux et voir ce que ça donne. Personne ne devrait être avantagé. Ce n'est tout simplement pas juste. »

Les lumières ont baissé. Les bandes-annonces ont commencé.

*
* *

J'étais de retour chez Matunga Dada. Cette fois, c'était moi et non Preeti qui m'étais arrêtée pour lui acheter ses sucreries préférées. Il était toujours aussi content de me voir et m'a accueillie avec une minuscule cuiller à café de *jal*[1] puisée dans la tasse en argent qu'il avait placée sur son autel domestique après ses prières matinales. J'étais venue, je m'en rendais compte à présent, parce que c'était la seule personne que j'avais envie de voir.

« Comment va la famille ? » a-t-il demandé. Comme s'il parlait d'une famille quelconque et non de la sienne.

« Tout le monde va bien », ai-je d'abord répondu. Les mots avaient un goût amer dans ma bouche. Je mentais.

« En réalité, Dada, tout ne va pas bien. »

Il a enlevé une pile de journaux du canapé.

1. Eau.

« Assieds-toi, a-t-il dit. Raconte-moi. »

Je ne savais même pas par où commencer. Le début – la une du journal – paraissait si éloigné dans le temps. Jusqu'à ce que je m'aperçoive que ce n'était même pas le début. Que tout ce qui se passait maintenant dans la famille – la *cupidité*, qui semblait s'être emparée des Badshah – avait probablement toujours existé, à l'état latent, n'attendait que d'être éveillée. Il n'empêche que j'ai tout raconté à Dada : l'article de journal, le fait que Baba avait sommairement écarté ses trois fils de la succession de l'entreprise, les offres de rachat qu'il avait eues et sa décision malavisée de laisser ses petits-fils se disputer le gâteau.

Mais je ne me suis pas arrêtée là : mise en train par deux tasses de thé brûlant et le regard calme et compatissant de Dada, je lui ai parlé de Jag, du fait qu'il m'avait quittée à Londres, du procès entre son père et Amit, des renseignements qui étaient apparus au grand jour depuis.

J'ai tout déversé en vrac. Puis je me suis arrêtée, épuisée. J'avais la bouche sèche à force de parler.

Matunga Dada n'a rien dit : il avait croisé ses longs doigts noueux sous son menton comme s'il était un psychothérapeute à cent dollars de l'heure et moi une patiente perturbée.

Il m'a fixée du regard. Puis un large sourire a illuminé son visage comme s'il n'avait pas entendu un traître mot de ce que je lui avais raconté.

« Tu m'as confié beaucoup de choses aujourd'hui, a-t-il dit. Tu as fait tout ce chemin pour venir jusqu'ici et je ne te laisserai pas repartir les mains vides. »

Il s'est levé de son vieux fauteuil et a disparu. Je me suis dit qu'il allait revenir avec un bijou ou une petite pièce d'or. Dans ma famille, on aimait beaucoup se donner des pièces d'or.

Au lieu de cela, il est revenu avec le rouleau de papier de sa vitrine, celui que j'avais vu des semaines auparavant, le dessin qu'il avait fait jeune homme. Il l'a posé sur la table entre nous.

« Il y a des choses que je n'ai dites à personne, a-t-il déclaré. Des choses que j'aurais emportées dans la tombe avec moi. Mais te voilà, ma petite-nièce préférée, bouleversée et désorientée et le cœur du vieil homme que je suis est attristé de voir une chose pareille. Tu dois me jurer de ne pas répéter ce que je vais te dire à âme qui vive. »

J'ai hoché la tête. Mon cœur battait la chamade. Que se passait-il ?

« Prends ça en partant, a-t-il ajouté en posant le rouleau sur mes genoux. Qu'il te rappelle que les choses sont rarement ce qu'elles paraissent. Que les *gens*, ma chérie, sont rarement ce qu'ils paraissent. »

Il a avalé le reste de son thé. Puis ce fut son tour de parler.

*

* *

Quand j'ai quitté Dada, j'ai regretté d'avoir mis des hauts talons. Ce qu'il m'avait dit m'avait ébranlée sur mes bases et j'ai dû m'agripper à la rampe de l'escalier qui menait à la rue, trois étages plus bas. J'étais si préoccupée que je devais faire attention où je mettais les pieds sous peine de finir les quatre fers en l'air en bas des marches bancales. Dans ma main libre, je serrais le rouleau qu'il m'avait donné, veillant à ne pas trop le comprimer au centre.

Dans la voiture, mon esprit était paralysé. Ma mère m'avait téléphoné pendant que j'étais chez Dada, Nitya aussi et même Armaan qui ne m'appelait quasiment jamais. Mon téléphone avait vibré non-stop et je l'avais ignoré délibérément. Je n'étais pas encore prête à rappeler quiconque. La tête me tournait.

Je me suis souvenue de la photo de l'article de journal, celle d'un Baba de vingt ans aux membres maigres travaillant dans une aciérie. C'était un « self-made-man » disait l'article.

Si seulement.

Chapitre 30

Pawan est passé chez nous le lendemain. Vu le temps qu'il fallait pour négocier l'épouvantable circulation pare-chocs contre pare-chocs de Bombay, les membres de ma famille avaient tendance à se rendre visite avec une fréquence alarmante. Je n'en étais pas moins surprise de le voir ici, seul, sans son frère. Il était venu sous prétexte d'apporter à ma mère un colis de produits de Singapour qu'elle avait réclamés.

Quand nous nous sommes trouvés seuls dans le vestibule, Pawan a demandé à me parler.

« Bien sûr, ai-je dit en le conduisant sur le balcon. Qu'est-ce qui se passe ?

— Depuis que Baba a annoncé que nous devrions tous avoir le droit d'essayer de devenir PDG de l'entreprise, j'ai travaillé dur, a-t-il déclaré, très dur.

— C'est super, Pawan. Tu as toujours été le plus intelligent de la famille. »

Il a rougi légèrement, a enlevé ses lunettes, les a essuyées sur le devant de sa chemise, les a scrutées pour vérifier qu'il ne restait pas le moindre grain de poussière avant de les remettre sur son nez.

« VANP », a-t-il dit. Remarquant mon expression déconcertée, il a précisé. « Véhicules aériens non pilotés. Autrement dit, des drones. Ce sont de nouvelles avancées technologiques qui devraient être explorées.

— D'accord. Ça a l'air intéressant.

— Il y a des applications militaires cruciales. Et Badshah, en tant qu'entreprise, n'a pas encore étudié le potentiel des contrats de défense. Le ministère a déjà déclaré qu'il va davantage faire appel à des entreprises nationales au lieu de passer des contrats avec Israël ou l'Amérique. Alors pourquoi pas nous ? Pourquoi pas Badshah ?

— Bonne question », ai-je répondu, toujours perplexe quant aux raisons qui le poussaient à me la poser.

« Pawan, tu en as parlé à ton père ? Il me semble qu'il serait le mieux placé pour te conseiller. »

Mon cousin a secoué la tête.

« Impossible. La décision de Baba l'a vraiment affecté. Il est déprimé. Il se rend à son travail, mais il a l'esprit ailleurs. Il se dit à quoi bon si c'est pour être mis à la porte de toute façon ?

— Je ne sais pas si je suis la bonne personne à consulter. Je n'y connais vraiment pas grand-chose. »

Pawan a penché la tête de côté, m'a regardée pensivement.

« Ce n'est pas vrai, Sohana. Je sais que tu aides Milan. Il me l'a dit.

— Alors peut-être que tu devrais lui en parler », ai-je répondu. J'en avais assez de ces cinq garçons, de leurs idées qui partaient dans tous les sens, de leurs tentatives pour atteindre le sommet. Je voulais rester en dehors.

« Dis-moi ce que tu en penses, a-t-il repris. Puis j'irai présenter mon idée à Milan. Une fois que j'aurai terminé mes vérifications et vu si elle est réaliste, je lui en ferai cadeau. Elle sera à lui. » Il était tout fier comme si sacrifier son avenir à son frère était, à ses yeux, ce qu'il pouvait faire de mieux.

« Hein ? Pourquoi ?

— Parce que c'est mon frère aîné et que je l'imagine beaucoup mieux à la tête de Badshah Industries que moi. »

J'ai respiré à fond. J'étais devenue une confidente, un banc d'essai pour ces garçons. J'avais toujours voulu participer aux discussions, et maintenant que c'était le cas, je ne savais pas trop comment réagir.

« Primo, Milan est ton aîné de quatre-vingt-treize secondes, Pawan. C'est tout. Secundo, il n'y a aucune raison que tu ne tentes pas ta chance. Tu en as autant le droit que lui.

— J'avais cru que tu serais contente. Tout le monde sait combien vous êtes proches, Milan et toi. »

Je me suis approchée de lui, ai posé ma main sur son bras.

« Oui, c'est vrai. Mais tu es mon cousin aussi. Milan a eu un tas d'avantages dans la vie. Il n'a pas besoin de te prendre autre chose. » Je fixais du regard le garçon dont l'unique frère voulait que je l'espionne, que je lui vole ses idées. C'était seulement depuis ma conversation avec Matunga Dada que je commençais à voir combien tout ça était déplaisant, combien Milan pouvait être cruel parfois.

« Qu'est-ce que tu dis ?

— Je dis, Pawan Prakash Badshah, que tu es capable de le faire. Alors vas-y. »

*

* *

Ekta, ma future belle-sœur, allait enfin être présentée à la famille. Armaan avait parlé d'elle à mes parents. Ma mère, dont la réaction initiale avait été quelque peu réservée parce qu'elle n'avait joué aucun rôle dans le choix de la fille que son premier-né voulait épouser, avait fini par épousseter un de ses diamants en vrac de six carats et l'avait fait tailler et monter pour sa nouvelle bru, à temps pour les fiançailles qui semblaient imminentes.

Ce soir, ma mère avait prévu de glisser au poignet d'Ekta deux bracelets sertis de rubis baguettes qu'elle m'avait montrés pour avoir mon opinion. Ils étaient neufs, scintillants dans leur écrin de velours bleu, élégants et pas trop tape-à-l'œil. C'était un geste de bienvenue envers un futur membre de la famille. Comme premier bijou, avais-je dit à ma mère, les bracelets étaient plus qu'adéquats.

Ce soir, nous ne serions que six à la maison : Armaan voulait que nos parents, Rajan et moi fassions la connaissance d'Ekta avant tous les autres. La semaine prochaine, il l'emmènerait chez Baba et Dadi pour avoir leur bénédiction, puis elle serait présentée au reste de la famille. Comme je l'avais dit en plaisantant à Armaan, si d'ici là Ekta n'était pas effrayée, son arrivée améliorerait le look du clan Badshah.

Armaan s'apprêtait à aller la chercher pour l'amener chez nous, attention charmante de gentleman. Je suis entrée dans sa chambre : il était en train de se raser, porte ouverte, dans sa salle de bains attenante. Depuis la débâcle Aroon Malik, Double-A Ads avait rapidement bouclé les projets en cours, s'était dégagé de toute obligation future et avait pour l'essentiel cessé ses activités. Aroon n'était pas seulement parti avec l'argent et le gagne-pain de mon frère mais également, semblait-il, avec sa passion pour la publicité. Son attention s'était reportée sur la fille qu'il aimait, l'entreprise dont il voulait s'emparer.

Il avait son rasoir à la main et de la crème à raser sur la joue gauche.

« Merci pour tout, Sohana, a-t-il dit d'un air pensif. Tu m'as vraiment aidé. L'idée que tu m'as donnée est fantastique.

— De rien, *ba.* Je veux juste te voir heureux. »

Après avoir raccroché au nez de Jag, j'avais reçu un coup de fil contrit de sa part. Il m'avait promis de ne plus jamais me gronder de jouer les seconds rôles auprès de mes cousins et de mon frère. Et il avait accepté de m'aider.

« GNL, avait-il dit.

— Euh ? » Il lui arrivait d'oublier que je ne faisais pas partie de son univers.

« Pardon. Gaz naturel liquéfié. La demande mondiale va exploser, probablement augmenter de quarante à soixante-dix pour cent dans les dix prochaines années. C'est une source d'énergie propre avec moitié moins d'émissions de carbone. Il y a une usine en Azerbaïdjan où se trouvent de grosses réserves de gaz naturel. Mais elle n'exporte pas en grandes quantités, principalement en raison de problèmes d'infrastructure et par manque de capitaux.

— Alors qu'est-ce qu'Armaan peut faire ?

— Il faut qu'il trouve un moyen de placer ses pions. Qu'il fasse un investissement significatif dans l'usine pour pouvoir contrôler les exportations en Inde. Puis il pourrait passer un contrat avec une compagnie maritime qui possède des méthaniers. »

J'avais mal aux méninges. Pourquoi n'avoir pas adopté mon idée de départ : l'ouverture d'un magasin Harvey Nichols à Bombay ? Est-ce que ça n'aurait pas été plus amusant que le gaz naturel liquide ?

J'avais parlé à Armaan de la suggestion de Jag et mon frère avait été suffisamment intéressé pour se mettre à étudier la question.

Mais pour l'instant, il n'avait qu'une idée en tête : aller chercher Ekta.

Chapitre 31

En l'honneur de ma future belle-sœur que j'allais rencontrer pour la toute première fois, j'avais préparé deux des plats du dîner de ce soir et consulté Chef Daruk sur ce que je devrais offrir en dessert : il avait suggéré un riche tiramisu et m'avait même envoyé le mascarpone que j'avais eu du mal à me procurer à la dernière minute.

Ekta a adoré la nourriture. Elle a adoré mes parents. Elle a eu l'air de m'adorer. Assise sur le canapé à côté de Rajan, elle lui montrait des tours de magie, faisait disparaître de sa main une pièce de monnaie qui réapparaissait derrière la petite oreille de mon frère. Au bout d'une heure, il était clair que les garçons de la maison étaient fous d'elle.

En chair et en os, elle faisait moins mannequin qu'en photo. Dans la campagne publicitaire pour la vodka, sa longue et abondante chevelure voletait dans le vent artificiel du studio. Dans la réalité, elle avait les cheveux coupés très court avec des mèches châtaines. Elle était chic et habillée décontracté mais à ravir. Armaan la dévorait des yeux. Il s'est précipité pour lui remplir son verre d'eau, lui a tiré une chaise quand nous sommes passés à table, a énuméré avec enthousiasme les nombreux faits d'armes d'Ekta (la couverture d'*Elle*, un contrat avec la marque de produits de beauté Lakme, le prochain défilé Emanuel Ungaro à Paris). Ma mère ne tarissait pas d'encouragements et d'éloges. Quand Ekta s'est levée – elle ne mesurait que quelques centimètres de moins qu'Armaan –, on aurait dit deux gazelles gracieuses et bien lustrées. Si je m'en étais tenue uniquement à la beauté, j'aurais dit qu'ils étaient faits l'un pour l'autre.

Et elle posait des questions. Des tas et des tas de questions. Tout en s'attaquant à sa seconde assiette de saumon en croûte accompagné d'une sauce au champagne préparée par mes soins – où mettait-elle donc toutes ces calories ? – elle m'interrogeait sur mon séjour à Londres, demandait à ma mère ce qu'elle faisait de ses journées et à Rajan des renseignements sur sa scolarité. Elle était curieuse d'en savoir plus sur la famille étendue, d'apprendre à quoi ressemblaient Baba et Dadi. Elle avait lu l'article du *Daily Business Journal*, bien sûr – qui n'en avait pas pris connaissance ? avait-elle déclaré avec une chiquenaude de ses doigts manucurés et c'était absolument *fascinant*. Elle lançait un regard circulaire dans la pièce comme si elle tentait de réconcilier les chiffres mirobolants donnés par le quotidien avec le manque relatif d'ostentation de notre logis, comme si elle se demandait pourquoi le lustre n'était pas en diamant et les murs recouverts d'or. On avait l'impression qu'elle s'attendait à ce que nous nous pavanions comme Donald Trump et qu'elle était un tantinet déçue que nous ne soyons pas le genre.

« Parlez-nous de votre famille, a demandé mon père, renversant les rôles.

— Mon père habite Baroda[1]. Il enseigne la musique, surtout le sarod et le sitar. Il voulait que j'apprenne, mais je n'ai jamais eu de grandes aptitudes pour ces instruments. Ma mère est morte quand j'avais quinze ans.

— J'en suis navré, a dit mon père. Comment ?

— Dans un accident de voiture. Ce n'était même pas elle qui conduisait. Elle est morte sur le coup. Horrible. » Ekta a secoué la tête, a baissé les yeux sur son assiette. Armaan a passé un bras autour de ses épaules pour la réconforter.

« Ça va, a-t-elle dit. C'était il y a très longtemps.

— Des frères et sœurs ? s'est enquise ma mère.

— Deux sœurs. Une plus vieille, une plus jeune. Toutes les deux mariées et mères de famille, elles vivent toujours à Baroda. Elles s'occupent de papa, veillent à ce qu'il ne soit pas trop esseulé.

— Et vous êtes venue seule à Bombay ? ai-je demandé.

— J'y ai des amis. Mais oui. À dix-huit ans, je mesurais un mètre soixante-dix-huit et je me suis rendu compte que je pourrais peut-être devenir mannequin. J'adorais les mathématiques et la physique. Mais je savais que je me ferais beaucoup plus d'argent dans le mannequinat. Pour ça, il fallait que je déménage à Bombay. Mes amis m'ont aidée. Je partage toujours un appartement avec l'une d'elles. Je peux envoyer de l'argent à mon père. C'est une bonne vie. »

Je l'ai dévisagée. Parfaite et surdouée par-dessus le marché. Si je m'étais écoutée, j'aurais pu la haïr.

Chanoo est venue nous demander si nous avions terminé. Ma mère lui a dit de débarrasser et de ser-

---

1. Ville du Gujarat au nord-ouest de l'Inde.

vir le dessert dans le salon. J'ai regardé Armaan aider Ekta à sortir de table comme si elle était invalide. Il l'a prise par la main et l'a emmenée dans le couloir.

Je ne savais pas ce que c'était, mais quelque chose clochait. Ekta avait beau être gracieuse, belle, dire et faire tout ce qu'il fallait, quelque chose sonnait faux. Comme si tout avait été répété. Comme si elle n'était pas vraiment la femme qu'elle prétendait être. Ses yeux vagabondaient quand l'un de nous lui parlait, comme si elle avait hâte de passer au sujet suivant, à l'interlocuteur suivant. Comme s'il y avait mieux ailleurs.

Ne cherche pas midi à quatorze heures, me suis-je dit, c'est très vraisemblablement une douleur résiduelle liée à Jag. Voir ton frère aussi heureux et amoureux ne fait que te rappeler ce que tu n'as pas. Armaan a raison : Ekta est gentille. La femme qu'il lui faut. Il a bien choisi.

Mon tiramisu était très réussi et trônait sur la table basse avec des petites assiettes et des fourchettes à dessert.

« Sohana l'a fait spécialement pour vous, a annoncé fièrement ma mère.

— C'est absolument superbe ! a roucoulé Ekta. Et j'ai énormément apprécié le saumon aussi. Vous êtes un vrai cordon-bleu, non ? » Elle me traitait avec condescendance ou je me faisais des idées ?

« Ça prouve seulement que nous avons tous nos talents, non ? a-t-elle poursuivi. La décoration d'intérieur ne vous a pas réussi – mais regardez-vous à présent ! Vous savez faire le tiramisu ! » a-t-elle gazouillé.

Elle commençait à me taper sérieusement sur les nerfs.

Après que tout le monde eut dégusté une part ou deux, ma mère s'est excusée un moment et est revenue avec l'écrin de velours bleu. Les yeux d'Ekta se sont éclairés à la perspective de recevoir un cadeau présenté dans un emballage aussi royal. Ma mère s'est assise à côté d'elle.

« C'est la première fois que vous venez dans ma maison. Nous voulons vous offrir un cadeau de bienvenue et vous remercier de rendre notre fils si heureux. » Elle a ouvert l'écrin et en a sorti les bracelets en rubis qu'elle a passés au mince poignet d'Ekta.

« Merci mille fois, tante », a roucoulé Ekta en embrassant ma mère sur les deux joues. Elle s'est levée, s'est dirigée vers mon père qu'elle a remercié également. Serrant le poignet qui venait d'être paré de bracelets sur son cœur, elle est allée se rasseoir. Son sourire était figé.

Une fois Armaan parti raccompagner Ekta, et le reste de la famille couché, je suis allée dans ma penderie et en ai sorti le grand tableau que j'avais exhumé des semaines auparavant et sur lequel j'avais écrit les noms des héritiers potentiels de l'empire Badshah avec les arguments pour et contre leur consécration. Depuis, la donne avait changé. J'avais mis une grosse étoile à côté du nom de Sharan – il méritait après tout de prendre la succession de Baba. Mais depuis que ce dernier avait changé les règles du jeu, Sharan s'était retiré dans son univers. Il s'était marginalisé. C'est tout juste s'il venait encore aux dîners de Baba, et quand il y assistait, il était scotché à son portable tout le temps qu'il n'était pas à table. Jaanvi avait l'air de plus en plus malheureuse et je sentais que sous la surface lisse de leur mariage et des projets de Sharan pour l'entreprise, on nageait en eaux troubles.

Un fossé s'était creusé entre Sharan et le reste des Badshah et il en allait de même pour son frère. Depuis le jour où j'avais vérifié en douce la liste des appels reçus par Karan à l'orphelinat de Byculla, nous nous étions à peine adressé la parole. Jaanvi m'avait dit que son beau-frère était presque toujours en déplacement, il passait des marchés à Delhi, sautait dans un avion à destination de Bangkok ou Shanghai, se contentait de dire à la famille que c'était « pour affaires ».

Milan aussi s'était éloigné de moi. Du jour où je lui avais annoncé que j'allais aider Armaan de mon mieux, mon cousin était devenu distant. On avait l'impression qu'il regardait mon ralliement à mon frère comme une trahison suprême. Tout ce que je voulais – j'aurais dû l'expliquer clairement dès le départ –, c'était prendre du recul et les laisser se débrouiller tout seuls. Ils n'avaient pas besoin de moi. Il était temps que ce groupe de garçons gâtés se conduisent en hommes.

J'ai regardé une fois de plus mon tableau. J'ai décapuchonné mon stylo et me suis mise à écrire les voies explorées, à ma connaissance, par mes cousins. Il y avait la fusion à froid, la pile solaire microscopique, la voiture à hydrogène, le financement d'un film dingue, le gaz naturel liquéfié qui nécessiterait certainement des capitaux très importants, et les drones. Pas mal pour un mois de travail. Quelque part dans tout ça, se trouvait sûrement l'idée qui propulserait Badshah Industries au niveau supérieur, redorerait son image, lui redonnerait sa place dans le monde des affaires en général. Un des garçons l'emporterait. Et parce qu'il n'y avait pas encore de favori, ça pouvait être n'importe qui.

Chapitre 32

« Tu es sûr de savoir ce que tu fais ? » ai-je demandé à Armaan. Nous étions allés nous promener dans les Jardins suspendus. Nous faisions le tour des fontaines aux projecteurs rouges de rouille. C'était le début de la soirée et les lampes en forme de lune étaient allumées. Quelque chose dans cette promenade nous rapprochait l'un de l'autre : nous adorions venir dans cet endroit étant enfants, ma mère nous courait après le long des sentiers pavés, mon grand frère et moi poussions des cris joyeux au sommet de la Maison-Botte et nous contemplions fascinés les buissons taillés en formes d'éléphants, de chevaux et de chameaux.

« Je suis adulte, a-t-il répondu. Bien sûr que je sais ce que je fais.

— C'est juste que tout va si vite. Peut-être que tu devrais apprendre à mieux la connaître avant de prendre un engagement aussi important. »

Il s'est arrêté pour me regarder.

« Pourquoi ? Elle ne t'a pas plu ? » a-t-il demandé. Son ton était accusateur, incrédule. Comment pouvait-on ne pas aimer son Ekta ? « Parce qu'elle vous a tous adorés. La famille ne va pas regretter ce nouveau membre. Fais-moi confiance. »

Il s'est remis à marcher.

« Tu ne la connais que depuis quelques mois, ai-je dit. Un tas de trucs dingues se sont produits récemment. Il faut que tu sois certain qu'elle veut être avec toi pour les bonnes raisons.

— Sohana, il n'est pas question que je discute de ça avec toi », a dit mon frère. Il était sur la défensive, à présent.

« Sans compter, a-t-il ajouté, que tu devrais peut-être te montrer franche. Ton vrai problème dans cette histoire, c'est que je vais me marier et toi pas. »

Ce fut comme si ses paroles l'avaient autant piqué au vif que moi. L'air accablé, il a marqué un temps d'arrêt. Ça ne lui ressemblait absolument pas d'être cruel.

« Pardon, frangine. Je n'aurais pas dû dire ça. » Il a mis son bras autour de mes épaules. Je me suis appuyée à lui, reconnaissante de sa chaleureuse solidité, reconnaissante de l'avoir.

J'allais laisser tomber. Ce n'était pas mon problème. C'était un homme de vingt-sept ans avisé qui dirigeait sa propre entreprise avec succès depuis des années. Son instinct ne le trompait jamais. S'il avait décidé qu'Ekta était la femme qu'il lui fallait, je n'allais pas le convaincre du contraire.

Je l'ai laissé me conduire à la voiture. Nous avons marché en silence. J'aimais énormément mon frère.

Il arriverait ce qu'il arriverait.

*

* *

Situé sur le toit de l'hôtel Intercontinental, Dome devait être le restaurant le plus sexy de la ville. Quand Jag et moi étions encore ensemble, j'avais rêvé de l'amener ici un jour. Nous nous serions enfoncés dans les canapés aux allures de doux nuages blancs, nous nous serions regardés au-dessus des petits photophores à la flamme vacillante en serrant des oreillers miniatures sur notre poitrine, en parlant calmement, intimement. Nous aurions commandé de la vodka Robert Cavalli et du kir royal, du filet brésilien poêlé et du poulet grillé au miel, contemplé l'océan Indien, les gratte-ciel de Nariman Point aux fenêtres toujours éclairées à cause des employés qui trimaient bien au-delà de vingt et une heures le vendredi. Je serais venue ici avec Jag et nous aurions parlé de l'avenir, fait des projets de vie commune – avenir où, c'était évident à présent, il ne figurerait jamais.

Au lieu de ça, j'étais au Dome avec Milan. Il m'avait appelée ce matin pour s'excuser d'avoir été, selon ses propres mots, « une vraie tête de nœud ». Il voulait se réconcilier avec moi.

Nous avons parlé comme avant que ne s'installe ce climat délétère, avant l'article, avant que Baba ne jette le gant et ne pousse ses petits-fils à s'entre-déchirer pour tenter de le relever. Pendant une heure merveilleuse, nous n'avons évoqué ni la famille, ni Anoushka, ni les voitures à hydrogène, ni quoi que ce soit de solaire. Nous avons comméré et pouffé de rire, lui, me taquinant gentiment sur le fait que je n'avais jamais appris à décorer « qu'un tiers de maison » et moi charriant son marcel et son jean de rappeur à taille très basse.

« Je suis vraiment désolé, Soh, a-t-il dit en reprenant son sérieux. Je n'aurais jamais dû te demander un truc qui te posait problème. Tu es ma sœur. Je n'aurais pas dû attendre de toi que tu fasses mon sale boulot. Il vaut mieux que tu ne t'en mêles pas.

— Ce n'est rien. Je crois qu'on s'est tous emballés. Baba vous a mis, vous, les garçons dans une position intenable. Tout le monde était prêt à tout. Je le comprends maintenant. »

Un bel homme en chemise blanche et jean sombre est entré. Il s'est dirigé vers un coin du bar, s'est assis à une table derrière un arbre en pot. Il ne nous avait pas vus.

« Regarde, c'est Sharan », ai-je dit à Milan en lui désignant notre cousin. J'ai commencé à me lever. « On va lui dire bonjour ? »

Milan m'a rattrapée par la main et m'a fait rasseoir de force.

« Attends », a-t-il dit. Il a tordu le cou pour essayer de voir derrière le feuillage.

« Il est avec qui ? » a demandé Milan en plissant les yeux.

Je me suis penchée en arrière pour essayer de jeter un coup d'œil discret. J'ai d'abord remarqué la coupe au carré lisse et brillante.

« Mary, sa secrétaire, ai-je répondu.

— Sans déconner ? Qu'est-ce qu'ils font ?

— Ils se contentent de parler. » C'était vrai, mais il y avait dans leur façon de parler quelque chose qui m'a poussée à les observer davantage. Sharan souriait, penché attentivement vers Mary comme s'il buvait ses paroles. Sur la table qui les séparait se trouvaient deux ou trois dossiers et un bloc-notes. Mary tenait un stylo. C'était forcé : on avait l'impression qu'ils jouaient dans une pièce de théâtre et que les articles de papeterie n'étaient que des accessoires. C'était comme si Mary les avait disposés pour faire croire à une conférence. Mais Dome n'était pas le lieu pour parler affaires – on pouvait y discuter de tout ce qu'on voulait, mais pas d'affaires.

« S'il fricotait vraiment avec elle, ils ne viendraient pas ici, non ? ai-je demandé à Milan. L'endroit est trop public.

— Peut-être. À moins que Sharan s'en fiche. »

Sharan a jeté un regard circulaire dans son coin du bar, comme pour vérifier s'il reconnaissait quelqu'un. Il a adressé un signe de tête à Mary qui a levé son petit derrière ferme du canapé et est venue se glisser à côté de lui. Leurs cuisses se touchaient.

« Vu que c'est son patron, elle est assise drôlement près de lui, ai-je signalé à Milan. Ouais, il y a quelque chose entre eux.

— Telle mère, tel fils, non ? » a dit Milan.

*
* *

Sur le chemin de la maison, je me suis demandé si je devais en parler à Jaanvi. Mais pour lui dire quoi ? Que son mari prenait un verre au Dome avec sa secrétaire ? Qu'ils étaient assis côte à côte sur un gros canapé confortable ? Je ne pouvais pas lui parler de mes impressions, de mon instinct parce qu'elle ne me connaissait pas suffisamment pour s'y fier. Même si nos relations n'avaient jamais été aussi amicales – depuis ce déjeuner chez elle, je l'avais accompagnée afin de choisir un nouveau Ganesh de pierre pour son temple domestique et je l'avais présentée au meilleur professeur de yoga d'un des centres de Nitya, avec qui elle souhaitait prendre des cours privés –, nous n'étions pas pour autant devenues proches comme je l'étais de Nitya ou de Milan. Non, je ne voulais pas mettre mon nez dans ses affaires. Comme l'avait si bien dit Milan, il valait mieux que je ne m'en mêle pas.

Chapitre 33

Il n'y avait plus de jus de canneberges chez Baba, détail qui a mis Amit dans tous ses états. Apprenant que Malini ne pouvait avoir le Cosmopolitan qu'elle désirait, il s'est déchaîné contre la servante.

« Qu'est-ce que vous attendez pour aller en acheter ? a-t-il demandé furieux en sortant une liasse de billets de sa poche. Tenez ! Allez-y ! Tout de suite ! »

Tout le monde s'est retourné pour le regarder avec des yeux ronds. Malini a eu l'air gênée. Amit, nous le voyions tous, était ivre.

« Ma femme doit avoir ce qu'elle veut ! a-t-il crié. N'est-ce pas, chérie ? » a-t-il dit en se tournant vers elle.

Ma mère s'est dirigée vers Amit et l'a gentiment pris à part.

« *Bhau*[1], viens avec nous, a-t-elle dit doucement. Nous allons prendre le café dans la cuisine. »

J'ai dévisagé Malini. Elle était perchée au bord d'un fauteuil, avait l'air accablée, comme dans le brouillard.

---

1. Terme de respect que l'on emploie pour s'adresser à un homme souvent plus âgé : frère du mari ou ami de la famille.

Elle se taisait, l'esprit ailleurs : plus aucune trace de son humour vulgaire ni des insinuations déplacées qu'elle nous balançait lors des réunions de famille.

J'aurais dû être ravie de voir ma tante horripilante tourmentée à ce point. Mais quel que fût son problème avec Vivek Abbas, il affectait toute la famille. Et bien que ladite famille eût été la source de tout mon stress ces derniers mois, elle n'en était pas moins la seule chose que j'avais. La tension entre Amit et Malini me rendait nerveuse. Qu'Amit ait appris ce que je savais ou qu'il s'agisse de tout autre chose, je voulais désespérément que les choses redeviennent comme avant : plan-plan, sans incidents, presque ennuyeuses.

Aussi loin que remontaient mes souvenirs, il n'y avait jamais eu si peu de monde au dîner chez Baba. Sharan travaillait tard, ce qui selon Milan voulait dire qu'il « sautait sa secrétaire ». Karan était une fois de plus en déplacement. Armaan était avec Ekta, Jaanvi chez elle avec un mal de tête. Pawan était avec un étudiant. Preeti dans la cuisine où elle surveillait les préparatifs du dîner. Rajan était là, mais se trouvait pour l'instant dehors où il tapait dans un ballon avec un garçon d'une maison voisine.

Jusqu'à Baba et Dadi qui n'avaient pas encore fait leur apparition.

« Qu'est-ce qu'il a *chacha* Amit ? a demandé Milan à son père.

— Je n'en sais pas plus que toi, a-t-il répondu en haussant les épaules. Il a été de mauvais poil tout l'après-midi. J'ignore ce qui le tracasse.

— Les choses doivent être très stressantes, non, *chacha* ? lui ai-je demandé. Au travail ? Avec toutes ces incertitudes ? »

Ce n'était pas un sujet que j'avais encore évoqué avec l'un de mes oncles. Mes parents acceptaient à peine d'en parler. J'étais certaine qu'Amit et Prakash maintiendraient une chape de silence sur ce qu'ils pensaient vraiment de la décision de Baba.

« Ce n'est pas facile, non, a admis Prakash. Selon ce qu'il adviendra de l'entreprise, celui à qui elle finira par revenir, ton père, Amit et moi pourrions nous retrouver sur la touche dans quelques mois. » Il a marqué une pause, pris une brindille épicée dans un bol de *chevda.* « Ce n'est pas une question d'argent, a-t-il poursuivi. Ça ne l'a jamais été. C'est celle de nous voir privés de ce qui nous appartenait de droit. Je croyais que l'entreprise était à nous. Jusqu'à ce que Baba nous dise le contraire. »

Sa franchise brisait le cœur, non seulement parce qu'il avait laissé tomber la façade derrière laquelle ses frères et lui s'étaient retranchés depuis l'annonce de Baba, mais parce qu'il allait droit au cœur des choses : quelque chose lui était enlevé. Leur était enlevé. Nous était enlevé à tous sauf un.

Une logique perverse s'était emparée de Baba, un désir de vengeance absurde. À la lumière de ce que Matunga Dada m'avait raconté, les actes de Baba paraissaient presque criminels. Mais mon grand-oncle m'avait fait jurer de garder le secret. Je ne pouvais rien faire de plus.

La télé était allumée dans un coin de la pièce, on y passait un de ces soap-opéras dramatiques aux couleurs vives dont on nous abreuvait sans fin. Le son était à peine audible. Prakash, Milan et moi fixions l'écran en silence.

« *Chacha*, qu'est-ce que tu sais du procès avec Balu Sachdev ? » La question était soudaine et semblait surgir de nulle part. Milan a tourné brusquement la tête dans ma direction d'un air ahuri. Il croyait que j'avais tout oublié, laissé l'épisode derrière moi. Moi aussi. Jusqu'à ce que je m'aperçoive que je tenais là une occasion – un petit instant avec un oncle bienveillant dans une vie par ailleurs chargée et bien remplie, à un moment où il se montrait ouvert et franc –, il ne fallait surtout pas la laisser passer. Je n'obtiendrais jamais la vérité d'une source plus proche.

« Comment tu es au courant ? a-t-il demandé en fronçant les sourcils – plus curieux que furieux.

— C'était écrit dans le journal.

— Pourquoi tu t'y intéresses tant ?

— Je connais un peu la famille, ai-je vaguement répondu. Je l'ai rencontrée à Londres.

— Ce sont des gens bien », a dit Prakash. Il a attrapé la télécommande et l'a dirigée vers l'écran de télé pour l'éteindre. Puis il a reporté son attention sur moi.

« Ce qui est arrivé n'est pas la faute de Sachdev, a-t-il expliqué. Nous avions un accord et il a tenu ses engagements. Il a acheté le terrain parce que nous – en l'occurrence Amit – avions promis d'obtenir le financement pour l'aider à construire.

— Qu'est-ce qui s'est passé ?

— Amit a changé d'avis. Non, je retire ce que j'ai dit. Baba a changé d'avis. Il ne se passe rien à Badshah Industries sans que Baba ne soit au courant. Le temps d'acquérir le terrain et qu'Amit se mette à aligner des investisseurs, le marché de l'immobilier américain s'est effondré. Ça n'intéressait plus Baba.

Il se fichait d'avoir donné sa parole. Il voulait retirer ses billes.

— Mais le journal disait que Balu Sachdev avait gagné le procès ? » ai-je poursuivi. Si Balu Sachdev s'était vu rembourser son dû et si nos deux familles parvenaient à oublier leurs rancœurs, j'osais espérer que Jag et moi aurions peut-être une chance.

« Baba veillera à ce que Sachdev n'obtienne jamais un seul *paise*[1], a dit Prakash. Ton grand-père préférerait payer une armée d'avocats pour faire traîner les choses *ad vitam aeternam* plutôt que de reconnaître le moindre tort.

— Si je comprends bien, on ne fait rien et on laisse un innocent tout perdre.

— *Beta*, a dit Prakash. Tu as beaucoup à apprendre. Dans la vision du monde de Baba, il n'y a pas d'innocent. »

Les portes du séjour se sont ouvertes. Mes grands-parents sont apparus sur le seuil en lançant un regard à la ronde.

« Où est tout le monde ? » a demandé Dadi.

*

* *

Le dîner fut calme. La table était à moitié vide, mais il y avait autant à manger que d'habitude. Malini n'a pas touché à son assiette. Amit semblait avoir dessoûlé, mais ses yeux étaient encore injectés de sang. Il ne buvait que de l'eau glacée. Sa femme et lui ne se sont pas adressé un seul regard de tout le repas.

1. Centième de roupie.

Baba avait déjà été mis au courant de l'endroit où se trouvaient les absents : les voyages à l'étranger, les engagements plus importants.

« J'ai entendu dire que notre Armaan a trouvé l'élue de son cœur, a déclaré Baba en regardant mes parents.

— Oui, nous l'avons rencontrée. Ils vont venir vous voir pour obtenir votre bénédiction, a répondu ma mère.

— Et ils ont prévu de le faire à quelle date ? a demandé Baba d'une voix empreinte d'amertume. Il semble que toute la ville soit mieux renseignée que moi.

— Désolé, Baba, a dit mon père. Armaan a été retenu par un coup de théâtre regrettable qui s'est produit dans sa société.

— Oui, j'ai entendu parler de son ami. Le *chor*[1]. »

Baba avait toujours le mot juste.

« Parlez-moi de la fille, a dit Baba. Qui sont ses parents ? »

Ma mère a répété ce que nous avait raconté Ekta, mais a été interrompue par Rajan qui y est allé de son opinion personnelle de préadolescent.

« Elle est super, Baba, a dit mon petit frère d'un ton enthousiaste. Elle m'a montré des tours de magie ! »

Baba a ignoré délibérément son dernier petit-fils et a tourné son attention vers mes parents.

« Je ne suis pas certain qu'un mannequin soit la fille idéale pour notre famille, a-t-il dit. Se déshabiller devant des inconnus. Parader devant les caméras. Ce ne sont pas nos valeurs. »

1. Voleur.

Mes parents se sont regardés. Je savais que dans leur for intérieur ils avaient les mêmes préoccupations, que s'ils avaient pu choisir, ils auraient jeté leur dévolu sur une bru au style de vie plus discret. Mais ils essayaient d'épauler leurs enfants, je le devinais. Et davantage encore, d'être branchés. Aujourd'hui, dans les cercles qu'ils fréquentaient, ça semblait plus important que tout le reste.

« Ekta renoncera à son travail une fois qu'Armaan et elle seront mariés », a ajouté ma mère, même si je ne savais pas d'où elle tirait cette information. Pour autant que je m'en souvienne, Ekta n'avait rien dit de tel. « En fin de compte, c'est une fille simple et gentille. »

J'ai tourné la tête vers Milan et j'ai levé les yeux au ciel. Si Ekta était simple et gentille, j'étais Lady Gaga.

« J'en jugerai par moi-même quand je la verrai, a répliqué Baba sur un ton un rien menaçant. Dites à votre fils de me l'amener. »

On a apporté le dessert : des coupelles en argent aux parois couvertes de buée contenant du *kulfi* tout frais parsemé de morceaux de pistaches et aromatisé au safran. Cette glace était une des rares choses que Dadi préparait elle-même et c'était aussi sucré et délicieux que lorsqu'elle me le faisait manger à la petite cuiller quand j'étais bébé.

J'ai raclé la dernière goutte de crème glacée dans ma coupelle, léché ma cuiller comme une gamine.

« Tu en reveux ? » a demandé Dadi.

J'ai opiné de bon cœur. Tout le monde avait quitté graduellement la table.

« Viens », a-t-elle dit.

Je l'ai suivie dans la cuisine où on récurait les marmites noircies, faisait bouillir des pétales de jasmin pour l'infusion que Baba prenait avant de se coucher. J'ai écouté le bruissement réconfortant de l'épais balai de paille que l'on passait sur le sol carrelé pour enlever les débris et la poussière de la journée. La cuisine recommencerait à s'animer demain matin.

Dadi a ouvert le congélateur, a sorti le bac de *kulfi*, l'a posé sur le plan de travail et s'est mise à l'attaquer avec une cuiller, attendant que la crème glacée se ramollisse et devienne malléable. Le bref contact du bac gelé avec son sari y avait laissé une petite tache humide. Elle a essuyé les gouttes de transpiration qui ourlaient sa lèvre supérieure avec son *pallav*. Elle avait beau être une matriarche éminente, elle ne répugnait pas à se servir d'une mousseline de soie française coûteuse pour s'éponger. J'ai souri en la regardant.

Elle a prélevé une portion généreuse et l'a placée dans ma coupelle. Elle a sorti une petite boîte métallique rouge, a versé quelques pistaches sur une planche en bois et nous nous sommes mises à les écaler, à concasser leur délicate pulpe verte à l'aide d'un rouleau à pâtisserie et à en saupoudrer le dessert. J'ai pris une cuiller, l'ai remplie de crème glacée et l'ai portée aux lèvres de ma grand-mère. Elle a posé sa main sur la mienne, l'a avalée et m'a rendu la pareille.

« Tu ne seras jamais trop vieille pour que je te mette quelque chose de sucré dans la bouche », a-t-elle dit d'une voix pleine de tendresse.

J'ai eu une boule dans la gorge. Soudain, j'avais de nouveau cinq ans, j'étais assise sur ses genoux et elle était ma Dadi, me coiffait, attachait mes souliers, embrassait mon minuscule front avant de me laisser aller jouer dehors. Il m'était arrivé plus d'une fois de sortir en courant et de tomber à cause d'un lacet dénoué ou d'une petite moto qui traînait par terre et Dadi me ramassait, me remettait sur ses genoux et embrassait mon bobo.

« Ne te précipite pas, me disait-elle. Qui va lentement va sûrement. » Son proverbe favori.

Elle a levé une main et l'a posée sur ma joue.

« Tu es ma seule petite-fille, a-t-elle dit. Il y a eu tous ces garçons. Et puis toi. Notre Lakshmi. »

J'ai rougi. Cela faisait des années que Dadi ne m'avait pas parlé ainsi, avec autant d'affection. Son regard était cependant chagriné.

« Tu trouveras un bon garçon, a-t-elle ajouté. Je te le promets.

— Je sais », ai-je dit en me mettant à pleurer.

Elle a retiré sa main de ma joue, l'a placée sur mon bras. Son dos s'est raidi. Sa voix a changé. Ses yeux, qui une seconde auparavant étaient embués et doux, sont redevenus clairs et vifs.

« Mais avant ça, avant que tu cesses de porter le nom de Badshah, il faut que tu en deviennes une vraie. »

Perplexe, j'ai froncé les sourcils.

« Je ne comprends pas.

— Ne t'exclus pas. Sors de l'ombre. Tu es une Badshah au même titre qu'eux. Tout peut te revenir. » Elle a marqué un temps d'arrêt. « *Samja* ?

— *Ji*, Dadi », ai-je répondu d'une voix tremblante.

J'avais parfaitement compris.

Chapitre 34

Lors du trajet de retour en voiture, la tête me tournait à force de me rejouer la scène avec Dadi. La soirée avait été fertile en événements : Prakash m'avouant que le père de Jag avait été escroqué, Amit et Malini se chamaillant comme jamais, puis Dadi me glissant un conseil voilé en me donnant mon dessert préféré de petite fille.

J'ai appelé Jag presque aussitôt.

Il avait l'air content d'avoir de mes nouvelles, supposant que je l'appelais pour bavarder de tout et de rien. Mais je lui téléphonais pour m'excuser.

« Je suis désolée de la façon dont ma famille a roulé ton père, ai-je dit. Entendre Prakash l'avouer ce soir m'a fait pleinement comprendre les faits.

— Ça n'a jamais été de ta faute. Je n'ai jamais voulu te donner cette impression.

— Cette histoire m'a obligée à tout réévaluer », ai-je dit. Je lui parlais comme je l'aurais fait à Milan ou Nitya. Je n'aurais jamais cru devenir l'amie de Jag – son rejet m'avait blessée de la pire façon qui soit. Mais son attitude présente envers moi – bienveillante, à l'écoute –, c'était du grand Jag, l'homme dont j'étais tombée amoureuse et qui n'avait pas changé.

« C'est formidable que ta famille puisse compter sur toi, a-t-il dit. C'est une des choses que j'ai toujours aimée chez toi. Mais, Sohana, il faut aussi que tu continues à mener ta barque. Tu le sais, n'est-ce pas ? »

Nous nous sommes dit au revoir et je suis allée dans le salon voir si mes parents y étaient toujours. Ils regardaient la télé tout en lisant la presse du soir.

« Qu'est-ce qu'il avait *chacha* Amit ce soir ? leur ai-je demandé en m'asseyant à côté de ma mère sur le canapé.

— Une mauvaise journée au travail, a répondu mon père.

— Papa, un tas de gens ont des mauvaises journées. Mais c'était différent. Il était vraiment furax contre *chachi* Malini. »

Mes parents se sont regardés comme s'ils se demandaient combien ils pouvaient me révéler, combien ils pouvaient se permettre de garder pour eux.

« C'est un problème à régler entre mari et femme », a dit mon père d'un ton sans réplique. Le sujet était clos.

*

* *

« Ce n'est pas l'ami de Karan ? »

Milan a jeté les pages affaires du journal sur son bureau. Je les ai tournées pour pouvoir les lire. Il y avait une photo de Ravi Dutta. L'article qui l'accompagnait disait que Dutta, président de Chandru Dutta Corporation, société cotée en Bourse, avait remis sa démission avec effet immédiat. Sous la direction de Ravi, CDC, fondé par son père, avait frôlé la faillite. Le prix des actions s'était effondré. Des usines avaient fermé. Mais Samir Khan, le beau-fils de Chandru Dutta, était un génie des affaires. Il avait restructuré l'entreprise et l'avait fait renouer avec les bénéfices en éliminant les projets générateurs de pertes. Le prix des actions remontait. Résultat, Samir était intronisé et Ravi éliminé.

J'ai poursuivi ma lecture.

« Ravi Dutta a décliné tout commentaire. Mais des sources bien informées rapportent que Dutta est en pourparlers avec un nouvel associé potentiel et qu'il est à deux doigts d'obtenir d'importants capitaux pour fonder sa propre société ou en racheter une autre. Les entreprises indiennes devraient être prévenues : avant de rejoindre CDC, Ravi Dutta a travaillé à Wall Street chez le raider Randall Brothers. »

« Oui, c'est l'ami de Karan », ai-je dit en hochant vaguement la tête.

*
* *

Manjuli m'envoyait des SMS deux fois par jour. Puis, un mercredi matin, elle m'a appelée et quand j'ai répondu elle n'a pas caché son agacement.

« Mon rédacteur en chef donne de grands signes d'impatience. Il me met un maximum de pression pour avoir un second papier.

— Je n'ai rien à vous signaler pour l'instant.

— Il veut savoir ce qui se passe. Je suis désolée, Miss Badshah, mais nous ne pouvons plus attendre. Nous avons glané des renseignements amplement suffisants pour publier un autre article. Et, a-t-elle ajouté en baissant la voix, vous serez peut-être aussi intéressée d'apprendre que j'ai une amie à *OK ! Magazine*. Elle enquête sur des rumeurs concernant, hum, une *infidélité*, dans votre famille. »

Qu'est-ce que Manjuli essayait de me dire ? Qu'elle était au courant pour Malini et Vivek ? Sharan et Mary ? À moins que, Dieu nous en préserve, un autre membre du clan Badshah n'ait une liaison ? Prétendait-elle détenir ces infos pour m'obliger à lui dire ce que je n'étais pas encore prête à lui révéler ?

« Miss Badshah ? Vous m'entendez ? a-t-elle demandé.

— Oui, ai-je répondu calmement.

— Il faut que vous compreniez que les infos dont nous avons besoin sont là. Tout est affaire de présentation. Il y a des éléments que vous pouvez contrôler. » Elle a marqué un temps d'arrêt. « À vous de choisir.

— Parfait, ai-je dit. Je vous donne rendez-vous samedi. »

Chapitre 35

Nitya m'avait invitée à une Ladies' Night au *Privé*. Le DJ Aqeel était là et, selon des sources bien informées à la porte, Shilpa Shetty, l'actrice de Bollywood, ne tarderait pas à faire son apparition. Nitya voulait fêter une offre de rachat étonnamment généreuse qu'on venait de lui faire pour ses centres de yoga. Elle songeait déjà à la façon dont elle allait réinvestir les bénéfices, à son prochain projet. Je redoublais d'admiration pour elle.

La musique me martelait les oreilles, me donnait mal à la tête. La piste de danse était si encombrée que je ne m'y serais pas aventurée même si quelqu'un m'avait invitée à danser. Ce qui n'était pas le cas. Nitya et moi étions assises à une table d'angle couverte d'assiettes de sushis. À différents moments de la soirée, plusieurs de nos connaissances sont venues nous dire bonjour : des filles en dos nu et talons aiguilles, sourire plus blanc que blanc et lèvres nacrées ; des garçons en chemise noire, jean chic, le portefeuille bien garni par papa. Les filles cherchaient le grand amour, les garçons à arriver à leurs fins.

L'ami de Milan, Pancho, que je n'avais pas revu depuis mon dîner, était là avec une bande de garçons riches. Il nous a fait porter une bouteille de Moët. Il fumait un cigare, m'a adressé un clin d'œil quand le bouchon a sauté. Je lui ai fait signe et j'ai levé ma flûte en son honneur. Il avait un culot charmant, une sophistication joyeuse.

J'ai pensé à mon chauffeur qui attendait le long du trottoir devant le Radio Club, à un jet de pierre. Je regrettais de ne pas être là-bas ce soir, à jouer au bingo avec mes parents comme j'avais l'habitude de le faire plus jeune, à manger des boulettes de légumes à la mandchoue accompagnées de riz gluant à une table ayant vue sur l'océan.

Privé et de nombreux autres endroits du même genre étaient mon domaine. J'y étais à ma place. Mais voici que j'étais en proie à un mécontentement insidieux. La femme d'Amit le trompait. Sharan était adultère. Armaan s'apprêtait à épouser la fille qu'il ne fallait pas, Prakash était à deux doigts de la dépression nerveuse et Milan, même s'il ne l'aurait jamais avoué, avait l'air désespéré. Tout ça à cause de mon grand-père qui n'était pas celui que je croyais depuis toujours.

La bouteille de champagne était vide à présent, éclusée par tous ceux qui s'étaient arrêtés pour dire bonjour, mes amis embijoutés des beaux jours.

« Partons, ai-je dit à Nitya.

— Il n'est même pas minuit, a-t-elle objecté en jetant un coup d'œil à sa montre. Qu'est-ce qui ne va pas ?

— Le chauffeur avait l'air fatigué. Je ne devrais pas le faire poireauter plus longtemps.

— Tu es vraiment incroyable », a dit Nitya.

J'ai pris mon sac. Je ne pouvais rester une seconde de plus. J'avais rendez-vous avec Manjuli demain matin, de toute façon. Je voulais rentrer à la maison pour me préparer à l'entrevue.

« Viens, ai-je dit en tendant la main à ma meilleure amie. Je te dépose chez toi. »

Dehors, nous avons attendu l'arrivée du chauffeur. Des dizaines de gens faisaient la queue pour entrer. Le videur chauve, un costaud au visage pâteux et aux yeux qui louchaient, sélectionnait les gens d'après leur degré de notoriété : starlette, membre de la haute société ou rejeton de magnat. S'ils n'étaient rien de tout ça, il les laissait entrer seulement s'ils étaient mignons.

« Qu'est-ce qui te prend ? a demandé Nitya. Tu adores cet endroit. Avant, c'était moi qui devais te pousser vers la sortie au petit matin. On a encore toute la nuit devant nous. Faut qu'on fasse la fête. Tu veux aller ailleurs ? »

Je ne savais pas ce que c'était, mais soudain un frisson glacé m'étreignait le cœur. Je me suis mise à haleter.

« Qu'est-ce qui ne va pas, Soh ? » a demandé Nitya les yeux écarquillés par l'inquiétude.

Des larmes me piquaient les yeux.

« Je n'en suis pas certaine, ai-je dit dans un souffle.

— Mon Dieu, Soh, tu nous fais une crise de panique ou quoi ? »

Une autre rangée de voitures s'est arrêtée, des Porsche et des BMW, toutes plus brillantes et flambant neuves les unes que les autres. Des portières s'ouvraient et de la musique bruyante s'en échappait.

Akon. Jay-Z. Kesha. Rythmique syncopée. Bavardages excités. Partout, l'odeur de l'argent frais. C'était censé être mon univers. J'étais Sohana Badshah, l'unique petite-fille d'un des hommes les plus riches de toute l'Inde. Je pouvais avoir tout ce que je voulais. Tout le monde disait que je pouvais avoir l'homme que je voulais. Mais ce n'était pas le cas. J'étais entourée de gens que je connaissais et je ne m'étais jamais sentie plus seule.

Un avion est passé au-dessus de nos têtes. Quelque part dans le lointain, des sirènes ont retenti. Pour beaucoup, la nuit ne faisait que commencer.

J'ai repensé à Jag qui m'avait plaquée. Aux études de décoration d'intérieur abandonnées. Au terrain du New Jersey en friche, aux poursuites judiciaires sans fin. À Matunga Dada, à la vieille photo de mariage, au rouleau de papier poussiéreux. À la vérité concernant Baba.

Je faisais partie de cette famille depuis vingt-six ans et c'est seulement maintenant que je découvrais ses secrets.

Nitya me dévisageait, les yeux ronds, bouche bée. Elle a mis sa main au creux de mes reins. Je me suis pliée en deux et concentrée sur ma respiration. Inspiration. Expiration. Trouver le rythme. Lentement. Sûrement. Le proverbe favori de Dadi durant mon enfance. Qui va lentement va sûrement.

Je ne le savais pas jusqu'à cet instant précis, mais j'étais dans la course. Une minute plus tôt, émoustillée par le champagne de Pancho et confrontée à la superficialité absolue de l'univers dans lequel je vivais, je n'étais qu'une héritière de plus dans une ville qui en regorgeait. J'ai fermé les yeux une seconde et je me suis vue comme les autres me voyaient, comme je voyais les filles auxquelles on avait fini par m'associer : mains manucurées, bagues de diamant, souliers à semelles rouges et housses de Blackberry en strass. Nous étions toutes les mêmes, des jeunes femmes aux cheveux méchés, aux sourcils arqués, à la personnalité dépourvue de toute authenticité, des clones. Nous vivions pour nous habiller bien, nous marier mieux et pour habiter un univers de papier glacé, peuplé de superlatifs.

Je ne voulais plus être cette fille.

Je n'étais plus cette fille.

Je me suis redressée. J'ai sorti mon mobile de mon sac. J'ai vérifié ma montre et j'ai appelé Jag. On était vendredi midi à San Francisco. Il serait au travail.

Il a décroché immédiatement.

« Jag Sachdev, a-t-il dit.

— C'est moi, ai-je dit avec une boule dans la gorge.

— Hé, Soh, qu'est-ce qui se passe ? »

J'ai songé au dossier que j'avais donné à Milan, à ce renseignement sans prix au sujet d'une puce solaire capable de changer le monde. J'adorais Milan – mais où avais-je la tête ? Jag avait raison – Jag avait toujours raison. Milan m'avait confié une mission parce qu'il était trop paresseux pour s'en charger lui-même. Une puce solaire capable de fournir de l'énergie aux coins les plus reculés de la planète. Quelle révolution ce serait pour Badshah d'avoir les droits d'une invention que tout le monde voulait. Dans combien de temps notre famille pourrait-elle se racheter grâce à elle ?

J'ai repensé à mon tableau blanc, à tous ces noms et à ces raisons que j'avais naïvement griffonnés dessus, il n'y a pas si longtemps.

À présent, armée d'une lucidité nouvelle, je voyais mes cousins comme les hommes qu'ils étaient en réalité, ce qu'il adviendrait de Badshah Industries si l'un d'eux l'emportait : Sharan thésauriserait. Karan y laisserait entrer son meilleur ami véreux. Milan dilapiderait la fortune familiale en un clin d'œil et Pawan, s'il en héritait, finirait par la donner à son jumeau de toute façon. Mon frère, qu'il veuille bien l'admettre ou pas, laisserait sa future femme en prendre le contrôle. Ekta visait le gros lot et le gros lot n'était pas Armaan.

Mais je savais ce que je ferais. Je n'avais pas de diplôme de commerce, aucune formation. Mais les intérêts de ma famille me tenaient à cœur. Je voulais protéger mon père et, oui, mes oncles. Je voulais faire en sorte qu'ils aient ce qui leur revenait de droit – que nous l'ayons tous. Et au-delà, je voulais que Matunga Dada sache qu'il n'était pas oublié. Pas par moi, en tout cas.

« Jag, ai-je dit au téléphone d'une voix tremblante. La puce solaire. Je la veux. Je vais en faire quelque chose. Personnellement. Pas Milan. »

Il a poussé un grand soupir.

« OK, a-t-il répondu. Parlons-en. »

Mon portable est resté collé à mon oreille. Ne voulant pas perdre une miette de la conversation, Nitya se tenait à mes côtés avec une expression abasourdie.

Tandis que Jag et moi discutions, une vision de moi-même s'est esquissée dans mon esprit, une nouvelle Sohana que je n'avais encore jamais vue. J'allais occuper le bureau de Baba à Badshah Industries. J'allais tout arranger. Et après ça, j'allais reconquérir l'homme que j'aimais.

Lentement. Sûrement.

REMERCIEMENTS

Je suis très reconnaissante à Bernard de Fallois et à sa maison d'édition de m'accueillir à nouveau. J'ai l'impression de rentrer chez moi.

Toute ma gratitude va à Laure de Gramont pour son éternelle gentillesse et sa générosité : elle a l'art de susciter l'événement.

Je remercie enfin mon agent, Jodie Rhodes, de continuer à croire en moi au bout de toutes ces années.

Du même auteur
aux Éditions de Fallois :

Mariage à l'indienne, 2003.

PAPIER À BASE DE
FIBRES CERTIFIÉES

Le Livre de Poche s'engage pour l'environnement en réduisant l'empreinte carbone de ses livres. Celle de cet exemplaire est de :
300 g éq. CO_2
Rendez-vous sur
www.livredepoche-durable.fr

Composition réalisée par Belle Page

Achevé d'imprimer en septembre 2014 en France par
CPI BRODARD ET TAUPIN
La Flèche (Sarthe)
N° d'impression : 3007044
Dépôt légal 1re publication : juin 2014
Édition 02 – septembre 2014
LIBRAIRIE GÉNÉRALE FRANÇAISE
31, rue de Fleurus – 75278 Paris Cedex 06

31/7532/0